慶餘年

第二部　江南風雲 ◆六◆

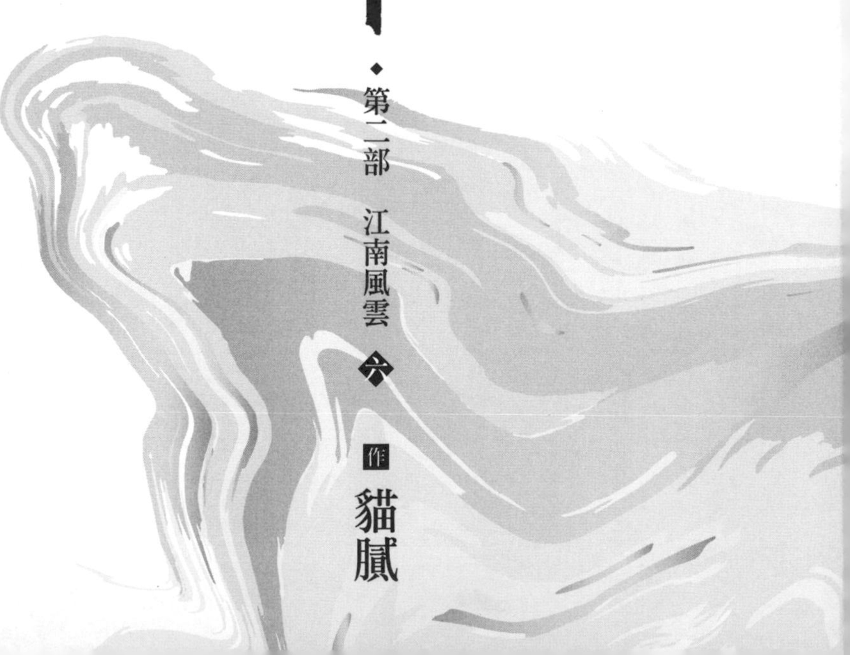

作 貓膩

目錄

第一章　人在廟堂，身不由己

「我一直很好奇，我把陛下的狗兒們都趕到了院子裡裡面亂吠，陛下變成了孤家寡人，他能怎麼辦？」

「怎麼辦？」費介眼瞳的那抹異色愈發濃烈了，亂糟糟的頭髮，就像是火苗一樣燃燒著。「傻子才知道怎麼辦，只是院長，我必須提醒您一聲，就算您將自己藏得再深一些，可是已經牽連進了這麼多人，將來一旦出事，陛下總會懷疑到您。」

陳萍萍輕輕拍拍自己像凍木頭一樣的膝蓋，伸起兩根手指，微屈一根說道：「你說的情況是……陛下勝了，這樣他才有可能疑心到我。我從來不否認這點，因為事實就是，我雖然掌握了這個世界上百分之九十九的祕密，卻依然有百分之一的地方觸碰不到。」

「比如帝心。」

「所以我會選擇割裂，不如此不足以說服，不足以讓那孩子在事後依然可以很幸福地活下去。」

割裂是用血與火來割裂，是用最真實的死亡氣息來割裂。費介是當年的老人，又一直在監察院裡身居高位，毫無疑問，他是這個世界上對於陳萍萍真實想法掌握得最清晰的那個人。雖然對於陳萍萍的最終目的，費介依然疑惑，但對於割裂這兩個字，他馬上就聽明白了。

待若干年後，山谷裡的狙殺，就會像是一層紙，又會像是一塊布，一塊黑布？遮掩住陳萍萍的心，替某位年輕人擋住來自龍椅上灼人的懷疑目光。

「如果陛下敗了怎麼辦？」這是費介最擔心的問題。皇帝畢竟是范閒的老子，如果他勝了，至少目前看上去忠心不二的范閒，不會有太大的問題；可一旦是永陶長公主那邊得了天下，范閒想死，只怕都沒辦法死得太好看。

「不要低估范閒這孩子。」陳萍萍屈回最後那根手指，並不怎麼大的右手握成了一個硬硬的拳頭。「范閒就像這個拳頭，他是有力量的，而且五根手指都收在掌心裡，就像是一記記伏筆。這孩子心裡究竟在想什麼，我不是很清楚，但我隱約能猜到。」

「手指頭露在外面，容易被人砍掉，捏在拳頭裡就安全的多，隨時可能彈出去打人一個爆栗。」陳萍萍尖聲笑道：「我們這些老頭子不死，長公主那瘋丫頭怎麼可能輕輕鬆鬆控住天下？范閒將自己的弟弟、妹妹都送到北齊，私底下又和北邊做了那麼多事，這是為什麼？不就是在準備這一切嗎？他那心思瞞得過旁人，難道瞞得過我？」

這話說得實在，范閒私底下往北方轉移力量，所憑恃的依然是監察院的資源，陳萍萍身為監察院祖宗，哪裡有猜不到的可能？

陳萍萍微低著頭，將膝上的羊毛毯子往上拉了拉，說道：「這傢伙其實想得比朝中所有人都遠，後路安排得比所有人都紮實，我敢打賭，就算日後他在南慶待不下去了，這天下依然要因為他而改變，北齊的底子還在那裡，你自己想一想吧。」

費介張大了嘴，半晌說不出話來，許久之後幽幽嘆道：「這是叛國。」

陳萍萍譏笑說道：「國將不國，何來叛字？更何況對那孩子來說，這國實在也沒有什麼好依戀的。」

費介明白陳萍萍的心理感受，仍然忍不住搖搖頭。「難道范閒已經掌握了內庫的祕密？」

「我不清楚。」陳萍萍低頭說道：「不過在江南待了一年，這小子要是不想法子把內庫裡的那些製造工藝揑到自己手上，我根本就不信。」

范閒如果此時在場，一定會對這位老跛子佩服得五體投地，自己的所思所想，竟是完全被對方猜中了。

「如果將來真的大亂，范閒逕自投了北齊。」陳萍萍嘆息著。「就算咱們大慶朝心裡極為不爽，可是就憑長公主和葉、秦兩家，難道就能把北齊滅了？此消彼長，國運轉換，只怕天下大勢將要顛倒過來了。」

費介搖搖頭。「不過是個內庫罷了，就算范閒有能力掌握一半的工藝，也只不過能讓北齊朝廷多掙些錢，改變不了什麼。」

「改變不了什麼？」陳萍萍嗤之以鼻道：「這個世界上，再也沒有比錢更重要的事情了，小姐當年便這般說過……只是小姐不像范閒這般貪財和狠辣而已。」

「范閒真的會這麼做嗎？」費介嘆息道：「可他畢竟是咱們大慶人，去幫助敵國……我不怎麼相信。」

他接著說道：「那他還不如選擇站在陛下的身邊，替陛下將朝廷打理好。一去異國為客卿，即便北齊重他，也不過是個沒有人身自由的寵臣罷了，有何好處？」

「說來很奇妙。」陳萍萍微笑說道：「雖然我一直沒有對他明言過什麼，相信范建也不會說什麼，但范閒對於陛下似乎一直有個隱藏極深的心結……這孩子能忍，忍到我也是最近才察覺到這點。既然有心結，也就不怪他一直在找退路……范若若如此，范思轍如此。如果年前范建真的辭了官，我看范閒會直接安排他回澹州養老。」

「澹州那個地方好，坐船到東夷城不用幾天，我大慶朝的水師都沒法攔……從東夷城到北齊就更近了。」

費介搖了搖頭。「想得太玄了，范閒再如何聰慧，也不過是個年不及二十的年輕人，怎麼會將事情計算到那麼遠的將來？再說，先前我也說過，北齊畢竟是異國，他有什麼把握可以獲得北齊皇室的信任？有個老子當皇帝不好……偏要去當別人家的大臣。」

「這只是我的猜測。」陳萍萍眨著有些疲憊的雙眼，說道：「誰知道將來會怎麼發展呢？不過關於北齊會不會接納南慶的逃臣，這個我想范閒心裡應該有數，至少在最近這兩年，他沒必要思考這個問題……不要忘了那個叫海棠朵朵的村姑，范閒這小子花了這麼大氣力，騙這麼一個貌不驚人的女人上手，要說這小子沒點兒陰謀想法，我是不信的。」

遠在京都養傷的范閒會不會覺得很冤枉？

「至於北齊皇室……」陳萍萍皺眉道：「那位太后已經快掌不住了，苦荷一直沒有說話，她自己娘家最得力的年輕一代也投到了小皇帝的手下，再過兩年，北齊小皇帝便會大權在握，而……不知道什麼原因，那位小皇帝還真是信任范閒，那麼多銀子放手不管……想不通，想不通。」

難得，這個世界上還有陳萍萍想不通的事情。

「反正這都是很多年後的事情了。」陳萍萍咳了兩聲，臉上流露出一副安慰神色。「或許，不，不是或許，在那個時候，我早已經死了，管那麼多做什麼？我只是覺得很欣慰，欣慰於范閒沒有辜負我的培養。」

「在院子裡，我曾經對他說過幾句話，要他將自己的眼光放高一些。他做得不錯，雖然說細節上經常出問題，但在大勢的籌劃上做的準備很充足。」陳萍萍老懷安慰道：「在京都裡鬧來鬧去，也不過是一國的事情，他現在的心已經放在了天下，僅這一點，他就天生比長公主要高上一個層次，開始接近咱們偉大的陛下了。」

費介想了一會兒後，說道：「院長今天又把我說糊塗了，我只是想來問山谷裡狙殺的事情，沒有想到扯到天下。」

陳萍萍笑了起來，說道：「我看你這時候最好去范府看看你那徒兒的傷勢。」

費介搖了搖頭，準備離開。

陳萍萍忽然說道：「告訴他，他走不成，至少在我還沒死的時候。」

范閒沒想著走，那些安排只是以防萬一的最後出路。七葉在閩北三大坊與杭州之間來往，冒著奇險，讓自己悄無聲息地抄錄了厚厚的一分內庫卷宗，他也沒有準備現在就拿著去投奔北齊。

他沒那麼傻，雖然不知道北齊皇帝為什麼如此欣賞自己，但他也知道自己的根在慶國，如果能在慶國逍遙地活下去，傻子才會玩千里大轉戰。

只是後路必須備好。

再說了，這慶國的京都裡跟鄉野裡還有那麼多的敵人、仇人，不將這些傢伙收拾得乾乾淨淨，不將三皇子扶上位置，不讓慶國依然和平安寧著，他如何甘心撒手？

正如陳萍萍不甘心一樣，雖然范閒在他的教導下，學會了用天下的眼光去看待大勢，但心裡其實都是不甘的。

其實范閒要撒手很簡單，等五竹傷養好了回來了，他與五竹單身飄離，於泉州坐船往西方世界去看看西洋景，找找那些神祕至極卻又窩囊至極的法師打打小架，泡幾個海倫，那是快意之極。

想必就算是皇帝、葉流雲、四顧劍、苦荷……天下的三大勢力，都不敢輕易來阻攔自己。就算是軍隊，也不可能將這一對主僕留在某一個地方。

只是停留，往往不是因為腳步，而是因為心神上的羈絆。范閒是有老婆、侍妾的人，也有父親、祖母、兄弟姊妹、友朋知己、下屬心腹……

人在江湖，身不由己，其實人在廟堂，何嘗不是身不由己。

既然無法輕易抽身離開，於是范閒選擇了留下，並且強悍地擴充著自己的勢力，準備著自己的後路，時刻準備在這艱險的朝堂之上，與那些敢於傷害自己的勢力拚個你死我活。

所以當他趴在床上，聽著費介轉述陳萍萍最後那句話時，他的內心雖然震驚於對方的雙目如炬，臉上卻是一片平靜，脣角微翹，譏諷說道：「老頭子是不是腦子昏了，盡說胡話？我能往哪兒走？」

費介看了自己最得意的徒弟一眼，發現這小子說的話似乎是發自真心，也覺著陳萍萍似乎想得過於複雜，把這天下人都當成如他一般的老狐狸來看待——費介雖然是用毒大宗師，但在某些方面比陳萍萍差遠了，甚至不如范閒，所以硬是沒有看出來，小狐狸笑得其實也很甜。

「我來看看你的傷。」

范閒搖搖頭，笑道：「老師，這點兒小傷我自己還治不好，那豈不是把您的臉都丟完了。」

他忽然想到一件事情，自身邊取出一個牛皮紙袋，遞給費介。費介拿在手裡，問道：「什麼東西？」

范閒沉默了片刻後說道：「我在杭州試了半年，找到了幾味藥，似乎可以中和一煙冰裡的霸氣，看能不能讓婉兒有法子懷上，只是我不大信任自己，所以請老師幫我看看。」

費介默然，心想這小子將將才在山谷裡死裡逃生，如今京都正是一片慌亂，誰也不知道宮裡與監察院會做出什麼事情來，哪裡想到，這小子竟然有閒心記得替自己的老婆研製藥物。林婉兒服用一煙冰後無法生育，費介當然清楚，一直覺著有些不好意思見范閒，今日見他挑明，不免有些尷尬。

范閒溫和地笑了起來。「老師，不要想太多，您千辛萬苦治好婉兒的肺癆，徒兒心裡感激還來不及。其實我自己倒是不怎麼在意，只不過婉兒確實很想要個孩子，所以麻煩您再費費心。」

費介嘆息著應允下來，忽然發現一個事實，今天本來是準備去陳園找陳萍萍算帳，替范閒討公道，結果最後卻被陳萍萍說服來范閒這裡當探路石，在這范府的臥房裡什麼都沒說，又讓范閒支使著去做藥。

忙來忙去，這一天竟是什麼也沒做成，費介有些惱火了，盯著范閒的眼睛說道：「我也懶得再猜你們這一老一小兩個鬼在想什麼，有什麼話你們自己當面說。」

范閒嘿嘿笑了一聲，說道：「我明兒就去陳園。」

「你還有傷。」費介擔憂說道：「何況你遇刺之後，陛下震怒，但是調查卻沒有什麼進展……京都裡議論紛紛，並不怎麼太平，你這時候離府出京，我看不合適。」

范閒平靜說道：「老師放心吧，我再也不給任何人傷害自己的機會。」

第二日，依舊是陳園之外，那扇木門緩緩打開，潛伏在陳園外的無數監察院殺手以及各式機關，沒有因為來客而產生一絲一毫的戒備之心。

或許是因為來的那位年輕官員也坐在輪椅上的緣故。

范閒坐在輪椅上，微微偏著身子，避免自己背後的那道傷口牽扯到，任由那位老僕人將自己推到石階下。

陳萍萍也坐在輪椅上，膝上蓋著一張羊毛毯。

范閒微微側頭，極有興趣地看著這個老跛子。陳萍萍也極有興趣地看著范閒坐輪椅的模樣，然後兩個人同時笑了起來。

第二章　舊輪椅、新輪椅

老狐狸，小狐狸。舊輪椅，新輪椅。

陳園有姬不敢近，笑聲漸起，漸息。

老少二人極有默契地同時收起笑聲，回復了平靜。范閒把身下的輪椅往前挪了挪，自己的膝蓋似要靠著老人家的膝蓋，這個姿勢顯得無比親近。

陳萍萍指指他，又輕輕拍了拍自己輪椅的把手，發出空竹腹一般的空洞聲音，問道：「坐輪椅習不習慣？」

「沒什麼不習慣的，身上帶著這麼多的傷，總不可能騎著馬跑來看您。」范閒自嘲說道，頓了頓，又說道：「再說我也不是第一次坐輪椅了，一年多前在懸空廟裡，我被人捅了一刀子，事後不也坐了一個月的輪椅？所謂習慣成自然罷了。」

話雖輕柔，卻內有刀劍之意。陳萍萍輕輕咳了兩聲，自然知道面前這年輕人是在告訴自己，他已經明白了某些事情。

懸空廟確實是個神仙局，但陳萍萍卻是個雙腳分跨在局內局外之人，影子是他派到廟裡，而范閒挨的那一劍，雖是意外，但實實在在是險些喪命。

至於前日裡的山谷狙殺，范閒也是差點回不來。

所謂習慣成自然，范閒很明顯是在強硬地告訴陳萍萍，不要把這種事情當成習慣，不要總是拿自己的性命開玩笑，切切不可……當成自然之事。

陳萍萍微微偏頭，似乎也不知道應該如何解釋，皺眉，抬肘，指了指范閒的後背。

范閒搖搖頭。「死不了……不過您知道我今天來是為了什麼，所以請讓我們還是直接一些吧。」

「你先講，我先聽。」陳萍萍微笑說道，將自己膝上微皺的羊毛毯子撫得更平整一些，讓上面的皺褶如水波一般漸漸消失不見。

看著陳萍萍微低的頭，看著對方深深的皺紋和有些蠟黃的面色，范閒沉默了少許後說道：「兩次坐輪椅，第一次因為懸空廟的刺殺坐輪椅，但獲得了陛下的絕對信任，想來還是有好處的，我也能夠接受。那我這一次坐輪椅又是怎麼回事？我很不喜歡這種什麼事情都被您操控的感覺，而且想來您也清楚我，我這人是最怕死的，所以我想讓您知道，以後請不要嘗試做這種事情，我真的會發瘋，而且這次我險些就發瘋了。」

范閒伸出兩根手指頭，盯著陳萍萍的雙眼，一字一句說道：「已經兩次了，我不希望還有第三次。」

陳園石階下的冬日寒空安靜了許久。

「懸空廟的事情是個意外，你也很清楚這一點。」陳萍萍淡淡說道：「至於這一次山谷裡的狙殺，真的和我沒有關係……我不是傻子，一個局總要能夠控制才是一個局，當時山谷裡連城弩都搬來了，你隨時可能送命，如果你真死了，就算這件事情會帶來什麼好處……你也享受不到，那這就不叫做局，而叫做愚蠢。」

陳萍萍帶著一絲譏諷說道：「你認為我是一個愚蠢的人嗎？」

范閑反望著他的雙眼，同樣譏諷說道：「您當然不愚蠢，我只是怕您有時候聰明過了頭，對我的信心太足了一些。」

陳萍萍放在羊毛毯上的枯老手掌微微動了一下，旋即微笑說道：「對你有信心不是一件很好的事情嗎？這天底下對你實力的了解，我應該是最清楚的幾個人之一。你向來會演戲，在眾人面前出手的次數寥寥可數，尤其是入九品之後，也就是和影子正面打過一架，天下人知道你是高手，卻不知道你高到什麼程度，尤其不知道你身上藏的那些祕密……而我不一樣，我知道這一切。」

「說漏嘴了吧。」范閑陰陰說道：「老人家……那是伏擊！那是在京都郊外的山谷裡，對方有兩百多把弩！這完全可以去東夷城殺四顧劍了，您就一點兒不怕我死？」

「四顧劍這麼好殺，那事情就簡單多了。」陳萍萍咕噥著。「我都說過，這事和我沒關係。」

「您不要忘了，我至少也是個監察院的提司！」范閑大怒說道：「您不蠢，難道我蠢？您以為這兩天我躺在床上就沒有查查自己院裡的事情？如果沒有院中的人幫忙遮掩消息，那些城弩可以堂而皇之地搬到京郊的小山頭上？如果院裡沒有人和那些王八蛋配合，能這麼輕輕鬆鬆地狙擊到位？」

陳萍萍咳了兩聲：「說不定是京都守備師裡出了問題。」

范閑盯了他一眼，說道：「京都守備師能知道監察院的訊息流程？就算軍方可以查到我回京的確切時間，那山谷裡斥候傳來的平安回報是怎麼回事？黑騎離開不久，對方就恰恰算到了這一節？」

陳萍萍嘲笑說道：「對方既然要殺你……自然要準備充分，如果連這些細節都顧慮不到就來殺你，未免也太糊塗了些。」

范閒冷笑道：「裝，繼續裝，就算山谷裡的那些埋伏不是您派隻雙面烏鴉暗中幫了一手，但事情發生的過程中甚至結尾之後，您總脫不了放縱的嫌疑……您是誰？我大慶朝最厲害的人物，難道京都裡有這麼大一個計畫，您能沒聽到一點兒風聲？怎麼就沒想著跟我通通風、報報信什麼的？難道說……您也覺得我天天在院子裡搶班奪權，有些礙了您的眼，所以乾脆順手把我宰了，免得心煩……可您甭忘了，這院子當初可是您求著我進來的，跟我可沒關係。」

陳萍萍聽著這話，終於忍不住抬起頭來白了他一眼，皺著眉頭斥道：「你這小子，明明心裡不是這麼想的，也知道我不是這般想的，還偏要這樣說，以為這樣就能如何？」

「不能如何？」范閒直接道：「您陰了我兩道，害我兩次險些丟了性命，您總得給我一個公道。」

「說過與我無關。」陳萍萍陰沉說著，懶得理會，推著輪椅，沿著石階的下方向左手方的園子行去。

范閒心裡一股邪火正燒著，哪裡能讓這老跛子就這麼跑了，雙手往輪椅兩邊用力一推，也跟了上去。

知道監察院權力最大的兩位大人物今天要進行一場非常隱密的談話，所以陳園裡早已進行了相關的布置，往日裡在園中咿咿呀呀、連寒風也不畏懼的美人們都被關在自己的屋子裡，不准出來；一應僕婦各自躲著這片地域，那位老僕人也在推著范閒來到此間後便悄然離去。

於是乎，便只有陳萍萍與范閒這兩個坐著輪椅的可憐人。此時陳萍萍在前，范閒在後，陳萍萍在前面推著輪椅快行，范閒在後面疾追，在片刻之間，竟是繞著這座宅子轉了一個大圈，這景象，看著是那般滑稽。

說實在話，陳萍萍今日確實是不想面對胸中邪火未盡的范閒，所以乾脆不想談了，推著輪椅在前面走。這位慶國的大人物這麼些年來都坐著輪椅，當然比范閒要習慣得多，加上范閒受了重傷，本來就沒怎麼好，所以兩架輪椅繞著宅子轉了一圈之後，范閒已經被甩開了幾個「椅位」。

還好，陳萍萍不可能在自己家中玩輪椅遁，只是停在宅子右手方的一方小池邊上，范閒氣喘吁吁地轉著輪椅趕了上來，停在他的身邊，回頭一望，自己二人繞著宅子逆時針轉了一圈，卻又快要回到原點，實在是有些無聊。

「我是病人。」范閒埋怨說道：「就算我的問題讓您難堪了，也不至於要這樣。」

「倒不是難堪。」陳萍萍忽然嘆了口氣說道：「只是你找我要公道，我確實不知道怎麼給你。」

范閒低著頭，看著池塘裡的冰渣和凍斃了的黑荷枝，忍不住皺了皺眉頭，呵了兩口熱霧到手上，輕輕搓著，聽著旁邊老人說話。

「院裡的事情不要查了，沒有內奸。」陳萍萍緩緩說道：「我承認，這次山谷裡的狙殺，我是知道一些風聲的，而且確實院裡有人在幫那邊，不然也不可能把你整得如此之慘。」

「既然您不讓我查，那個內奸想必也是您故意露的一手。」范閒說道：「您也知道這次我很慘，所以我不明白……懸空廟是救駕，這次陛下又不在我馬車上，為什麼我要付出這麼多的代價？」

「你相信我嗎？」陳萍萍嘆息著。

范閒想了很久，緩緩地點了點頭。

「先不要問我。」陳萍萍幽幽說道：「以後你自然就明白了。」

「我不明白。」范閒平靜說道：「不過我也不需要明白，但是我需要知道，究竟是誰向我下的手，而院中的那個雙面又是誰。」

陳萍萍靜靜地看著他，半晌後說道：「你手頭沒有證據，奈何不了對方。」

「可您手裡有。」

「我也沒有。」陳萍萍冷漠說道：「就算有，也不可能交給陛下……一來我可不想陛下震怒之下，將我們這個院子給撤了；二來，這時候交出去未免早了些。」

這話裡隱著的內容太多，足夠范閒消化很長時間，但范閒沒有怎麼理會，直接問到了事情的重點：「我還是想知道是誰想殺我。」

「這京都裡，除了你相信的人之外，所有的人都想殺你。」陳萍萍平靜說道：「至於這次主事方是誰，想來我也不能瞞你，只是希望你能忍耐一下，不要壞了大的局面。」

范閒沉默了。

「是秦家。」陳萍萍淡淡說道：「只是你就算入宮抱著陛下的大腿哭也沒用，你沒證據，我也不可能捨得把那個棋子拉出來給你當證據……就算陛下因為你的事情懷疑秦家，可是看在軍方的面子上，他也不可能因為你幾句話就把老爺子棄了給你出氣。」

范閒忍不住搖搖頭。

陳萍萍有些好奇地看了他一眼。「你一點也不驚訝。」

范閒小心翼翼地伸了個懶腰，生怕牽動背後的傷勢，微笑說道：「還是那句話，我也是個聰明人，既然此次您不是為我謀功，那定然是要拖人下水，如今這朝廷裡還沒有下水的大勢力，便只有秦家了，這件事情並不難猜。」

永陶長公主是從另一個方向，很輕易地推論出秦家的參與；而范閒推論方向雖然與永陶長公主不一樣，但得出的答案都是這樣簡潔明瞭。

陳萍萍讚賞地點點頭，說道：「如今你明白了，在沒有證據的情況下，像這樣的軍中第一高門，陛下是不會輕易動的，不然軍心不穩，這朝廷何以自安？」

「只怕有證據，但時機不好的情況下，陛下也不會動。」范閒譏嘲說道：「只是我不明白，您拖老秦家下水，想來必要的時候，自然會讓陛下知曉此事……去年一年，您在京都，我在江南，都是硬生生地逼著太子、老二和長公主狗急跳牆，如今他們還沒有跳，您又替對方加上一個秦家的砝碼……您對陛下真的這麼有信心？」

陳萍萍微笑點點頭。「我一直對陛下很有信心，正如對你一樣。」

話一出口，兩個坐在輪椅上的人都沉默了下來，就像以前的很多次談話那樣，兩人都是極其聰明的人，很多事情不需要說明白，彼此的態度在那些隻言片語裡便確定了。正如范閒猜測自己的身世，正如雙方的每一次小心翼翼地接近——是真實心境的接近。

「我很好奇，你為什麼不好奇我要拖秦家下水？就算我對陛下有信心……可是如果跳牆的人少一個，總是會好處理一些。」陳萍萍溫和笑著看范閒的眼睛。

范閒微微低頭，半晌後說道：「想來也不是什麼大不了的原因……只不過您是想藉此一役，將我將來所有的敵人清除乾淨，老秦家和我關係一直不錯，也沒有摻和到龍椅爭位中，想來……這老秦家和很多年前的故事有關係。」

「我果然沒有看錯你。」陳萍萍讚賞說道：「你能判斷出這麼多，已經足夠了。」

范閒沉默，心裡湧起淡淡悲哀——他還有一個判斷沒有說出口。面前坐輪椅的這位老人身體很差，已經沒兩年好活。老人自己當然清楚這個情況，必須趕在自己死亡之前將所有的事情都終結掉，所以才會如此安排。

念及此，范閒心頭的那絲躁意已經淡化了許多，可他仍然忍不住問道：「如果……我在山谷裡真死了怎麼辦？」

「你怎麼會死呢？」陳萍萍嚴肅地看著他。「你要一直活下去。」

范閒笑了，這句話和父親那天的話何其相似。

他好笑地偏著頭，問道：「我為什麼不會死？山谷裡的情況，您又不是不清楚……老秦家是何等的門第，他們不動手則罷，一動手必然是雷霆一擊，我就算運氣再好……可是也不見得有足夠的運氣保證自己在這些狙殺裡活下來。」

陳萍萍沉默了少許之後尖聲陰沉說道：「對於秦家的布置，我有分寸，但這次確實太險，是因為我沒有算到三件事情。」

「我沒有想到五大人的傷還沒有養好。」陳萍萍冷漠說道：「秦家那個老糊塗可不知道你身邊有這樣一位殺神，五大人如果在側，這天下誰能傷得到你？」

范閒點點頭。這是第一個原因，卻依然不足以說明陳萍萍為什麼會如此不把自己的安危放在心上。

「第二件沒有算到的事情是——」陳萍萍帶著一絲詭異的笑容看著范閒。「真正面臨死亡的時候，你居然還能忍得住不把那個箱子拿出來。」

范閒苦笑說道：「雖然不知道您一直念念不忘的箱子究竟是什麼，但我沒有，又能到哪裡去偷？」

他心頭震驚，但表情與言語上依然不露絲毫馬腳。

箱子，那個黑色的、窄窄的、長形的箱子，當年隨著一個少女、一個瞎子僕人入京都的箱子，在慶國的歷史上只發揮一次作用，卻是改天換地的一次作用。

除了葉輕眉、范閒和五竹外，沒有任何人看過那個箱子的真面目，也沒有人知道那個箱子如何使用；但是知曉當年慶國兩位親王死亡真相的老人們，卻知道那個箱子的可怕之處，尤其是因為不知道具體情況，反而對那個箱子產生了一種古怪的神祕感和敬畏感。

超出這個世界的存在，總是令人浮想聯翩和無限畏懼。

哪怕是陳萍萍和皇帝，也不例外。所以當范閒童年在澹州時，費介便曾經去問過五竹；當范閒入京，又不只一次面臨過這個問題。

所以陳萍萍始終沒有想明白，當山谷狙殺已經到了如此危險的時刻，為什麼范閒……還是不肯動用箱子？

至於范閒說箱子不在他手上的廢話，老辣如陳萍萍，自然是斷不肯信的。

第三章　三人三思

陳萍萍當然不信，當年的老人都知道，那個箱子是在葉輕眉手上，但是葉輕眉遇害的時候，並沒有動用過這個箱子，說明當時箱子並不在太平別院裡；而事後陳萍萍對太平別院所進行的詳細調查，也沒有發現箱子的蹤跡。

這樣一件超凡入聖的事物，自然不可能隨便丟了。

那就只有五竹知道箱子的下落。而范閒逐漸長大，在京都這樣險惡的環境中生存，五竹如果因傷不在范閒身邊，那一定會把那個箱子交給范閒帶著，以避免隨時有可能到來的危險。

這便是陳萍萍的推斷，而他的推斷距離事實的差距也並不大。

只是他想錯了一點，因為他和皇帝都沒有親眼看過那個箱子，所以根本不知道箱子的體積與大小。

不錯，范閒確實帶著箱子，只是那個箱子實在沒有辦法避過眾人的耳目而隨身攜帶。當范閒因為自己的大意在山谷裡遭受狙殺時，那箱子還不知道在哪方弱水上漂流著。

迎著陳萍萍戲謔的目光，范閒很誠懇地一攤雙手說道：「我真不知道什麼箱子。」

這個祕密他一定要保留下去，就算面前這個老人能猜到什麼，他也不能承認，不然如果讓皇帝知道箱子在自己手上，身為一代君王，當然不會允許一個可以神祕無比殺死高手的法寶留在兒子身邊。

皇帝會開口要的，所以范閒打從一開始就不會承認。

陳萍萍搖了搖頭，懶得繼續追問，知道小傢伙總是要保留些護身的法寶。

范閒微笑著轉了話題：「五竹叔、那個莫名其妙的箱子，這是您沒有計算到的兩件事情，那第三件是什麼？」

陳萍萍譏諷地望著他。「第三件事情很簡單，我沒有算到，院裡的馬車明明可以替你擋一陣，以你和影子的能力，入雪林單身脫逃不是很難的事情，就算會受些傷，也不至於到了如今這步田地……你在院中日子久了，當然知道，高手和刺客完全不是一個領域的，想狙殺一名高手簡單，想狙殺一名刺客卻是極難……但除了院中人之外，可沒有幾個人知道你是一位九品刺客。」

「所謂的沒有想到，便是沒有想到你會如此愚蠢。」陳萍萍一臉微怒。

范閒微微一怔，旋即冷笑說道：「您是指我殺入雪林去除那些城弩？這是愚蠢嗎？就算我能逃出來……可我的手下怎麼辦？不要忘了，這次山谷之事，我一共死了十幾個手下，我沒有罵您冷血，您卻罵我愚蠢。」

「冷血？」陳萍萍似笑非笑望著范閒。「你難道忘了，我們監察院最需要的就是冷血？你以往的冷漠無情到哪裡去了」

范閒微微握緊拳頭，低聲說道：「那是我的人。」

「只不過是你的下屬，你都捨不得犧牲，那將來如果讓你犧牲更重要的人時，你怎麼辦？你的這次舉動輕易地戳破了你冷漠外表，露出你的懦弱來，這便是所謂愚蠢。強者不只身強，心神也要堅強，懦弱這種情緒，只會讓你將來死無葬身之地。」陳萍萍瞇著眼睛，寒光透了出來。

「那不是懦弱！」范閒毫不遲疑地反駁道：「那是我必須做的事情。」

「不能在乎太多。」陳萍萍打了個呵欠說道：「你必須做的事情不要太多，我只是覺著你那丈母娘想必會很開心，終於知道你的命門在哪裡了。」

范閒心頭一顫，感覺到了一絲不吉，旋即皺眉說道：「我只在乎我在乎的人，其餘再有多少人……死在我面前，我都不會動一下眼睫毛。」

「你母親在乎天下所有人。」陳萍萍閉目說道：「這方面，你比她聰明，比她強，可是還是不夠，你頂多只能比她多活幾天罷了。」

范閒拍拍手掌，溫和說道：「這些事情就沒什麼好說的了，反正我們大家最好都能長命百歲。」

他搖著輪椅轉了一個花兒，前盤翹起，繞著陳萍萍轉了半圈。

陳萍萍看著這一幕，忍不住笑了起來，說道：「這很好玩嗎？」

「很好玩。」范閒認真說道：「您坐了這麼多年的輪椅，也不想著怎麼開發些破除煩悶的遊戲，說明您這個人真的很無趣，一天到晚都浸淫在黑糊糊的世界裡，這麼活一輩子有什麼意思呢？」

如果依照范閒的想法，最好陳萍萍置身事外，在生命最後的幾年裡去一些比較大的山頭，帶著那些美姬度度蜜月什麼的，總好過於將自己的一生都奉獻給無趣的政治陰謀事業。

不過他也清楚，對於陳萍萍而言，算計這些事情，或許本身就不僅僅是工作，也是一種享受、一種藝術，所以他並沒有多話。

「我死了之後。」陳萍萍抬起他枯乾的手，隨意在這園中的空中揮了揮。「這園子就給你了，裡面這些女人，你想留就留，不想留就散了。」

范閒明白，這位老人自然不會因為這些美人的性命而如何，只是長年相處，想必總有那麼幾絲感情，便很自然地點了點頭。

「秦家的問題怎麼處理？」范閒忽然開口問道，雖說陳萍萍讓自己以大局為重，現在不要亮明刀槍，可他總是需要回贈一些什麼。

陳萍萍搖了搖頭，說道：「所有人都想你死，秦家並不特別的好，也不特別的壞，你現在動了，會壞我大局，暫時忍著，看著將來他們如何家門俱喪，這本身就是一件很快樂的事情。」

范閒微微皺眉，好看的面容上多了一絲無奈之意。「又要忍著？」

「這方面你要向你父親學習。」陳萍萍似笑非笑說道：「這全天下的人都死光了，我看你父親還活著……別說這不是本事，能活下來，本身就已經是最大的本事。」

范閒忽然眉梢如劍般一直，緩緩說道：「我畢竟是年輕人，這件事情我必須要表明自己的態度，不然隨便來隻阿狗阿貓都敢試著殺我一殺，總是不方便。」

陳萍萍看著他。

范閒似乎沒有感覺到老人家冷厲的目光，微笑說道：「我給您面子，秦家我不動，我幫您掩著，等著大爆炸的那一刻，但其餘的人，我總要殺幾個為我的屬下陪葬。」

陳萍萍臉上的皺紋愈發深了，嘆息道：「其他的人和這次山谷狙殺有什麼關係？」

「您不是說過嗎？他們所有的人都想我死。」范閒笑著說道：「既然如此，不管他們與這次狙殺有沒有關係，我搶先殺幾個立立威，想必陛下也不會太過責怪我。」

陳萍萍不贊同地搖搖頭。「燕小乙本來就沒有插進這件事情裡，你何必與他結成死仇？」

范閒冷笑道：「燕小乙的兒子呢？半年前您只是說他有個兒子很厲害，可沒有告訴我三石大師也是他殺的，也沒有告訴我，這小箭兄是在京都守備師裡待著。」

陳萍萍默然，這件事情他本來就沒有對范閒全部講清楚，想來是范閒憑藉自己的力量查出來，他也不好再多說什麼，只是緩緩說道：「你要報復……又不方便動秦家，難道就準備濫殺一通？」

「老秦家已經被您推到長公主那邊了。」范閒不客氣地提醒道：「我砍我丈母娘一刀，讓他們替老秦家承擔些怒火，有什麼問題？」

「問題倒沒有。」陳萍萍陰沉著聲音說道：「只是你這搞法……有些不講道理。」

范閒嗤笑一聲，說道：「碰見您這種太講理的，我才懶得費口舌，您難道不清楚，咱們年輕人，本來就是習慣滿不講理？」

京都的冬天，一片寒冷，雖然還沒有到年關最冷的那幾天，可是瓊雪擁民宅，玉欄截朱牆，漫天大雪時不時地落幾陣，整個京都都籠罩在寒氣中，而闊大的皇宮朱牆都被雪水打溼了，顯得有些發黑。

正如大紅宮牆顏色的變換一樣，滿朝文武都知道，大慶皇帝的心情也有些陰沉，有些鬱鬱。

范閒遇刺的消息早已震動京都，所有人都逐漸知道了事情的細節，也猜到了一定有軍方的得力人物參與到此事之中，每每想到皇帝控制最嚴的軍隊都出現了問題，文武百官們都默然警惕，不敢多言一句。

接著幾日的小朝會上，除了一應政事之外，談論最多的便是范閒遇刺之事。由監察院領頭，大理寺與樞密院協同的調查早已展開了，只是那兩百顆人頭經過畫圖比對，卻是找不出一絲線索，而監察院抓住的那個活口早已奄奄一息，只是吊著命，暫時還沒有方法問話。

除了那五座城弩與衣飾之類的線索外，欽差大臣遇刺一案的調查竟是沒有半點兒進展。

皇帝的臉色雖然平靜，但有幸參與朝會的大臣們，都能感受到皇帝雙眼隱著的怒火越來越盛，只是不知道這火什麼時候會噴出來，將這些大臣們燒成灰燼。

其實所有人都清楚，范閒去年被命為行江南路全權欽差大臣，急匆匆出京是為什麼。那是因為從北齊方面傳來的流言，直接揭破了皇帝與范閒之間那層隱密的關係，為了防止京都局勢動盪，也是為了讓皇族的顏面得以保存，更是為了讓慶國朝野從這件有些尷尬的祕聞中擺脫出去……皇帝將范閒變相放逐到江南。

但誰也沒有想到，范閒一下江南，竟做了那麼多事情，整治內庫、主持招標、大力支持河工，這半年時間，翻手雲雨間，便將困擾慶國幾年的國庫空虛問題解決了，末了又藉回鄉省親之機，將膠州那窩老鼠端了個乾乾淨淨。

膠州水師副將黨驍波早已押回京都，取了供狀，辦成了鐵案，在秋天被處斬。江南的庫銀也已調回京都，朝廷終於有底氣開始大修江堤，賑災減稅，而這一筆筆都是范閒對慶國朝廷的功績。

大臣們心裡都在想，這樣一位人物，當然不可能總放在江南待著，只怕終究是要回京的。而且皇帝肯定以為一年之後，那消息只怕早已淡了，京都裡的那些勢力，應該學會接受這種狀況，放逐江南的私生子，終於要名正言順地站上朝堂。

但誰都想不到，就在范閒回京述職的路上，竟會遭到狙殺！

這不僅僅是對欽差大臣的狙殺，也不僅僅是對一位龍種的狙殺，而是這件事情已經觸碰到朝廷的底線。如果這次事情不能查清楚，那只能說明皇帝對於慶國的控制力，已經遠遠不如當年。

而在繼承大統之爭逐漸浮上水面的今天，這種信號，無疑就像是海中龐大鯨魚傷口裡透出的一抹血紅，足以引得無數條鯊魚前來貪婪地奪食！

可是案子卻始終如同一團迷霧般，久久看不真切內裡的模樣，如果再拖些時日，只怕皇帝震怒之下，會不計後果，施下天雷嚴懲。

而朝中那些持重之臣，最害怕的也是這種局面，他們擔心皇帝因為心疼范閒，愛惜顏面，而在沒有證據的情況下，無差別攻擊，無底限懲處，而將此事擴展到一個慶國所承受不住的地步。

「請陛下三思！」

一位站在文官隊列裡的老臣，出列跪於龍椅之下，沉痛說道。

第四章　畫中人、畫外音

「三思什麼？」

慶國皇帝抬起有些沉重的眼簾。最近這幾天，南方雪災之跡漸現，各路各州的奏章竟是比這滿天的雪花飄來的更多，不是伸手向朝廷要銀子，就是要徵夫，要不就是叫苦連連，說來年要減賦免徵。

減便減吧，那人說得對，靠從土地裡刨銀子，就算刮地三尺也刮不出多少銀屑，銀子這種事情，還是得靠賣東西。安之在江南替朝廷掙了那麼多銀子，自然朝廷也就不急著各郡裡的那些稻桿錢了。

只是薛清從杭州都發來告急，難道今年連江南的雪都這麼大？

皇帝皺了皺眉頭。前年秋天一場大水，不知淹死了多少自己的子民，沖毀了多少民舍良田，好不容易用了一年多的時間，朝廷緩過勁來，積蓄了一些氣力，哪裡料到又突然來了一場大雪。

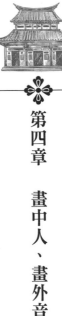

這老天爺，還真是不給自己這個天子面子。

不過聽說江南那個杭州會似乎提前預料到冬天的雪災，提前做了不少準備。畢竟是民間的組織，賑起災來是要比官府的動作迅速些。每每提到此事，宮中的母親也是眉眼間帶著笑意。老人家是個慈悲人，最見不得那些民間悽慘景象，如今這杭州會怎麼說也是宮中貴人們湊錢弄起來的，宮裡的婦人們都覺得臉上有光。

皇帝忍不住笑了起來。晨兒弄這件事怎麼這麼上心，看來果然是在宮裡憋壞了，只怕也是被她那相公帶壞了，堂堂郡主，卻盡在這些事務上費心。

他猛然驚醒，這才思及自己走神，可哪怕是走神裡所想的事，也和……那個年輕人有關係，於是微怔之後，又笑了起來，重複問了一遍——

「三思什麼？」

殿中跪著的是門下中書裡的舒蕪，這位大學士年紀已長，向來頗得皇帝尊重，而且一直是以一位諍臣的面目行走於朝廷中，所以先前議論調查欽差大臣遇刺一事時，只有這位大學士敢站出來，反駁皇帝的意見。

只是大臣們都以為皇帝此時心中一定震怒，所以都有些畏怯，即便是敢於直言的舒蕪，也沒有如往常那般只是一揖為禮，而是直接跪了下去。

可是他沒有想到，端坐於龍椅之上的皇帝，竟是沒有聽清楚自己說什麼，似乎是走神了！

而皇帝先前走神裡脣角帶著的一絲笑容，也落在眾臣的眼中，大臣們心中犯著嘀咕，心想皇帝是想到什麼事竟如此高興？難道他心裡並不如文武百官們所猜想的那般震怒？

不可能。大臣們在心裡搖著頭，誰都知道皇帝最寵愛范閒這個私生子，於是在這些自以為精明已成天性的大臣心中，這抹笑容就多了一絲神祕莫測的意味，群心顫慄。

「請陛下三思，那城弩編號雖屬定州，只是……這個線索未免也太過……」舒蕪思考了一會兒，不知道該用什麼詞語。「太過明顯，總覺著應該是真正的奸人刻意栽贓，還請陛下三思，收回先前那道旨意。」

皇帝笑了笑，這才明白舒蕪驚懼的是什麼，揮揮手說道：「起來回話，這麼大年紀的人了，不要動不動就學人跪著進諫。」

這話顯得很溫和，而皇帝的溫和卻透露著一股自信與穩定，似乎根本沒有將這件事情放在心上。眾大臣先前還在擔心皇帝對於朝廷的控制，此時看著這一幕，卻忍不住咂舌自責，心想自己怎麼可以這麼糊塗，龍椅上這位是誰？可是慶國開國以來最為強悍的一位君主。

「朕讓葉重回京，當然不是述職這般簡單。」皇帝微笑著輕輕捋了捋頜下的短鬚，說道：「既然欽差遇刺一事牽連到他，他當然要解釋一下。葉家世代為國駐守邊疆，功在天下，朕當然不會心疑，只是此事總要有個決斷，總要說清楚。」

舒蕪抹抹額上的汗，有些困難地從地上爬起來，在胡大學士的攙扶下歸入列中。他起先聽著皇帝下詔令葉重返京，本以為皇帝震怒之下，準備直接將葉重索拿入獄，替自己的私生子討公道，所以惶恐之餘才出列進諫，此時聽著不是這麼回事，才覺心安。

他雖是文臣，但在朝中已久，當然明白軍隊對於一個建國不足百年的國家來講，意味著什麼，所以他很害怕皇帝因為山谷狙殺之事，大肆挫辱軍隊，從而動搖朝廷的根基。

舒蕪一心為了慶國，所以他舒了心，而皇帝的這番話落在別的大臣耳中卻是另一番滋味，足堪咂摸。

「陛下為什麼突然對葉家如此溫柔了？」

正因為在過去的兩年裡，皇帝對葉家太不溫柔，所以今時今日，皇帝忽而溫柔，一時間，不知道有多少大臣轉不過彎來。

但所謂帝王之威，思想工作方面，臣子們轉不過彎來也必須要轉，所以皆伏於地，大讚陛下聖明，寬厚云云。

皇帝其實並沒有想那麼多事，他也沒有如臣子們想像中的那般憤怒，身為君王，保持必要的神祕感以及亙古不變的平靜，以顯示自己的不動如山、天下盡在手中……更何況范閒並沒有死。

范閒如果在山谷裡被殺死了，對於慶國皇帝來說，這就是一個刑事案件。

范閒既然沒有被殺死，刑事案件就變成了政治事件。

但凡偉大或者昏庸的政治家，在處理政治事件時，都有一個共通的特點，那就是不著急。前者不急是因為胸有成竹，後者不著急，是棘手不知如何下手。

皇帝自然是前者，只不過他多了一個身分，所以對於范閒的遇刺依然有止不住的憤怒。身為一個父親，他最想做的，當然是把范閒接到宮裡來看看傷勢如何，只是這次不是懸空廟的刺殺，他找不到任何理由把范閒接入宮中。

後來聽到回報，范閒在府裡養傷沒有多久便出城去了陳園，皇帝便知道范閒的傷勢並無大礙，將心放了下來。

是的，請不要忘記，就算大慶朝的皇帝是天下最冷淡無情的人，再如何王八，也是王八蛋的爸爸。

正如陳萍萍與范閒拚命猜測、拚命試探的那樣，這位皇帝始終擁有著世人難以企及的自信，以及這十幾年來遮掩在平淡面容下的雄心。

對於軍方的這次狙殺行動，皇帝自然也有些震驚，而且時至今日，他也無法全知全能地查到是誰家動的手，只是有一個隱約的猜測，但他並不如何擔心。

恰恰相反，他很歡迎有人開始正面挑戰自己的權威，並且極巧妙地將這個局勢導引到他所需要的方向當中。

自己國度裡的一切，早已引不起他的興趣，將這大慶國的疆土統治得再如何穩定，對於渴望在青史留名、而且是最墨跡濃重的名字的他來說，已經沒有一絲意義。

他等著那一天，無比渴望，強抑激動地等待著那一天的到來。

「稟告陛下。」一位太監跪在御書房門檻之外，對著榻上穿著大錦袍的皇帝恭恭敬敬說道：「和院裡對過了，小范大人回京前那些天，各府上都安靜著。」

「嗯。」皇帝點點頭，示意知道了。「滄州那邊的消息回來沒有？」

太監的屁股撅得更高了一些，柔聲說道：「燕都督離營回京，一路上都沒有異狀。」

皇帝揮揮手，讓那太監退了下去。

太監不敢多說，只是扶在地上的手微微顫了一下，心想還有定州方面的消息沒有回報，陛下怎麼不問？難道是已經料定是……或者是準備算在葉家頭上？

「你怎麼看？」皇帝隨意從榻邊拾起一卷書翻著。

垂垂老矣的洪四庠慢條斯理地走出來，在皇帝身邊略略躬身一禮，緩緩說道：「老奴哪裡能有什麼看法。」

皇帝笑了起來，說道：「人人總有自己的看法。」

洪四庠輕輕咳了兩聲，沉默片刻後說道：「老奴以為，此次小范大人山谷遇刺實在有些蹊蹺，總覺著像是被人安排好了的事……只是怎麼也想不明白，能有氣力安排這局的人，為何會對小范大人不利。」

皇帝將手頭的書卷扔在一旁，沉默了一陣子後說道：「這事不要說了。」

「是，陛下。」洪四庠躬身一禮，片刻後輕聲說道：「太后娘娘請陛下稍後去含光殿裡坐坐。」

皇帝溫和笑道：「還用得著你來說這事？」

洪四庠猶豫片刻後說道：「宮外有消息入了太后的耳，老人家似乎有些鬱結。」

皇帝眉頭微皺，問道：「什麼消息？」

「一是那名叫宋世仁的狀師回京後嘴巴一直沒有閉上，還在議論著江南明家的那場官司。」洪四庠小心翼翼地看了皇帝的臉色一眼，請示道：「太后不喜歡。」

皇帝的面色有些冰冷，手指頭下意識敲著案桌。宋世仁乃是在江南幫范閒打官司之人，在蘇州府上連辯三月，講的便是慶律中關於嫡長子天然繼承權的問題。這狀師在京中有些小名氣，想來也是聰明人，怎麼可能回京之後，還會大肆宣揚此事？

一念及此，皇帝馬上明白，定然是有人安排，而太后肯定心裡也清楚，所以有些不高興……畢竟太后還是疼愛太子這個孫兒的。

「讓那狀師把嘴閉上。」停了陣子，皇帝又冷漠說道：「但……不要把人弄沒了，他是范閒的人，朕總要給小孩子一些臉面。」

洪四庠斂聲靜氣，輕輕應了一聲，卻沒有馬上離開。

「還有何事？」

洪四庠枯容未變，輕聲說道：「宮裡聽說……小范大人在江南得了一把好劍，是那位監察院駐北齊頭目王啟年送過來的。」

皇帝左眼下方的軟皮忍不住跳動了兩下，卻強抑住內心生出的一絲煩厭，溫和說道：

「知道了。」

於雨後朱黑混雜的宮牆下行走，於園間經冬耐寒的金線柳下經過，宮中湖泊已然結冰，秋日蓑草卻沒有承接瑞雪的榮幸，早已被雜役、太監們清除乾淨。

沿路一片整潔下掩蓋著荒蕪。

皇帝當先一人負手行走於闊大的宮中，四周沒有一個人敢過於靠近，後方姚公公領著一干小太監，捧著大衣、暖壺、小手爐跟在後面，小碎步走著。

沒有行走多久，皇帝便來到了一方安靜的小院前，院中有樓，小樓。

正是皇帝與范閒第一次談心時的那座小樓。

皇帝推門而入，隨手拂去門頂飄下的幾片殘雪，逕自上了二樓。

姚公公從小太監們手上接過那些物事，叮囑幾聲，也進了小院，卻不敢上樓，在樓下安安靜靜候著，同時開始煮水備茶。

皇帝站在二樓的那間廂房裡，雙眼看著牆上的那幅畫，看著畫中凝視河堤的黃衫女子，許久沒有說話，只是一味沉默。

他的眼雖注視著她，心裡卻在想著別處。

劍？自然是王啟年從北齊重金購來孝敬安之的那柄北魏天子劍。狀師？皇帝冷笑著，安之如今被狙殺，受了重傷，可是那些人們還是不肯安靜些，母后對安之的態度已然平和，不問而知，這些事情自然是自己那位好妹妹和皇后在旁邊教唆著。

半年前永陶長公主安排人進宮講《石頭記》給太后聽，皇帝就清楚這個妹妹心裡做了什麼打算。

今日狀師與劍……自然又是想挑得母后動怒。皇族規矩多，一位臣子暗中拿著北魏天子劍，確實有些說不過去。

只是安之還傷著，那些人就忍不住想做些什麼，這件事讓皇帝有些隱隱的憤怒。

許久之後，一聲嘆息打破了小樓裡的寂靜，皇帝緩緩轉身，在那幅畫像之前坐下來，左手輕輕撫摸著桌上的一件物品。

修長穩定的掌下，正是那把劍，那把王啟年重金購得、送至江南的北魏天子劍！

皇帝的脣角綻起一絲微笑，想來那些人都不清楚，范閒醒來的第二天，就把這劍託人送進宮中，送到自己的手上，而且還附帶了一封密信。

信中沒有什麼特別內容，也沒有對狙殺之事大肆抱怨，而是一味的誠懇與恭敬，只是偶露戾氣。

這絲戾氣露得好——露得很坦誠。

皇帝身為一代君王，正如那日與陳萍萍說話時想的那樣，最看重的便是身旁諸人的心，坦誠便是一樣。事前事後，范閒表現得很坦誠，而其餘的兒子和臣子們……卻太不坦誠！

他坐在畫像的下方，有些疲憊、有些憂慮。畫像上的那個黃衫女子也有些疲憊、有些憂慮，兩個人就這樣一人在畫中，一人在畫外，同時休息著。

許久之後，皇帝的臉上又現出往日常見的堅毅沉穩神色，站起身來，反手握住范閒呈來的那柄天子劍，走到樓下。

姚公公小心翼翼地遞了一杯茶。

皇帝飲了一口，將劍遞過去，平靜說道：「傳朕旨意，監察院提司范閒公忠體國，深慰朕心，特賜寶劍一把。」

姚公公連忙接過。

皇帝最後淡淡說道：「宣召言冰雲、賀宗緯、秦恆……入宮。」

他說了十幾個官員的名字，這些人有一個共同的特點，那就是……年輕。

姚公公領命出樓，分派各小太監去諸處傳人，又自己出了宮門，在侍衛的護送下來到了范府。不需香案，無用響炮，他入了後園，將手中那柄黃巾裹著的劍賜給那位年輕人。

一應平常，只是此事記錄在冊，想必明日京都諸人都會知曉此事。

范閒捧著那把劍開始發呆，心想皇帝老子這麼客氣做什麼？

而那些急匆匆入宮的年輕官員也各自戒惕，暗中猜測著皇帝的心思。

第五章　大哥別說二哥

范閒捧著寶劍在苦笑。

然後等父親范建入屋之後，他馬上換上最誠懇的笑容，說道：「父親大人，這麼早就回來了？」

范建點點頭，在床前坐下，說道：「戶部最近沒有太多事情，自然不需要老待在那裡。」說完這話，他遞過一個油紙包，說道：「新風館的包子……三殿下這兩天正在默書，老人家想著他在外面待了一年，看得嚴實。雖然知道你受傷的消息，他卻是一時不能出來，只是記著你愛吃新風館的包子，所以讓人買了，送過來給你。」

范閒接過猶自溫熱的紙袋，從裡面取出一個包子小心翼翼地咬了一口，發現包子裡的油湯並不怎麼燙了。范建看著兒子這模樣，忍不住皺眉搖了搖頭。

范閒吃了一口，便將紙袋擱在桌上，下意識扭頭望了一眼窗臺上的積雪，眼中流露出一絲豔羨之意。

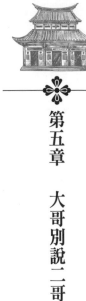

「別又想著出去。」范建看出兒子心中所想，冷厲說道：「前天讓你溜出門去了陳園，你就知足吧，如今京都裡雪大路滑，你又傷成這樣，也不知道安分些。」

范閒自嘲笑道：「我真這麼搶手？總不可能所有人都想來捅我一刀子。更何況在京都裡，還真有人敢動手不成？」

范建冷笑說道：「京都城內城外，不過十幾里地，你以為有多大區別？」

他沉默了片刻之後，輕聲說道：「這件事情，你最好暫時冷靜一些，陛下自然會為你討個公道。」

范閒嘴上恭謹應下，心裡卻想的完全不是這麼一回事。陳萍萍與范建似乎都在看皇帝的態度，二位老人家私底下自然也有動作，只是都瞞著范閒，不想讓他摻和得過深。可是范閒清楚，受傷的是自己，首當其衝的也是自己，一味隱忍著，實在是很不符合自己的做人原則。

至於皇帝接下來會做什麼，經由與陳萍萍的對話，范閒隱約能猜到少許，不過朝堂之上的換血，似乎與自己也沒有太大關聯。

等范建出房之後，范閒的眼珠子轉了兩圈，伸了個懶腰，試了一下，發現後背的傷口癒合得差不多了，自己的醫術以及這變態的體質，果然十分適合在刀尖上跳舞一般的生活。

他下床穿衣穿鞋，盡量安靜一些，免得驚動外廂服侍自己的侍女。坐在桌旁的圓凳上，他皺眉想了一會兒，覺著那箱子就那般放著應該安全，這天底下聰明人極多，但凡聰明過頭的人，總是會想不到自己會那樣胡鬧。

思定一切，他輕輕推開棉簾，外間的熏爐有一股熱氣撲面而來，他捏碎了指間的一粒藥丸，清香漸瀰漫。

眉眼惺忪的侍女本就在熏爐旁犯睏，見范閒出來本是一驚，但嗅著那香，頓時又重入夢中。范閒微微偏頭，看著侍女憨態可掬的模樣，忍不住笑了起來。四祺這丫頭，看來這輩子就是被自己迷的命了，婉兒去杭州想著路遠，便沒帶這丫頭，沒料著自己回京後還是得送她入睡。

裹上厚厚的大氅，范閒小心翼翼地沿著廊下往後門偷溜。如今的宅子裡，藤子京兩口子都在，對下人們的管束本就有些散漫，這大雪的天裡，主人家不吩咐，那些僕婦、丫頭們也就喜歡躲在屋裡偷懶，所以很湊巧一路上竟是沒有人發現范閒蹺家的行為。

當然，臨要靠近大鐵門時，總有護衛守在那處。然而范閒一瞪眼，護衛們也只好裝啞巴。少爺、老爺，終歸都是爺，得罪哪一個都是不成的。

范閒輕輕鬆鬆出了府，上了那輛尋常馬車，沐風兒小心翼翼地扶他入車中，又細心地將車窗處的棉簾封好。

范閒搖搖頭，說道：「就是想看些景致，你都封住了怎麼看？」

沐風兒笑了笑，不敢再說什麼，披上一件雨蓑，蓋住內裡的監察院蓮衣，一搖手腕，馬鞭在空中轉了幾個彎兒，帶下幾片雪花，馬車便緩緩開動起來。

暗處六處的劍手們隨之而行，還有一些偽裝成路人的監察院密探們也匯入到並不多的京都行人之中。

馬車行至京都一處熱鬧所在，小心翼翼地躲避著行人。

范閒掀開窗簾一角，往外面望去，只見街道兩側的商鋪依舊開著門，那些做零嘴的攤販們撐著大傘，用鍋中的熱氣抵抗寒冬，與一年前所見，並沒有一絲異樣。

他不由得笑了起來。欽差大臣遇刺，對於朝廷來說，確實是件了不得的大事，對於這些民間百姓們來說，想必也是這幾天最津津樂道的飯後消遣內容，只是事情影響不了太多，該做小買賣的還是要做小買賣，該頭痛家中餘糧的還是得頭痛。自己遇刺，更多的是讓朝堂不寧，對於萬年如一日的平常生活並沒有太多改變。

忽然間，他心頭一震，盯著鄰街幾個人，半晌沒有轉移視線。那幾個明顯是高手模樣的人警惕地拱衛著一個年輕公子，那公子明顯易容打扮過，卻哪裡瞞得過范閒的雙眼，他的心頭大驚。

「跟上去。」看著那行人買了些東西上了馬車，范閒急聲吩咐道。

沐兒風嗯了一聲，輕提馬韁，便跟了上去。

兩輛馬車一前一後繞過繁華的大街，轉向一個相對安靜、也相對豪奢的街區。此時天時尚早，一應冬日裡的娛樂活動尚未開始，所以這街上的樓子都有些安靜，只有街正中最好的那個位置，青樓紅燈已然高懸，棉簾重重遮風，以內裡的春色，吸引著外間淒風苦雪裡的雄性生物。

正是京都最出名的抱月樓。

范閒看著那行人下了馬車走入樓內，皺起眉頭，心想莫不是自己真的傷後眼花？他滿腦門子官司，想也未想便讓沐風兒駕著馬車從旁邊一條道路駛進抱月樓的內院，在樓後方的湖畔門外停下來。

他是抱月樓真正意義上的老闆，在後門處候著的嬤嬤看見他從馬車上下來，嚇了一大跳，心想這位爺不是受了重傷？怎麼還有閒心來樓裡視察？卻也不敢多說什麼，一面趕緊派人去通知二掌櫃石清兒，一面小心翼翼地將范閒迎往湖畔最漂亮的那幢獨立小院。

范閒搖搖頭，心裡想著先前見著的那人，直接穿過湖畔的積雪，緩緩向抱月樓裡走去。上了三樓，來到專屬東家的那間房外，范閒略定了定神，聽著裡面傳來的輕微話語，忍不住脣角微翹，笑了起來。

那位老嬤嬤在他身後是說也不敢說，連咳嗽都不敢咳一聲。她先前派人去通知二掌櫃，也沒有法子，只是滿心希望屋內人說的話小心一些。

靜靜聽了許久，范閒推門而入。

「誰？」

錚的一聲，彎刀出鞘之聲響起，一股令人心寒的刀意撲面而至。偏生范閒卻是躲也不躲、避也不避，滿臉難看地往前走著。

出刀之人穿著尋常服飾，但眉眼間滿是警惕與沉穩之色，刀出向來無回，可是看著面前這年輕貴公子卻是避也不避，心知有異，硬生生地將刀拉了回來，真氣相沖，滿臉通紅。

跟在范閒身後的沐風兒也隨之進門，回身關好房門，然後向著那位刀客溫和一笑，心想看來以後是同事。

與此同時，先入房中的那行人霍然站起，將當先行走的范閒圍在當中。

隨之而來是兩聲清脆的叭叭聲，一位女子、一位少年手中的茶碗同時摔落在地，這二人目瞪口呆地看著范閒，半晌說不出話來。

「都把刀放下！」那位少年先醒過神來，對著自己的隨從大怒罵道：「找死啊？」

隨從們面面相覷，心想來人究竟是誰，怎麼讓大老闆如此激動？

范閒卻不激動，走到那少年面前，兩指微屈狠狠地敲了下去，砰的一聲，少年微胖的臉頰上頓時多了一個紅包。

「找死啊！」范閒大怒罵道：「誰讓你回來了？」

少年癟著嘴，委屈無比說道：「哥，想家了……」

將所有人都趕出房去，便是那位想替少年辯解兩句的石清兒也被范閒趕出去。他大馬金刀地往正中的椅上一坐，看著面前恭恭敬敬的少年，半晌沒有說話。

許久的沉默之後，范閒冷笑開口說道：「大老闆現在好大的威風……身邊帶的都是北齊高手當保鏢，看來我這個哥哥也沒什麼存在感了。」

在他面前的少年當然不是旁人，正是一年多前被范閒趕到北齊，如今全盤接收了當年崔家的產業路線，在北齊皇族與范閒之間打理走私事務的經商天才，范府第二子，那位臉上始終帶著令人厭煩小麻點的……范思轍。

范思轍湊到哥哥面前，小心翼翼地替他揉著膀子，小聲嘻笑道：「有錢嘛……什麼樣的高手請不到？」

范閒氣不打一處來，怒斥道：「你怎麼就這麼偷偷摸摸地回來了？難道不知道這滿天下的海捕文書還掛著？」

范思轍笑道：「那只是一張廢紙，在滄州城門處瞧過一眼，早被雨水淋爛了，哪裡還看得出來我的模樣。」

范閒忍不住罵道：「別老嘻皮笑臉的！說說是怎麼回事？偷偷回來是做什麼？為什麼事先不和我說一聲？」

范思轍一時語塞，撓了半天腦袋後說道：「再過些天，就是父親大壽……」

范閒一怔，這才想起這檔子事，看著弟弟明顯比一年前清瘦許多的臉龐，忍不住嘆了口氣，想到這一年多的時間他在北齊一人待著，以這麼小的年紀要處理那麼多紛繁複雜的事情，也是可憐。范閒心頭一軟，不忍心再多喝斥，搖頭說道：「回便回吧，總是要提前說一聲。」

范思轍委屈說道：「我要先說了……你肯定不答應。」

范閒忽然想到一個問題，皺眉說道：「老王呢？他在上京城看著你……你走了怎麼他也沒有通知我？」

他冷哼一聲，看著弟弟不言語。

范思轍眼珠子轉了兩圈，有些著急，半晌後遲疑說道：「王大人不是也回來了嗎？我跟著他一路入的關……這個，哥哥，你可別怪他。」

范閒一拍桌面怒吼一聲：「這老臉皮也提前到了？怎麼也沒通知我？你們真是反了天了！什麼事都敢瞞著我。」

范思轍顫慄不敢多言，他可是清楚這位兄長要是生起氣來，打人……是真捨得用腳踹的！

「既然回了，為什麼不回家？」范閒皺著眉頭說道。

范思轍微微一怔，旋即臉上浮現出一絲狠戾味道：「哥，昨個一進京就聽說了那件事情，我怕這時候回家給你惹麻煩……另外，朝廷不是一直沒有查出來嗎？我就想著看抱月樓這邊有沒有什麼消息，所以就先在這裡待著，看能不能幫你。」

這番話，其實范閒在屋外就偷聽到了，這時聽著弟弟親口說出來，更是感動，輕輕拍了拍他的腦袋，嘆息道：「怕什麼麻煩？陛下又不是不知道你的事，誰還敢如何？待會兒和我回家。至於抱月樓的消息，我如果需要，自然會讓人過來問，你一個正經商人，不要摻和到這些事裡。」

他忍不住又瞪了弟弟一眼，說道：「別以為我不知道你這冬瓜腦袋裡在想什麼……怕直接回家我要訓你，所以想整些事哄我開心，別和我玩這套，把這心思用在爹媽身上去。

一年多不見，也不想想柳姨想你想得有多苦，居然還能忍心待在外面，這事如果說上去，看你媽怎麼收拾你，我可是不會求情的。」

范思轍委屈點頭，心想還不是哥哥積威之下，自己近府情怯，不敢敲門。

「長高了些。」范閒笑著看著他，拍拍他的肩膀，一年未見，心頭自也激動高興。「也壯了些……看來在北齊過得不錯。」

范思轍正準備訴些苦，打打那位未來嫂子的小報告，卻聽著門外響起了敲門的聲音。這敲門聲極其溫柔、極其小意，如泣如訴，痛如喪父。

范閒冷笑一聲。「滾進來吧，你一做捧哏的，別在這兒扮哀怨。」

第六章　我的人，他們的人

非著名捧哏王啟年推開一道縫閃身進來，四十歲的小乾老頭像是十四歲的孩子一樣身手俐落，態度謙卑，只是那雙眼中偶爾閃過的游移眼神才暴露了他內心的惶恐。

范閒見著他，本來心頭高興無比，但一想到這廝居然瞞著自己把范思轍帶回南慶，連暗中都沒有匯報一聲，心裡也有幾絲氣，懶得理他，轉過頭來繼續對范思轍皺眉說道：「你在上京的消息，想必也瞞不過誰去，在那裡還有衛華的錦衣衛可以護著你，偏生回國之後，你卻是要更小心自己的人身安全，不得不謹慎，像今天帶著隨從上街，雖然喬裝打扮了，可是京中你這小霸王的熟人可不少；再來就是你那幾個隨從，我是知道你聘了一幫子北齊高手，可是……」

他有些惱火於弟弟的不謹慎。「腰上還掛著那幾把彎刀，瞎子才看不出來那是北齊人……我說你的經商天賦，便是慶餘堂的那幾位掌櫃都十分欣賞，怎麼這些小處卻這麼不仔細？」

王啟年在一旁想插嘴，卻又不敢說話。范思轍同情地看了他一眼，小意解釋：「用的是北齊商團的身分……」

范閒不去理他的解釋，冷冷說道：「反正擅自回來，那就是你的問題。」

范思轍看著范閒，眼珠一轉，計上心來，嘿嘿笑道：「要說……擅自行事，哥哥，聽說你在那山谷裡受了不輕的傷，想來父親定然是不允你出門瞎逛的……怎麼卻在街上看見我了？」

范閒一窒，不知如何言語，冷哼兩聲作罷，旋即和聲說道：「不說那些了，回來也好，這一年多沒見，還真有些想你。」

范思轍嘆息一聲，坐在范閒身邊抱著他的膀子訴苦：「這後半年都在打理生意，雖然與北齊那些人打嘴仗分利益也挺煩人，但總是在做自己喜歡的事……哥哥可不知道，最開始那幾個月……」

少年的眼前宛若浮現出雪夜、石磨、驢、豆子……這些慘不忍睹的畫面，顫著聲音說道：「那不是人過的日子啊……」

范閒忽然心頭一動，屈指算來海棠朵朵這時候早已回了上京，不由得好笑說道：「難不成是她回了上京，你就急著跑路？膽子怎麼小成這樣？」

范思轍委屈說道：「哥哥，這世上不是所有男子都像你這般厲害，什麼樣的姑娘家都可以騙……就像海棠朵朵那種母老虎，我可是不想多看兩眼。」

范閒哈哈大笑，又略問了幾句弟弟在北方的生活，至於公務與商事，在二人南來北往的信件裡早就說了不知道多少次，也懶得再問，只是聽著弟弟講述在上京城裡的日子，聽著小小年紀的他如何出入上京城的王府、爵邸，頗有些意趣。

尤其是聽著范思轍如今已經成了長寧候家的常客，時常與衛華的父親拚酒，范閒又忍不住笑了起來，心想那個糟老頭子的身體，只怕禁不住自己兄弟二人連番酒水的殺伐。

心想著上京那個糟老頭，他眼光便看到了身旁那個安靜異常的糟老頭。

此時范閒的心情已經好了許多，滿臉溫和笑容望著王啟年，薄脣微啟，輕聲說道：「王大人，別來無恙啊……」

但凡與范閒接觸過的人，都知道他笑得最溫柔之時，便是他心中邪火最盛之時，在這種時刻，沒有人願意去招惹這位好看的年輕人。

王啟年身為范閒心腹，當然對他的這個脾氣了然於胸，此時看著范閒脣角的笑意，心頭一顫，苦著臉應道：「大人，饒了小的吧……」

「什麼時候到的？」范閒揀起身邊的茶杯喝了兩口，潤潤嗓子，卻發現這茶杯上透著一股胭脂香氣，這才發現是石清兒喝過的，微微皺眉，換了弟弟的那杯，卻又想到另一樁事，偏頭問道：「你那女人呢？」

兩句話分別問了兩個人。

范思轍在一旁嘿嘿笑著說道：「擱在上京城裡，成天綁著，實在有些膩味。」

王啟年在一旁老實說道：「真是昨兒個到的，已經去院裡向言大人報過了，只是院裡說大人受傷後身子不適，讓我不要急著進府。」

范閒瞪了弟弟一眼，心想這小子今年將將十四歲，說話卻有了些中年已婚男子的感覺？不過想到范思轍小小年紀就開始辦妓院，脫處之早簡直是人神共憤，這輩子斷然是很難知道珍惜女子是什麼意思。

他接著皺眉問王啟年：「你應該知道這次回來的安排。」

王啟年佝著身子，嘿嘿笑道：「聽說是要我接大人的位置去領一處……我可不幹。」

范閒一怔，開口罵道：「就連院長都猜到你會這麼說，那可是八大處裡獨一家，這麼好的位置，你不接著，我怎麼放心？你在北齊待了一年半，年資和經歷都在這裡，如果不讓你上去，院裡其他人心裡只怕有想法。」

王啟年斟酌少許後認真說道：「沐大人在一處就挺好，我嘛……」他搖頭嘆息道：「一個乾老頭子，家裡有妻有女，本以為這輩子就慢慢在院務衙門裡混到老死，可沒想到被大人您提了出來，這幾年也算過得緊張刺激，可還是覺著在大人身邊辦事舒服些。」

「一直在我身邊……」范閒沉吟著，他也是極喜歡身邊的啟年小組由王啟年打理。這近兩年的時間裡，啟年小組先交給鄧子越，後交給蘇文茂，最後這半年基本上是洪常青在負責，這三個人都是極用心敏銳的人物，而且對自己的忠心也沒有問題，可是……范閒總覺著沒有當初剛剛進京裡那般快活。

他望著王啟年微笑著說道：「也不會一直風平浪靜，山谷裡，可是死了不少人。」

房間裡頓時安靜下來，許久之後，王啟年正色說道：「正因為如此，我還是覺著，大人身邊的事務，還是讓我來處理吧……至少我鼻子靈些，跑得也快些，六處裡的劍手雖然本事不小，可要說防患於未然，我對自己的信心更足。」

范閒低頭，手指頭捏著那個小茶杯轉著，心裡盤算著以後的安排，忍不住皺起了眉頭。王啟年看似滑稽，其實做起事情來滴水不漏，這一年多在北齊，竟是沒有讓范閒費什麼心，就成功地與北齊皇室、錦衣衛衙門建構了良好的關係，並且讓當年因為言冰雲意外曝光而變成一攤死水的四處北齊諜網，重新成功活躍了起來。

江南內庫往北齊的走私，范閒對於北齊一動一靜的了然於心，全部依靠著面前這個乾瘦的老頭子。

這些事情都證明了王啟年的能力，這位不聲不響卻有大能的監察院官員是范閒入京之後撿的一個寶，范閒想讓他接手一處，也是指望他能夠替自己暗偵京都百官，在京都驚濤駭浪來臨時，能夠有一個能掌握全局的親信。

如果讓王啟年回到自己的身邊，只是擔任啟年小組的頭目，在范閒看來，實在是有些浪費。不過王啟年很是堅持，范閒有些為難。

他皺眉說道：「這個再議一下……不過年關這幾日，你將北邊的事務交代給子越，仔細一些，他沒有在境外活動的經驗，你多教一教。」

王啟年心知范閒等於變相默認了自己的請求，忍不住笑了起來。

范思轍看哥哥開始處理起監察院院務，覺著自己再坐在這裡似乎有些不合適，站起身便準備離開。

范閒卻喚住他，微笑說道：「你在北邊做的事情又不僅僅是做生意，這抱月樓在天下已經開了六個分號，北齊上京的分號馬上也要開業，一應情報收集都要注意，南邊我交給桑文，北邊就交給你……等若你如今也是院裡編外的人員，今天這些事情你聽一聽也無妨，待會兒鄧子越過來，你也要與他好好親近一下。他雖是我的下屬，可來年在北齊，你們兩個人要配合得起來才行，切不可自重身分，如何如何。」

這是范閒在山谷狙殺之後，最緊迫的一個想法，他必須把自己的情報系統建立起來，這個系統不需要太大，而是要在監察院這棵大樹上吸取養分，不然監察院一旦啞了，一旦對自己封閉起來，范閒很擔心和山谷裡一樣，自己再次成為瞎子。

正說著話，房外被人叩響，來人用的正是監察院標準的稟見上司手法。

范閒笑著應了一聲。

一身黑色蓮衣的鄧子越推門而入，對范閒單膝跪下行禮，起身之後，看著范閒下首方的王啟年，激動說道：「王大人，您回京了？」

當年范閒組啟年小組，只是挑了王啟年一個人，後面的下屬全是王啟年親手挑進來的，而鄧子越則是王啟年挑入組中的第一人，所以他一直對王啟年以師以上司視之，今日驟見其人，不免喜悅。

「得。」范閒笑了起來。「今兒這樓子裡不要總是敘別離情，安排的事得妥了再說。」

他頓了頓，開口問道：「婉兒他們還有幾天到？」

「還有三天。」鄧子越沉穩應道：「一路有虎衛、劍手隨行，加上聽聞大人遇刺之後，各州驚懼，加強了防衛力度，應該無礙。」

范閒點點頭，他其實並不怎麼擔心，暗殺這種事情總要有利益才好，殺死自己對於那些人來說誘惑太大，暗殺別的皇族成員卻沒有絲毫好處。

房間裡安靜著，范閒乃是監察院提司，其餘的二人也是等同於八大處主辦等級的高級官員，這種層次的院務會議，范思轍還是第一次參與，覺著這氣氛和自己在北邊召集商人們泡妞算錢大不一樣，不免有些緊張，下意識玩著自己粗笨的手指頭。

偏生范閒卻安靜了下來。

長久的沉默之後，王啟年開口問道：「大人，還有人來？」

范閒點了點頭，微皺眉頭道：「他應該要來。」

王啟年撓頭說道：「我是與二少爺約好在這裡見面，子越是大人通知……還有誰？」

范閒笑了起來。「如今京都各方勢力都知道抱月樓是我的地盤，不知道有多少雙眼睛都盯著這裡，我們在這裡說話的事情，只怕過一會兒就會傳入各王府之中，那小子才不會放鬆對這裡的監視。」

他緩緩低頭，說道：「既然知道我在這裡，他憑什麼不來？」

王啟年卻從這話裡嗅到一絲別的味道。

許久之後，那扇安靜的木門，今天第三次響起穩定的叩門聲。

一位年輕公子推門而入，白衣勝雪，眉間冷漠欺霜，渾身寒意，將這抱月樓外飄飄紛舞著的雪意都壓了下去。

范閒心中嘆了一口氣，眉宇間那股鬱意一掃而空，展顏笑道：「算你來得快。」

那白衣男子卻是不想與他玩笑，冷然說道：「大人身為監察院全權提司，應當知道，您的生命，不只是您一個人的事情。」

此時座中諸人趕緊起身行禮，請安問道：「見過小言大人。」

來人正是范閒的大腦，那位一直冷冰冰的言冰雲。此時房中五人，都是監察院新一代的實權人物，很奇妙的是，這五個人恰恰也是一年前因為抱月樓的事情，與二皇子正面衝撞的關鍵人物，在范閒將范思轍逐出京都的夜晚，大部分人都曾經在一處待著。

除了遠在京外營中的黑騎荊戈，除了留在江南處理內庫事宜的蘇文茂，再加上屋外的沐氏叔姪以及在院裡記檔的洪常青外，這屋內便是范閒在監察院裡全部的嫡系。

各自落坐，范閒似笑非笑望著言冰雲，用食指揉揉自己的眉心，說道：「三件事情。」

眾人靜心聽令，就連言冰雲也微微攏了雙手。

「一，陛下召了十四名年輕官員入宮。」范閒平靜說道：「朝廷要換一批血，卻不知道要換出多大的動靜，明日之內，將這十四人的檔案資料送到我這裡，能控制的人，馬上開始著手控制；無法控制的人，找出當年他還穿開襠褲時做的不法事……也要想辦法控制下來。」

開襠褲……自然是要深挖官員們的靈魂最深處。

屋內眾人一片安靜，心裡有些微微不安，朝廷提拔官員，確實有時候需要監察院事先審核其過往宦途經歷，但是像范閒這樣吩咐，明顯不是為朝廷做事，而是……

范閒知道自己的心腹們都聽明白了，也不多做解釋，因為自己的遇刺，皇帝肯定會趁機做些事情，而這對於他來說，也是一個極難得的機會。這些年輕的官員除了少數幾人外，並沒有什麼明顯的派系，因其乾淨無大力量做靠山，反而給了范閒一個暗中插手朝政的機會。

言冰雲忽然搖頭問道：「我的也要給？」

十四名年輕官員中，也有言冰雲的名字，這只不過是幾個時辰前的事情，言冰雲是出了宮便知道范閒來到抱月樓，立即趕了過來，卻也清楚，這個京都裡沒有太多事情可以瞞過范閒的耳目。

「假假還是寫一份。」范閒沒好氣說道：「秦恆就不用了，院裡的卷宗清楚著，重點在於賀宗緯，這個人……看來陛下很欣賞他。」

他旋即冷笑道：「可……我很不欣賞他。」

「第二件事情。」范閒輕聲說道：「院裡有奸細，朱格死後，內部的糾劾似乎弱了些，把他揪出來，我不想日後再出問題。」

言冰雲笑了笑，沒有說什麼。范閒卻偏生不笑，瞪了他一眼。

「第三件事情。」他望著言冰雲說道：「你備些紙，準備替院裡擦屁股……我準備殺幾個人。」

「殺什麼人？」言冰雲直視范閒逼人的目光，平靜問道：「如果是高層官員，我表示反對。這次暗殺的事情之後，陛下已經無法容忍了，如果你貿然動手，反而對事情沒有幫助。」

范閒微微低頭，手掌下意識地揉了揉身旁弟弟的腦袋，抬起頭來說道：「殺人不是目的，也不是獲取某種利益的手段，只是一種警告與撩撥……院長大人的心意，想必你也清楚一二，應該知道這時候順勢再添一把火，對於大局是有好處的。」

其餘的幾個人聽不懂，更不清楚陳萍萍所謂大局是什麼意思，但言冰雲卻脣中發苦，苦笑說道：「你要胡鬧就胡鬧，只是很幼稚地報復與出氣，別和什麼大局扯在一起。」

「我就是要報復。」范閒瞇眼說道：「你們都是我的人，山谷裡死的也是我的人，既然我的人死了，他們的人也要死。」

他最後對這些最心腹的下屬們吩咐道：「婉兒回京前一日，我在抱月樓設宴，宴請太子殿下、大皇子、二皇子、秦恆，樞密院兩位副使……你們準備一下。」

「燕大都督？」王啟年發現范閒遺漏了永陶長公主一派的重要人物，提醒道。

第七章　樓外有雪、北方有思

「不用了。」范閒搖頭嘆息道：「老年喪子，我怕這位超級高手臨樓發狂，把這樓中的皇族宰了個乾乾淨淨，到時候我怎麼向陛下交代？」

屋內所有人的心裡都咯登一聲，聽出了范閒的話外之意。這些人身為范閒心腹，當然知道范閒溫柔的外表下是一顆怎樣堅韌陰沉的心，自然不會以為他是在說俏皮話。

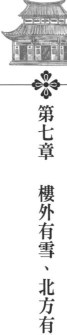

言冰雲終於壓抑不住內心的震驚，抬起頭來問道：「需要這樣？」

范閒平靜地點點頭，食指還在自己的眉心間揉著，似乎想將這些日子的陰鬱全部揉掉。「澹州好，京都難，既然兩邊到最後終究是個你死我活之局，我個人習慣還是自己先動手。」

場間眾人中，范思轍與范閒的關係最近，但他年紀太小，聽著兄長般的人物們就這樣赤裸裸地討論著某人的死活，有些反應不過來。而其他的人不敢對范閒的命令提出疑問，只有言冰雲依然堅持說道：「提前爆發，不是好事情。」

范閒搖搖頭，解釋：「不會提前爆發，我遇刺的事情，陛下一定會想辦法變成對朝廷有利的事情，但對……院裡只怕落不到什麼好處。」

又略說了幾句日後京都與監察院事宜，這場青樓密會便結束了。如今陳萍萍基本上不再視事，監察院八大處裡那些老主辦都很冷靜地讓開了道路，范閒與言冰雲商議著，基本上可以確定大部分的事宜。

王啟年與鄧子越當先出去，開始準備范閒交代下來的事情。

言冰雲出門之時，卻忍不住回頭皺眉說道：「殺燕小乙的兒子……這固然是一個非常嚴重的警告，但也會將一頭猛虎刺瘋，大人想來心中另有盤算沒有道明。」

范閒沉默少許後說道：「不錯，這事我不瞞你。燕小乙身為九品上的超級強者，是對方最可以倚靠的武力和軍事力量，就算會付出宦途上的代價，我也要爭取將他提前剔掉。」

他沒有完全袒露自己的心思。

燕小乙和葉、秦二家不一樣，此人與永陶長公主不是合作的關係，而是效忠的關係，終究會成為范閒道路上的攔路石；而范閒又不像是慶國皇帝般，擁有著那種變態的自信——所以他對於燕小乙的箭始終有一種非常奇妙的感覺，他總覺著有些心悸。

在日後的大爆炸來臨之前，如果可以將這柄慶國北方的神弓毀去，范閒覺得人生定會幸福許多。

殺燕小乙的兒子，只能讓那位絕世強者發瘋，而將這位絕世強者殺了，想必永陶長公主會發瘋。

范閒很喜歡這種異常刺激冒險的嘗試，哪怕此事可能會帶來許多變數，可能會讓皇帝的心志在一瞬間內發生偏移，他依然瘋了一般地想試一下。

他想把心中那支箭的陰影抹去。

言冰雲像看瘋子一樣看著范閒，半晌之後嘆息說道：「燕大都督修為驚人，哪裡是這般好殺的，就算整個院子，也沒有辦法找到可以對付他的人……就算你沒有受傷，你也不可能將他刺殺於劍下，更何況你如今傷著……另外就是，院長想必沒有這種瘋狂的安排。」

「不。」范閒搖搖頭。「老跛子估計比我更瘋，我可不想被他瘋死了，所以我要保住自己這條小命，也得瘋狂些。」

「除了你們兩個人之外，我不想別的人知道我的想法。」范閒拍了拍范思轍的肩膀，盯著言冰雲說道：「以往在京都城外山岡裡說的話，是算數的，如果你想跟著我創出一個大局面來，有些時候，我希望你能對我多用些心，而不僅僅是對監察院和朝廷。」

言冰雲知道他說的是權臣之道及天下之樂這個話題，嘆了口氣，眉宇間終現憂色，下樓去也。

推開抱月樓三樓的臨街窗戶，范閒兄弟二人看著街中雪景，許久無語。

雪花緩緩從天空飄落，輕輕地降落在人們的帽上、肩上、傘上、馬車的頂篷上。京都多肅然，以深色為主，尤其是今日抱月樓前的大街，全是監察院黑色的馬車，車內車外是監察院官員深黑色的防雨雪蓮衣，看上去更是烏沉一片。

幸有不盡雪，稍除陰暗意，純白的雪花點綴著全黑的世界，形成一幅美麗分明的畫面。

范閒瞇眼看著下面，王啟年一行人走了，鄧子越走了，言冰雲最後出樓也走了，街上的監察院官員、密探們瞬息間消失得無影無蹤。

他忍不住微笑起來，自己的這些下屬身邊如今最少都帶著十幾個得力人手，朝堂上、官場上，誰敢不敬他這幾位心腹？而這些有能力的親信，也為范閒織就了一張更大的權網，讓范閒在慶國的地位愈加穩固與崇高。

所謂體系，便是這樣一層一層地疊加起來，只是今日的如此風光，又豈是當年初入京都的那位少年糊裡糊塗組啟年小組時所能想像的。

「今天說的話，不要告訴父親。」范閒偏頭看了弟弟一眼，溫和說道：「我不想讓他老人家替我們這些晚輩費心。」

范思轍嗯了聲，嘿嘿笑道：「哥，說了也沒用，父親大人打理國庫是一把好手，可是要說殺起人來，可幫不到你什麼，哪裡像你的監察院這麼厲害。」

范閒笑了笑。

皇族慣常護衛所用的八十名虎衛，可謂是除了禁軍與大內侍衛之外最強大的武力，就算不可能人人都是高達那種用刀強者，但七名虎衛可敵海棠朵朵……這八十名，該有多麼恐怖？

他兄弟二人那位嚴肅淳厚的父親，替皇族暗中操練了這麼多高手出來，以范閒對父親性情的了解，如果他沒有替范府自己保留些厲害人物，那是完全不可能的。

這樣一位戶部尚書，早就已經脫離了一部尚書的權能。殺人？范閒看著弟弟搖了搖頭，沒有說什麼。想當年一國國丈、皇太后的親兄弟，就是被他一刀砍了……誰敢說他不懂殺人？

只是父親習慣了隱忍，習慣了平靜的置身事外看著事情發生，所以沒有多少人知曉他的狠厲處，除了陳萍萍、林若甫這種老狐狸才知道這位戶部尚書的真正厲害。

只是范閒並不希望因為自己的事情，讓父親陡然間改變自己的行事風格。

「在上京城有沒有見到若若？」范閒輕飄飄地轉了話題，還是讓父親在弟弟的心目中保留那個肅然迂腐的形象好了。

范若若自從師從苦荷以後，只有先前有些信件至江南，後來便沒了消息。

雖說經由海棠朵朵與北齊皇帝的關係，范閒很清楚地知道妹妹肯定沒有發生什麼事，但是兄妹情深，總是有些掛念。

「和姊姊見過幾面。」范思轆笑嘻嘻說道：「她跟著苦荷國師在學醫術，在上京城很有些名氣了，只是這下半年聽說去燕山採藥，在山中清修，一直沒有回來。」

范閒冷笑一聲，罵道：「苦荷這老禿驢真是無恥到了極點，當初的協議我這邊可是一分貨也沒差他們，居然只是教若若學醫？學醫用得著跟他學？跟我或是費介，哪個不比他強……便是不想把天一道的無上心法傳給小妹，卻找了這些理由。」

他說得惱火，范思轆卻聽得有些駭然。

雖然這小子也是個天不怕、地不怕，只怕哥哥大腳丫的禍害角色，但在北齊住得久了，早被北齊人對苦荷國師神靈一般的尊崇所感染，此時聽著哥哥一口一個禿驢喊著，雖然不知禿驢是何典故，想必也是難聽的話……不由得有些驚懼，心想哥哥果然是天底下膽子最大、底氣最足的人物。

雖然苦荷藏私，但這次交換留學生計畫，本來就是當初逃婚的一個附屬品，范閒也沒指望妹妹能被苦荷教成第二號海棠朵朵，加之天一道的無上心法，早已被胳膊朝外拐的海棠朵朵偷偷給了范閒，他不再在言語上羞辱不講信用的北齊高層，而是轉而皺眉說道：「你在北齊招的那些高手，卷宗我都替你查過，雖然身家清白，而且一向隱在草莽之中，可是……你必須小心些，我看北齊皇室一定在你身邊安了幾個釘子。」

所謂身家清白，指的是范思轆如今身邊那些佩彎刀的北齊高手，沒有什麼官方或錦衣衛的背景。

范思轍點點頭，臉上依然笑著，眼睛裡卻閃過一道陰寒的光芒。「大哥放心，我已經查出來是誰了，北齊朝廷如果不派人在我身邊，他們肯定不會放心，所以這人我還得用，就當作是免費的保鏢，短時間內也不會清出去，只是那些重要的事情，我會避著的。」

范閒一怔，沒有想到弟弟居然早就留意到這些細微處，忍不住讚賞地拍了拍他的後背。「這身子骨是結實了，想事情也細密許多，看來放逐到北方，果然有所進益。」他旋即笑道：「也不用太過擔心，如今北齊還指望你這年紀幼小的大商人為他們置辦內庫貨物，輕易也不會得罪你。」

抱月樓下方已空，便是街頭、街中那些巷角站的混混似的人物，也拉扯著自己的帽子消失無蹤，范閒站在窗邊看著這一幕，脣角浮起一絲頗堪捉摸的詭異笑容。京都的各方勢力都盯著抱月樓，他卻懶得避什麼，人人都知道他會報復，都在猜他會在沒有真憑實據的情況下如何報復……

任人們去猜吧。

「有件事情的細節你和我說一下。」范閒的雙眼還是盯著窗外的雪花，頭沒有轉回來，輕聲問道。

范思轍好奇說道：「什麼事？」

「那把劍的故事。」范閒微微低頭，語氣平靜，聽不出他心中所思。「王啟年是從哪裡得的這把劍？」

范思轍心頭一顫，不明白兄長為什麼對自己最心腹的人也有疑問，但不敢多說什麼，只是將在上京城了解的那段故事重複說了一遍，劍出、購劍、送劍，都是王啟年一手安排，沒有什麼異樣。

但范閒卻從這故事裡嗅到一絲蹊蹺，他苦笑著低頭看了一眼自己腰邊，腰邊空無一物，那柄皇帝賜回的天子劍，是很不方便隨身攜帶的。

「聽你說的，有個細節很有趣。」他搖頭嘆息道：「風聲出來這麼多天，王啟年就算有你的銀子幫手，也不可能讓他一個南慶人買到這把劍……幾萬兩銀子雖然多，卻還是比不上北齊人的熱血。這是北魏天子劍，北齊皇室怎麼可能讓他買到手裡？老王一世安穩，只是太過喜歡拍我馬屁……怎麼就沒有想到這處？」

范思轍眼珠子轉了幾圈，好奇說道：「哥的意思是說……這劍是北齊皇室刻意放出的風聲，透過王大人的手轉贈於你？」

范閒點了點頭。

范思轍不解問道：「這是為什麼？」

范閒轉過身來，拍了拍弟弟的肩膀，兄弟二人坐回桌旁，喝了兩口茶，他才解釋：「以劍離心，雖然現在起不了什麼作用，而且北齊方面也不會希望我現在就在南慶失去地位，但這是一種姿態與伏筆，日積月累，總有一天會到達某個臨界點……」

他嘲笑說道：「北齊小皇帝不簡單，這兩年悄無聲息地把大權一步一步從他母親手裡奪了過來，還沒有在北齊朝野造成什麼大震動，這份帝王心術，比咱們的陛下也差不到哪裡去。對付我這樣一個人，他當然心中有個長遠的計畫，這把劍只是個開始。」

挑撥離間從來都是歷史上的小道，卻也是屢試不爽的伎倆，因為人心多疑，帝心那黑糊糊的表皮、血管上，更是鐫刻著密密麻麻的問號與驚嘆號。

北齊來的那把北魏天子劍，在范閒身邊本身就是大犯忌諱的事情，如果不是他處置得當，下手極快地將劍送入宮中，誰知道慶國皇帝心裡會有怎樣的感受。

范思轍嘖嘖嘆道：「政治這事果然有夠複雜……對了，我離開上京城雖然隱密，但走之前，北齊那位皇帝將我召進宮裡，讓我帶了一句話給你，想來他也知道我會回國一趟。」

范閒一怔，皺眉問道：「什麼話？」

「看來豈是尋常色，濃淡由他冰雪中。」范思轍看著哥哥英俊的面容，羨慕說道：「是這兩句詩，看來那皇帝大愛《石頭記》，果然不是假話，每每進宮，總是把話題往哥哥身上繞，說不出的喜愛尊敬。」

范閒失笑，這兩句詩是《紅樓夢》裡詠紅梅一節，本身算不得如何出色，只是北齊皇帝千里迢迢以詩相贈，其中隱意便頗堪捉摸了。

他側身看著窗外的風雪，搖了搖頭笑道：「北國有冰雪，我南慶也有，這份邀請還是免了吧。」

話題至此，告一段落，只是范閒心中湧起淡淡隱憂，那北齊皇帝不知為何對自己如此青眼相加，明知自己是南慶皇帝的私生子，卻依然不忘策反，這種看上去不可能的任務，為何會讓那個小皇帝如此興致勃勃？

難道對方就真的能猜中自己的心思、當年的故事、如今的情勢，從而搶先站在城門口笑著迎自己？

范閒回府後免不了又被父親痛罵一通，而范思轍的平安歸家，卻讓柳氏大喜過望，涕淚縱橫。

范建雖然怒於兩個兒子的膽大妄為，嚴令范思轍不准出府，同時讓府中人禁聲，但眉眼間那抹安慰，卻是瞞不過范閒的雙眼。

抱月樓一會後，范府沉浸在溫暖情緒中，監察院已然行動了起來。

言冰雲在院務會議上冷冰冰地陳述了山谷狙殺調查一事，雖然沒有什麼具體的懷疑目標，但卻毫不避諱地指向了軍方，從而要求以全院之力，開始梳理過往兩個月間，定州及滄州方向的人事往來。

這個提案有些怪異，沒有皇帝明旨的情況下，監察院對於軍方高層是一點兒力量也沒有的，言冰雲的提議，似乎只是純粹想將京都表面安寧的生活變得更熱鬧一些。但言冰雲有陳萍萍和范閒的強力支持，有幾位大老的幫助，加上全院官員、密探都對於山谷狙殺一事含恨在心，自然不會反對。

很奇妙的是，宮裡也沒有說話。

王啟年則是回到了啟年小組，沒有馬上接鄧子越的位置，他的人和那些下屬便消失在京都裡，不知道是去做什麼。

只有范閒還暫時親管的一處，顯得比較熱鬧，整整一年半的光明行動，讓一處衙門在京都裡的地位變得不再那麼尷尬，而京都百姓們也漸漸習慣了到一處衙門外的那道牆前去看告示。

比如昨天抓了一個貪汙收賄的官員，今天又揪出一個某某司的蛀蟲，這種朝廷內部的陰私事，在范閒對一處整風之後，便光明正大地貼出來，京都百姓們往往當看傳奇破案小說一般在看。

這一天，牆上陳舊的告示忽然間都被撕掉了，用雪水洗刷之後，那位面色如黑鐵的一處暫時頭目沐鐵親自刷漿，在牆上貼了一張新紙。

百姓們好奇地聚攏過去，只見上面不是什麼案情，而是幾句俏皮話。

「十三郎啊，你是不是餓得慌，如果你餓得慌，對那姑娘講，姑娘們為你做麵湯。」

百姓們面面相覷，心想監察院、或者說是剛剛遇刺的范閒，這玩的又是哪一齣？

第八章　洗手做羹湯

多年以後，劍廬十三徒王羲站在那隊騎兵面前，准會想起桑文帶著他去挑選姑娘的那個明朗下午，一樣的無奈，一樣的頭痛。

當時抱月樓已經是天下首屈一指的銷金窟，一座座院落像是王公府上的別宅般分布在樓後瘦湖的兩岸。湖上有薄冰，冰上有碎雪，雪中有無數片被風從湖畔臘梅枝上吹落的殷紅花瓣。

是的，像是血與雪，冷冰冰的卻又無比火辣，就像那個寫告示的年輕權貴人物的心思。但這更像是一碗麵湯，白嫩的麵條在美麗的麵湯裡浮沉，那十幾角被用剪刀剪開的乾辣椒，鮮紅地刺激著食客的眼心口鼻。

王羲深深吸了一口氣，揉了揉鼻子，有些難過地搖搖頭，將筷子在桌上立了兩下，穿麵湯，挑起一筷子麵條，細緻而文雅地吃了起來。他吃得極斯文，但速度極快，不一會兒工夫，碗中便只剩下白色的麵湯。

他猶不罷口，端起碗來，一口飲盡。

隨著鄧子越從蘇州回京覆命的桑文滿臉溫和地看著這個算命的，雖然不清楚范閒為什麼有這樣一個安排，但肯定這個算命的不是一般人物。

確實不一般，王羲生得很好看，脣很薄，眉如劍，雙眼溫潤有神，自有一股安寧味道，便是此時喝著麵湯，看上去也是如此吸引人。

桑文久在京都風月場中冷眼旁觀，自然知道吃湯麵這種事情最能讓人顯出不斯文一面，當然，她並不以為那些粗魯漢子呼啦啦吃麵有什麼值得鄙夷的，可是看著這算命的小夥子能夠將吃麵變成吟詩作對一般優雅，心裡也有些異樣的情緒。

王羲將麵碗擱在桌上，皺了皺眉頭，嘆了口氣，眉眼、呼吸間全是一股自嘲與無奈，他轉向桑文，看著這位下頷有些闊、但看著格外溫柔的女子，和聲說道：「您替我挑的姑娘呢？」

「姑娘與麵湯，您只能選一樣。」不知為何，桑文覺得面前這年輕人很可愛，和聲笑道：「既然挑了湯裡的麵條，這姑娘還是算了。」

王羲苦著臉說道：「就算是打工，也得有些工錢。」

桑文靜靜說道：「您不是來替大人打工的。」

王羲忽然安靜下來，半晌後輕聲說道：「這麵湯已經喝了，只是不明白，以桑姑娘的身分，怎會親手為我做一碗麵湯。」

桑文微怔，旋即微笑說道：「我做的麵湯，陳院長都是喜歡的。」

王羲聽著那人名字，無由一驚，動容道：「這便是小生有福了。」

桑文輕輕一福，最後說道：「只是請先生知曉一件事情，雖說麵湯太燙，心急喝不得……可若等著湯冷了，也就不好喝了。」

姑娘家並不知道這句話是什麼意思，只是依著范閒的吩咐淡淡帶了這麼一句。

王羲卻是心知肚明此話何意，當初的協議中說的是入京之前，自己就必須把小箭兄的人頭帶到范閒身前，可如今范閒在京都養傷已久，自己卻毫無動靜……何況還有山谷裡的那場狙殺。

算命的英俊年輕人又嘆了一口氣，說不出的難過與黯然，反手拾起桌邊的青幡，喃喃說道：「可我……真不喜歡殺人。」

桑文沒有再說什麼，關於這件事情的細節，她根本不清楚，而今日與這自稱鐵相的算命者一晤，純是范閒要借她那雙久視人事的眼，看看對方的性情、品格究竟如何。

很真，很純，這是桑文從對方眼中看到的全部。

王羲搖頭嘆息，像個小老頭一樣佝著身子往院外行去，行至院門口時，忽然偏頭疑惑問道：「喚我來此，難道不怕事後有人疑心到你們？」

「先生聰慧，所以會來找我。」桑文恬靜說道：「正因為先生聰慧，自然知曉如何避過他人耳目。」

王羲再次搖頭，離開了抱月樓。

桑文回房，靜坐許久之後，院門被人推開，一個漢子皺眉進來，問道：「文兒，妳昨兒才回來，怎麼就又來這破樓子？」

這漢子不是旁人，正是當年范閒夜探抱月樓、一掌擊飛的那個護花使者，這位江湖中人對桑文痴心一片，故而對這抱月樓一直有股厭惡感。

桑文抬眼看著他，微微一笑，心裡雖然感動此人的痴心，但一應事關范閒的細節，還是不能容許此人知道。她笑道：「我如今是抱月樓的掌櫃，不來這裡，能來哪裡？」

漢子看著桌上的大碗，嗅著裡面傳來的淡淡香氣，不由得眉頭一鬆，嘿嘿笑道：「給我也做一碗吃吧，許久沒吃過了。」

桑文瞪了他一眼，說道：「我現在可沒那閒工夫。」

漢子難過說道：「妳都做給別人。」

桑文沒好氣道：「你當這碗麵就這般好吃？如果你真吃下肚，只怕會難過得要死。」

王羲此時就難過得要死，他坐在城門口的那個鋪子裡，看著面前的那碗麵條發呆，寧柔無比的雙眼瞪得圓圓的。這麵條就算再好吃，可如果一天吃三頓，總會有讓人想吐的衝動。

所以那碗麵條他一口未動，只是喝著旁邊的茶，一杯接一杯地喝，像是自己極為乾渴。

一旁的茶博士冷眼鄙夷瞧著王羲，心想這小夥子做些什麼不好，偏要扮神棍，看這窮的，只能用茶水下麵條。

喝了一肚子茶水，風雪已停的京都暮日終於降沉了下來，王羲拾起青幡，輕咳兩聲，穿過關閉之前的城門，成為今日最後一個出城的人。

出城北行七里地，他在一座山頭上停住腳步，一屁股坐到一塊大石頭上，抬頭看了一眼林子裡的雪枝，低頭捧起一大捧雪花送到嘴裡大口嚼著，然後將青幡擱在雪地中，看著山頭那邊的軍營出神。

京都守備師元臺大營。

王羲忽然偏了偏頭，一張口，哇的一聲吐出來，這一吐是吐得連綿不絕，將今日吃的麵條、麵湯，後來灌的一肚子茶水全部吐出來。

一團難看的稀糊物被他吐到乾淨的雪地上，看著異常噁心，尤其是其中隱著的淡淡腥味，更是入鼻欲嘔。

但王羲沒有再嘔，只是又吃了一團雪，然後盯著地上那一攤東西細細察看，半晌之後嘆息道：「好厲害的藥物，竟然能讓人體內真氣在一日之內提升到如此霸道的境界。」

他搖頭讚嘆著。這藥自然是范閒經桑文之手，在麵湯裡下著，想必是范閒既想讓他動手，又不希望他會出問題。

這藥正是范閒當年在北齊境內，與狼桃、何道人兩大九品高手對陣時所吃的藍色小藥丸，除了事後會虛脫一些之外，沒有太大的副作用。

王羲當然也察覺到這點，卻依然苦笑道：「君之蜜糖，我之砒霜，這藥對我是毒藥，險些害死我了。」

只是范閒定不會如此好心幫助王羲增加成功係數，至於他做的什麼打算，王羲也有些不明白。

夜色漸漸降臨，王羲站起身來，沒有再看身旁的青幡一眼，便藉著黑暗的掩護，往京都守備師元臺大營行去。他要殺的目標一直躲在那個營地裡，用的只是一個校官的身分，身周的防衛並不如何嚴密。

只是王羲確實不喜歡殺人，自從家裡出來後，手裡從來沒有沾過血，他憐惜世人，尊重一切生命，便是在范閒的強力壓制下，他嘗試了無數次，也沒有辦法真的去暗殺一個與自己並無仇怨的人。

這才將那個投名狀延續到今天。

其實范閒在麵湯裡加的作料，便是興奮劑，他想讓王羲能夠更勇敢一些、更暴戾一些，只是沒有想到這個作料對王羲並沒有什麼用處，反而對對方有些害處。

所以王羲此時依然冷靜……且慈悲。只是他既然沒有變得癲狂，又明知箭手最厲害的便是目力，在黑暗之中，箭術最易發揮作用，他為何還要選擇這個時機出手？

元臺大營的一個偏角營帳中，燕小乙的親生兒子，燕慎獨正小心翼翼地用羽鉸修理著箭支。他的雙手無比穩定，將箭尾上附著的長羽修理得異常平滑。工欲善其事，必先利其器，他有一雙神箭手應該擁有的手，也就能夠將自己的箭支修理到速度最快、最準。

燕小乙向來信奉一個道理，遠離父母的孩子，才能真正的出息。正如他自幼父母雙亡，在大山裡狩獵為生，才會修練出如此殘忍堅狠的心志，才會被入山遊玩的年幼永陶長公主一眼看中，帶出大山，加入行伍，以一身技藝造就無數軍功，擁有了如此崇高的地位。

所以當燕慎獨只有十二歲的時候，燕小乙就將他趕出家門，託附給永陶長公主。永陶長公主也知曉自己手下頭號大將的心思，對燕慎獨雖然溫柔，卻不曾少了磨礪，待其藝成之後，更是暗中送進京都守備師裡——

如今被秦家控制的京都守備師。

除了幾位高級將領和永陶長公主一方的心腹外，沒有人知道戍北大都督的兒子燕慎獨，正在京都守備師裡做一名不起眼的校官。

燕慎獨人如其名，不愛與人交流，只愛與箭交流，所以在軍中也沒有什麼夥伴，只有自己親手訓練出來的一批下屬，一批為永陶長公主效忠的下屬。

那日在京都郊外伏殺神廟二祭祀三石大師，正是燕慎獨第一次行動。他認為行動很成功，因為他不知道後來發生的事情，所以一直被強抑在內心深處的自信浮現了出來，他認為除了父親之外，沒有人能夠抵擋住自己遠距離的襲擊。

哪怕是九品的高手也不能。武器的有效距離長短，決定了戰場上的生死，這是燕小乙一直沒有忘記教育兒子的一條至高明理。

因為自信，所以自大、所以狂妄，當聽說父親與江南路欽差大臣范閒同時被召回京都，而且雙方有可能要在停辦多年的武議之中決鬥時，燕慎獨便坐不住了。

他崇拜自己的父親，但對於那個光彩奪目的范閒，其實也有一絲隱在內心的崇拜與嫉妒。

天下的年輕人都是這樣，燕慎獨也不能免俗。所以他想試一下范閒究竟有著什麼樣的大神通，一方面是替父親試一下對方深淺，一方面也是難耐那種誘惑，能夠將名動天下的范閒射於箭下的誘惑，不論是對父親還是對長公主殿下而言，范閒的死亡無疑是一顆蜜糖。

但他不敢擅自動手，因為他是一位軍人，他不會做出擾亂大局的擅自行動，他必須等著長輩們的吩咐。

長輩們吩咐了，但異常奇妙的是……吩咐自己的，竟是那位深知自己底細，而且也深得自己敬畏的軍中元老人物。

燕慎獨有大疑惑，有大不解，卻根本沒有時間通知永陶長公主，只好單身上路，於雪夜裡射出一箭卻被那青幡擋住。

事後的若干夜裡，他才有些無奈地發現，范閒的守護竟是滴水不漏，自己在雪林之間暗中注視，居然找不到絲毫可乘之機，尤其是那些要命的黑騎一直在監察院車隊的附近，隨時有可能將整座山頭犁翻。

他這才知道自己低估了范閒，低估了監察院，不敢擅動，所以一直退，只發了無功無效的一箭後一直退，由山谷退回京都，回秦府覆命，卻未得責備。

回了營帳，他陷入深思，軍中的長輩們暗中都有互相照拂，自己入京都守備師本來也是秦老將軍點了頭的事情，並沒有太多人知道。秦老將軍……為什麼要讓自己去做這件看上去有些胡鬧的事情？

然後便是山谷狙殺的消息傳來。

他是一位軍人，在政治方面的嗅覺不是那麼敏銳，卻也清楚，自己的父親，似乎被秦老將軍拖下水了，換言之，秦老將軍也被永陶長公主拖了下水。

長輩們終於抱成團了，而自己就像是長輩們彼此不言語、卻亮明心跡的一個質子。

燕慎獨搖了搖頭，並不是很反感這個角色扮演，只是想著，在這樣強大的壓力下，范閒應該活不了多少天了。

他將右手持的小鉸子放到桌面，用穩定的雙手撫摸著箭桿，瞇眼量了一下，這才滿意地點點頭，取出身旁長弓，將那支修長美麗的羽箭放在弦上，微微拉弓，對著營帳內的空地處瞄了瞄。

小臂微微右移，箭尖所指，乃是營帳正門那厚厚的棉簾。

燕慎獨滿臉平靜，說道：「出來。」

棉簾被緩緩掀開，王羲滿臉歉意地走進來，在那柄長弓的威脅下不敢再進一步，只是站在門口，嘆息道：「對不起。」

燕慎獨瞳孔微縮，看著面前這個和自己年紀差不多大的人物，他的目力驚人，早已認出，此人正是那個雪夜族學前、替范閒擋了自己偷魂一箭的青幡客。

他清楚，雖然自己在守備師裡的身分保密，並沒有太多護衛保護自己，但是在這樣一個深夜裡，對方竟能通過元臺大營的層層戒備，悄無聲息地靠近自己的營帳，這樣的身手，異常高絕。

如果以往日裡燕慎獨的習性，此時弓上這一箭他早已射了出去，對於任何想來偷襲自己的人，燕慎獨都會讓對方失去生命。

但很奇怪，面對這個奇怪的人物，燕慎獨沒有鬆弦，只是冷冷說道：「你是何人？」

王羲緩緩低頭，抱歉說道：「我叫王十三郎，奉命前來殺你，非我願意，實是不甘。」

燕慎獨用箭尖瞄準那人的眉心，雙手穩定，弓弦一絲不顫，似乎再拉一萬年也不會有一絲力疲。

箭尖所攜的殺意已然映在對方的心神中，他不認為天下有誰能逃過自己這一箭。所以聽到對方自承是來殺自己的，燕慎獨非但不慌，反而多出一絲冷厲。「范閒？」

王羲行了一禮，無奈說道：「除了他，這世上還有誰能逼著我殺人來著？」

營帳外的雪早已停了，但入夜後，風聲又起，呼嘯著有如山間野獸的絕望哀鳴，穿過厚厚的棉簾，擊入人們的耳膜。燕慎獨看著面前這個滿臉歉意的人，心中湧起一股寒意，為什麼這個王十三郎的臉上，竟是看不到一絲緊張與殺氣，而只是無窮的悲痛與內疚？

一個暗殺者，他需要內疚什麼？

內疚殺死自己？

燕慎獨心神不亂，卻冷了下來，對方如果不是故弄玄虛，那便是一定有殺死自己的能力。就像是在山中獵獸一般，面對一個孩童的箭支，一隻有厚皮的熊瞎子依然會穩定地蹭著樹皮，無比舒服，因為熊瞎子知道，那箭射不死自己。

自己這箭能不能射死面前這位王十三郎？

燕慎獨生平第一次對於自己手中的箭產生了懷疑，因為在那個雪夜中，青幡曾動。

「能說說話嗎？」王羲嘆了口氣，舔了舔自己異常乾燥的嘴唇，說道：「我不一定要殺你，如果你肯跟我走，從此不摻和這天下的事情，廢了自己武功，斷了與世人的聯繫，讓世人以為你死了……范閒也就消了這口氣，他的目的達到，我就不用殺你。」

燕慎獨沒有笑，只是覺得很荒唐。

於是他鬆手。

箭如黑線，倏地而去，前一刻似乎還在燕慎獨的弓弦之上，下一刻已經到了王羲的面前！然後燕慎獨看到了一幕令他心頭大驚的景象，只見王羲腳下微動，連踏三步，三步之後，整個人又回到了先前站立的地方。

那支箭呢？那支夾帶無窮厲風的羽箭擦著王羲的臉頰而過，穿過厚厚的棉簾，嗖的一聲射入無窮無盡的黑暗之中，與四處呼嘯的風聲一合，再也聽不見了。

看似簡單的三步，但燕慎獨的眼瞳已然縮緊，看出裡面的玄妙。在如此短的距離內，能夠避開自己的疾速一箭，需要的不僅僅是恐怖的反應速度，還有與之相配的絕高真氣控制！

對方到底是什麼人？這樣一個高手是從哪裡冒出來的？怎麼會替范閒賣命？

三個疑惑湧上燕慎獨的心頭，然而他的手卻沒有絲毫變慢，早已射出三支羽箭，化作三道電光，向著王羲的上中下三路射去；他的人卻是一提小刀，翻身而起，劃破後方的營布，遁入黑暗之中。這一連串動作以及三支連珠箭已經耗去他太多精力，他沒有餘力呼救，而且也知道營中將士就算趕了過來，也不可能在這個神祕算命者的面前將自己救下來。營帳之後，燕慎獨仍舊持弓凝箭，卻未射出，像是看著鬼一樣地看著面前的王羲，他不知道對方是怎樣躲過那三支箭，又如何趕在自己之前堵住了後路。

好在燕慎獨眼尖，看見了從王羲衣袖裡滴滴流下的鮮血，對方受傷了，這個事實讓燕慎獨的心氣為之一振，看似玄妙的步法，也不可能完全躲過燕門神箭！

天未落雪，風呼嘯而過，捲起地面殘雪，與落雪並無二致。

王羲低頭看了自己浸出鮮血的衣袖一眼，搖了搖頭，說道：「我是真不想殺人。」

「那你為何來？」燕慎獨瞇眼，冷冷問道。

「因為……」王羲有些疑惑地望著頭頂的夜空。「因為我必須幫助范閒，為了這個天下的安寧，為了整個大陸的平衡，為了家鄉，還是為了什麼？我必須幫助他。」

「天下之安寧寄於一人之身？范閒不是陛下……」燕慎獨左退向後微屈，將將抵著自己的箭筒，一面說話，一面暗自準備。

「我家裡已經沒人了。」王羲嘆息說道：「要讓天下安寧，我必須幫助他，便只好對不起你……但凡大時代，總需要小人物的犧牲。」

小人物？燕慎獨從來不這樣看自己，他是燕小乙的兒子，燕門箭術的傳人，日後天下的風雲人物，眼下只殺了一個神廟的二祭祀，自己的光彩還沒有完全釋放出來，又怎能死去？

王羲再次抬頭望天，似要透過天上的厚厚層雲望到那片星空，幽幽說道：「希望我沒有幫錯人。」

抬頭望天，如此良機怎能錯過。

燕慎獨凜然挺身，控弦而射，連發七箭，然後單手摸至箭筒，抽出最後一支箭……上弦，扣弦，射出！

七箭在前，殺意最濃的一箭卻隱於最後。

燕慎獨再沒有如今天這般滿意自己的修為，能射出這樣的七一之數，已是他此生所能達到的頂峰，甚至比父親當年還要更強悍一些，如此恐怖的箭襲，他相信，就算對面站的是范閒，范閒也躲不過去。

但他忘記了一點，所有人的戰鬥方式是不一樣的。如果范閒想親自殺他，一定會很陰險地下毒再下毒再下毒，貼身刺了再刺，根本不會給他任何發箭的機會。

如果是范閒來殺他，燕慎獨一定無法保留全屍，會死得很窩囊、很難看。

而王羲看似溫柔有心，選擇的作戰方式竟是與他外表完全不一樣的勇猛恐怖。

是的，很恐怖。

王羲直接撲過來，像一隻黑夜裡飛騰起的大鳥，雙翅一展，勁風大起，視而不見直刺自己身體的七支羽箭，雙瞳放著敏銳的光芒，右手一探，直接捉住最後方那支恐怖的箭！

噗噗數聲起，那些箭刺穿王羲的身體，只是他的身體在空中游動著，沒有傷到要害部位，只是從肩下、臂上穿過。

嗤的一聲，最後那支箭從王羲的右手中滑動，就像是負著重力的車輪在粗糙的道路上輾壓，帶著一聲極難聽的摩擦聲。

夜空之中似乎升起一股淡淡的焦灼味道，王羲的右手被那閃電一箭的疾速磨得糊了，這種高溫意味著怎樣的高速？

然而，那支箭終於在即將刺進王羲的眼窩前停止了，只有一寸。他就這樣生生用一隻血肉之手握住了這支箭！

他的人也已經如飛鳥一般掠到燕慎獨的身前，只有一尺。

王羲悶哼一聲，反腕，將箭尖插入燕慎獨的心窩裡，出手如電，避無可避。

燕慎獨踉蹌著倒下，看著胸口的血與箭，看著面前這個渾身流血的暗殺者，張了張嘴，卻說不出什麼話來，就這樣箕坐在自己的營帳後，身體無力地抽搐幾下。

他忘了父親曾經教育過他的事情，身為箭客，武器的有效距離決定了生死，自己還是離面前這人太近了。

王羲喘息著站在他面前，看著呼吸逐漸微弱的箭手，說道：「小箭兄，安心上路。」

燕慎獨直到死亡將至的這一刻，他才明白，原來自己真的只是這個大時代裡的小人物，不過擅箭者，死於自己箭下，何嘗不是一個好歸宿？只是……不甘心啊……

他徒勞無功地運起自己全身的力量，向前伸去，想要抓住這個暗殺者，想要殺死對方，想要殺死即將到來的死亡。

指尖碰到王羲的腰帶，觸手處是一片冰涼的血，勾住了一件事物，燕慎獨終於力絕，喉中咕嘟一聲，腦袋一偏，就此死去。

王羲直起身子，鬆開右手，看著掌心間那一長道恐怖的焦痕，又低頭看著自己身上插著的七支羽箭，看著渾身的鮮血，忍不住痛楚，顫聲自言自語道：「疼死我了……」

他忍著疼痛，藉著夜雪夜風遁出了元臺大營，回到山頭上，拾起那張青幡，再次消失於黑夜中。

數月後，范閒知曉此次狙殺經過，沉默片刻，搖頭嘆道：「十三郎，猛士也，蠢貨也。」

第九章　心血如一

第二日是第三日的前一日，這不是廢話，因為第三日林婉兒就要回京了，范閒習慣於讓自己的妻子、家人遠離一應汙穢事，所以他把時間定在第二日。

這一日風和日麗，積雪漸融，天河大道上溼漉漉的，存有積雪的街畔流水石池，終於流動了起來，帶著雪團與枯葉，往著低窪處行去。

京都內外四向諸城門由十三城門司負責安全，這十三城門司直屬宮中調撥，不要說京都守備師無法探手進去，便是樞密院的軍方大老們也不會在明面上做出太多動作。每逢入夜，京都城門便會關閉，在慶國的歷史中，除了那幾次血火紛飛的政變，以及幾次大天災與邊疆動亂有使者來報，再也沒有夜間開啟的先例。

監察院的院長陳萍萍是例外，他住在京外的陳園，而皇帝給了這位院長特權，可以夜間入京。

但只有這一個特例，除了陳萍萍，沒有人可以身無皇命在深夜裡出入京都，只是在范閒執掌監察院後，這個特例又多了一人。

所以哪怕京都守備師元臺大營發現了燕慎獨的屍身，逐級上報，終於報到了知曉燕慎獨真正身分的那級將領……大營裡的將領震驚惶恐之下，依然沒有辦法通知京都裡的大人們。

京都守備師師長秦恆是第二天早上才知道這個消息。然後回京述職的戍北大都督燕小乙，也知道了這個消息。他的親生兒子，昨天夜裡被人暗殺於大營之中。

燕小乙坐在床邊，兩隻腳張得極開，這是多年軍旅生涯騎馬所養成的習慣，他的雙眼有些漠然地看著跪在門前的信使，微微偏頭，有些不敢相信自己的耳朵。

「老爺。」床上的兩名姬妾強抑著內心的恐懼與不安，掙扎著起身，為燕小乙穿好衣裳，打水漱洗。

在這一切的過程中，燕小乙都保持著一種冷漠的平靜，在熱水盆裡搓揉著的雙手沒有一絲顫抖。

他自幼精力過人，從軍後更是夜夜無女不歡，家中姬妾無數，便是這京都的宅子裡沒有正妻，卻還是留了五名姬妾侍候自己。昨天夜裡風雪之下，這兩名姬妾有些承受不住了。

燕小乙偏頭看了身旁的姬妾一眼，往常他習慣了暗中驕傲於自己的體力、精力，可今日心中卻有些異樣，對這些嬌媚的女人們感到一絲厭憎。

女人，他有很多個，但兒子，他只有一個。

他平靜地站起身來，在腰上繫好黑金玉腰帶，披上擋雪的大氅，行出門去。門外早有親兵與京都守備師滿臉驚懼的將領們等候著。

看著自己心腹抱著的那把長弓與那筒羽箭，燕小乙在馬旁有些失神，縱使如此，自聞訊直到此時，他依然面色平靜，微黑之中帶著堅毅之色的面龐沒有一絲異樣。

馬蹄聲漸離燕府，府內兩名美姬慘死於床，鮮血浸染了整道翠幔。

在親兵們的護衛下，燕小乙出了城門，來到不遠的元臺大營內，面色漠然，根本不看前來安撫自己的將領一眼，便是急匆匆趕來的秦恆，也被他視而不見。

他直接入了中軍帳。

燕慎獨的屍身就擺在帳中，沒有人敢動這具屍體，因為大家都在等著燕小乙親自來看一下。

燕小乙站在兒子的屍體前，許久沒有說話，只是眉頭微微地皺了起來，許久之後，他目光微垂，伸手將兒子已然僵直的手掌扳開。

死人的手掌握得極緊，燕小乙扳得很用力，生生將自己兒子的手指扳斷了兩根。他從兒子的掌心裡取出一樣東西，然後舉至眼前，細細地察看。

帳外的天光透了進來，在那塊玉佩上輕輕一折射，射入燕小乙的眼中，讓他的瞳孔微微縮了一下。

他認識這塊玉佩，玉佩上有一柄小劍，另一面刻著幾個文字，所以他的心寒冷了起來，旋即又燃燒了起來。

中軍帳裡的其餘將領卻不知道這塊玉佩代表什麼，秦恆嘆息一聲，上前安撫了幾句，同時表達了秦家對於此事的由衷歉意。一位大都督的兒子在自家控制的大營內被人暗殺，無論如何，秦家都要負上極大的責任。

燕小乙微微點頭，終於開口，他的聲音有些嘶啞，緩緩說道：「小侯爺無須多言。」

秦恆默然，片刻後說道：「請大都督節哀。」

燕小乙的臉上並沒有哀色，他讓元臺大營的將領帶著自己來到兒子曾經住過的營帳，單獨進去，在那個營帳裡停留許久。

所有人都在外面等著他，不敢去打擾他。

在營帳內與兒子的氣息進行了最後一次交談，燕小乙從營帳後方那個破洞走出來，面色木然，看著雪地上的那幾大攤被風颳得有些散了的血漬，一言不發。

再次回到中軍帳中，燕小乙看著兒子的屍體，低了低頭，忽然伸手，握住兒子屍體心窩上插著的那支箭，微微用力一拔。

噗哧一聲，箭支離開屍體，落入燕小乙的手中，他將這支箭親手插入親兵背著的箭筒之中，然後轉身對秦恆說道：「燒了吧。」

馬蹄聲再起，離開了元臺大營，往京都駛去。就算他的兒子被人刺殺了，可身為朝廷重將，燕小乙依然要留在京都，這便是權力帶來的不便。

寒風撲面。

戍北軍的親兵們臉上全是悲痛與憤怒之色，他們在慶國的北疆與北齊人對抗數年，自認有功於國，但沒有想到，居然京都裡有人會敢來暗殺大都督的公子！

燕小乙依然面色不變，只是對著親隨冷漠說道：「不是四顧劍，那個殺手流了血，九品。」

那個玉佩說明了殺手的來路，燕慎獨的實力與那人付出的代價說明了那人的水準。親隨在他身邊騎著馬，說道：「葉重離京之後，京都九品明面上只有數人，如今都督與小范大人回京，便又多了兩人，只是隱在暗中應該還有一些，比如監察院。」

毫無疑問，燕小乙回京後，首當其衝的便是監察院一系的勢力，尤其是那日在樞密院之前，范閒向他揮動的馬鞭，更是讓這種隱在暗處的對抗變成了即將爆發的衝突。

所以燕慎獨的死，所有人都會第一時間聯想到范閒。

「不是范閒。」燕小乙冷漠說道：「但一定與范閒有關。」

城門便在眼前，那名負箭的親隨擔憂地看了燕小乙一眼，心想如果真與那位小范大人有關，大都督會怎麼做？難道就在京都裡，一箭射殺了陛下的私生子？

燕小乙微微瞇眼，沒有說什麼，只是咳了兩聲，然後掩住自己的嘴脣，一絲鮮血從他的指縫間流了出來。

昨夜的刺殺並沒有宣揚開來，一來是燕小乙的兒子在京都守備師的消息並沒有多少人知道，二是時間太短，就連監察院本部也沒有獲得相關的細節。慶國朝廷的文官、武官本就分屬兩個系統，自然也沒有多少朝中大臣知曉此事。

今日是小朝會，宮門口的大臣們三三兩兩聚在一起，各有各的山頭，只是東宮太子與二皇子之間已經緩和許多，所以那兩派文官站得並不太遠。

而戶部尚書范建卻是在和門下中書那兩位大學士低聲說著什麼，在這三人的周圍，沒有人靠近。

一聲鞭響，宮門緩緩打開，禁軍統領大皇子面色平靜地走出來，對當頭的幾位老大人行了一禮，眾人趕緊還禮。

自從一年多前，皇帝讓大皇子負責宮闈綱紀之後，整座皇宮的防衛果然是固若金湯；而這位大皇子也是一位勤勉之人，每有朝會之期，便會親自當值，絲毫不因為自己天潢貴胄的身分而有所疏忽。

因其故，這些上朝的大臣們都對大皇子有一絲敬懼之感。

大臣們魚貫而入，上朝與慶國皇帝討論這天下的八卦去了，宮門口頓時又安靜下來，宮前廣場上的積雪早已被清掃乾淨，露出下方的溼溼青石，被掃走的雪在廣場那邊攏成一道半人高的雪堆，如矮城一般。

一輛馬車從那道長長的雪堆後行了過來，車身、馬身、車夫盡是一水的黑色，守宮門的禁軍以及門內的侍衛馬上知曉了馬車中人的身分，心中不免有些好奇與興奮。

大皇子手按寶劍親迎上去，將馬車上那個行動還有些不便的年輕官員扶下來，二人一路輕聲說著什麼進了宮。

宮門內外的士兵們大氣都不敢出一聲，只是小意地用眼角餘光看著這一幕，直到大皇子與那年輕官員的身影消失在皇宮之中，眾人才吐出一口濁氣，興奮地小聲議論起來——

「看見沒有？都說大殿下與他關係好，看來果然不是假的。」

「這有什麼稀奇，本來就是兄弟。」

「兄弟？」有人冷笑道：「不記得一年前小范大人是怎麼收拾二殿下的？」

「禁聲！」

雖然慶國民風開放，少有因言治罪的事情，但是在這煌煌宮門口，大肆談論皇族的八卦，不能不說，這些曾經跟隨大皇子西伐胡蠻，後又歸入禁軍站崗放哨的軍人們確實是膽子大到了極點。

兩位小太監像是看神仙一樣看著這些禁軍。

「那就是傳說中的小范大人啊？」一位侍衛明顯是入宮不久，臉上帶著興奮之色說道：「果然如傳說中一樣，生得如天神一般俊朗，只是氣色似乎不怎麼好。」

「廢話！前些日子才被暗殺了一次，受了那麼重的傷，怎麼可能好得起來……說來也奇怪，小范大人的傷好得真快，居然現在就能下地行走，怎麼這麼急著來上朝呢？」

「不要忘了，小范大人可是我大慶國最年輕的九品高手！」

「不過說到狙殺……」

所有人頓時沉默了下來，知道這件事情太可怕，最好還是少議論一些。

范閒與大皇子在宮中行走著，並不知道後面這些人在議論什麼，不過大皇子也不免好奇，為什麼他的傷還沒怎麼好，就急著進宮。

「怎麼這麼著急進宮？最近宮裡有些亂，為調查你被狙殺的事情，都有些緊張。」

范閒笑著說道：「忘了？請柬我記得給王府送過去了，應該是大公主親自接的……晚上在抱月樓我請客，有請客的氣力，卻不趕緊入宮述職，我怕陛下會打我的屁股。」

「你應該稱大皇妃，或者叫嫂子都行，怎麼還叫大公主？」

「免了，大皇妃聽著彆扭，總想起葉靈兒那丫頭，嫂子這稱謂更不成……我可不想被太常寺卿當面唾罵，我姓范，你可姓李。」范閒這話說得有些狂放了，至少身為臣子和大皇子說話，顯得有些沒規矩。

大皇子知道他心思，無可奈何地笑了笑，忽然肅然說道：「那件事情你知道了嗎？」

「什麼事？」范閒微微皺眉。

「燕小乙的兒子，昨天夜裡被人刺殺。」大皇子盯著范閒的眼睛，似乎是想從他的眼神中判斷這次刺殺與他有沒有關係。

范閒挑挑眉頭，懶得刻意扮出吃驚的模樣，說道：「死便死了，反正又不是我的人，你不要猜了，這事和我沒關係。」
大皇子看著他搖搖頭。「不管與你有沒有關係，只怕這件事情都會記在你的頭上。」
「記便記吧。」范閑溫和笑道：「我這一世的仇人不少，也不在乎多那麼一個、兩個。」
「那個人可是……燕小乙。」大皇子加重語氣提醒。
范閑沒有應什麼，只是心裡想著，身邊這位大皇子在軍方果然有些實力，此時只怕城門剛開，他居然就能知道在元臺大營裡發生的故事。
大皇子見他不理會，皺眉說道：「這件事情只怕不是這麼好善了的，想想，在京都左近的守備師大營中，居然被刺客混了進去……事情一旦曝光，誰也別想有好日子過，這事……做得也太放肆了。」
范閑聽出了他話裡隱的意思，忍不住冷笑起來，說道：「元臺大營？前些日子還有人敢搬了軍方的城弩在山谷裡謀殺欽差大臣……究竟誰放肆一些？」
大皇子見他發怒，也知道那次山谷狙殺裡他損失不少手下，只好轉了話題問道：「晨兒什麼時候回來？皇祖母和我母親唸了不知道多久，只怕來年是再捨不得她去江南的。」
范閑說道：「明兒就到。對了，那個胡族的公主我也帶了回來……另外，我在羊蔥巷裡買了個宅子，地方偏僻清幽，正適合藏嬌。」
大皇子聽著這話一怔，吶吶問道：「什麼藏嬌？」
范閑從懷裡取出一份房契扔給他，脣角微翹說道：「給你包二奶。」
大皇子不知如何言語，惱火地瞪了他一眼，又說道：「人前人後一張詩仙雋永雅致臉，誰知道卻是一張尖酸刻薄狐狸嘴。」
「這話倒也確實。」范閑傲然說道：「名聲這東西我已經足夠多，接下來，我就要把這臉皮撕了陪大夥好好玩一遭。」

大皇子心頭微驚，皺眉說道：「晚上你請了這麼些人，究竟想做什麼？可不要胡來。」

「怎麼會？都是天潢貴胄，我巴結還來不及。」范閒冷笑說道：「不過你的想法我也清楚，不想兄弟鬩牆也簡單，趕緊打垮他們。」

大皇子不贊同地說道：「這話說得難聽，都是一父同胞，靜候聖裁便是，你也有些分寸才好。」

「別這樣。」范閒搖頭道：「還是那句老話，我可是姓范的……不過你也放心，我可沒有砍自己手指頭的愛好，只要今天晚上之後，他們肯老實一些，我自然也不會做什麼。」

大皇子笑了起來。范閒思忖了會兒後也忍不住自嘲地笑了起來。話說從古至今，史書可見，極少有哪位年輕臣子敢像自己這樣當面威脅太子、皇子，更何況用的還是這種教訓口吻，這事情顯得確實有些荒謬。

范閒堅稱自己姓范，但他清楚，如果不是因為自己本來應該姓李的緣故，自己斷沒有足夠的實力去和皇族子弟們談判，甚至連這種資格都沒有，依照自己的行事風格，只怕許久之前就死翹翹了。

所以當他在御書房等了很久，終於見到那位掀簾而入、姓李的皇帝老子時，他表現得還算尊敬，只是眉眼間偶爾露出幾絲冷意與倔強。

正所謂一路演來，始終如一。

第十章　御書房內憶當年

御書房裡比外間要暖和許久，採自琅玡州的銀竹炭在三個火盆裡燃燒著，設計精巧的火盆沒有溢灰，只有溢暖，將整個書房都包裹在與時令不合的春意裡。

只是有一股淡淡的灼味，味道並不難聞，但在范閒靈敏的鼻子聞來，總有些不適應，不由得有些想念某個遙遠世界裡某個白色房裡的暖暖味道，想起前世曾經看過的兩句俏皮話——毛主席沒用過手機，皇帝也沒吹過空調。

皇帝自顧自坐到榻上，從他的表情可以看出來，他對於御書房裡的溫暖極為滿意，鬢角些微的銀髮、眼角些微的皺紋都平順著，在榻上脫了外面的那身龍袍，早有小太監取來棉質的常服替他穿上，又端來一碗溫熱的燕窩。

范閒安靜地站在一旁，眼光卻忍不住好奇地偷偷瞄了一眼，天下至尊的日常生活確實沒有什麼出奇。

皇帝正喝著，眼角餘光裡瞥見范閒鬼頭鬼腦的模樣，忍不住笑了起來，罵道：「江南還沒好吃的？饞成這樣。」

范閒嘿嘿笑了兩聲，說道：「主要是今兒個要趁早進宮，早餐也就是胡亂扒了兩口。」

皇帝揮揮手，示意他坐下。姚公公在一旁早等著這旨，趕緊去簾後搬了一個圓繡墩出來。范閒一屁股坐下，不由得想起一年多前，自己第一次進御書房議事時的情形，又有些好奇，今天朝會結束之後，為什麼皇帝的御書房會議沒有繼續開，反而單獨召見自己？

與皇帝一年多不見，心裡又在琢磨演技這種東西，范閒一時不知如何開口，好在君臣應對，本就應是皇帝先開口才是，御書房內頓時又陷入安靜之中。

皇帝將喝了一半的燕窩擱在桌上，抬頭看著范閒的臉，看著那張清秀溫純的面容，不知怎的，那顆一直冰冷近二十年的心動了一下，忍不住緩緩搖頭，想將那一絲情緒從帝王的腦袋裡剔掉。

「傷怎麼樣了？」皇帝盡可能淡漠地問道。

范閒微微佝身，恭謹應道：「謝陛下關懷，臣已無事。」他心知肚明皇帝肯定已經知道燕小乙兒子非正常死亡的消息，但既然對方不提，不將這件事情和自己聯繫起來，他當然樂得裝啞巴，懶得多做辯解。

「陛下……」皇帝心裡重複了一遍，嘆了口氣，笑道：「不用這麼拘謹，有什麼想說的便說吧。年前逐你去江南，為……朕便是想磨礪你、提拔你，只是未免辛苦了你。」

皇帝能說出如此柔軟的話，實屬不易，但范閒心頭微動，卻未曾柔軟，和聲說道：「實不敢瞞陛下，此去江南……我還真是很願意的。」

他笑著繼續說道：「江南風景好，我一直想去逛逛。」

嗯，不稱「臣」而稱「我」了，每次這二人的對話便是這樣發展，先由君臣，再至老少，再至模糊的父子情狀，從不言明卻彼此心知肚明，曖昧著、酸著、無恥著。

皇帝笑了起來，半晌後靜靜說道：「你在江南做得很好……朕，很欣慰。」

這說的自然是內庫的事情、膠州的事情、江南路的事情，所有的一切事情，范閒都表現出一位年輕名臣所應該有的風度與氣魄，為這個朝廷，為這個皇帝從民間、軍中搜刮了太多好處。

范閒如今是皇帝手中的一把刀，基本上已經把朝中的有力階層得罪完了，皇帝也明白這一點，想到山谷狙殺之事，不免對范閒有些淡淡的憐惜之意，只是……不多。

略說了幾句在江南的事務，關於政事上的匯報便結束了，畢竟回朝述職的主旨還是在朝上，等過幾日的大朝會，范閒自要穿著官服，特旨上朝迎接滿朝文武的讚嘆或是指責。今日御書房內，不過是一位帝王、一位近臣的交心，尤其是關於江南和膠州的事情，早已透過不曾間斷的密奏全部交由皇帝知曉，今日所論便在他處。

他處乃是澹州處，皇帝似乎對范閒的澹州省親之行特別感興趣，問得很詳細，范閒雖然心裡覺著有些奇怪，但耐著性子一一講解，甚至連冬兒的事情也沒有遺漏，誰知道自己身邊究竟有皇帝多少眼線。

皇帝自然還要問問澹州乳母過得如何，范閒一一回答，又描繪了一番澹州如今的景象，那些白色的海鷗、州城旁陡峭的懸崖。

然後范閒便沉默了下來，因為他有些意外地發現，皇帝似乎走神了。

皇帝的眼簾微微垂著，眼角的皺紋顯現著中年人特有的魅力，沒有看范閒，也沒有說話，只是平靜地隨范閒的敘述回憶澹州的一切。

忽然發現講故事的聲音停了，皇帝有些怔然抬首一看，發現范閒正關切地望著自己，不由得一笑說道：「沒什麼，只是想著最後一次西征歸來後，朕便再沒有出過京都，不免有些懷念澹州的景色。」

皇帝最後一次西征之時，京都有變，太平別院被血洗，范閒被五竹抱著，坐著那輛有黑布的馬車遁至澹州。范閒面色不變，只是猶疑問道：「陛下，您也去過澹州？」

「當然去過。」皇帝脣角微翹，微笑說道：「朕去澹州時，你還沒有生，便是在那裡遇見了你的母親。」

君臣二人同時默然，均覺著這句話有些白痴。當爹的剛遇見當媽的，這當兒子的當然還沒有生。

半晌後，范閒略帶一絲惘然之意說道：「原來就是在澹州。」

「陳院長和……范尚書沒有對你說過？」皇帝似笑非笑說道：「朕本以為當年的事情你總該知道一些。」

范閒知道此時只要自己開口問，面前這個已然沉浸在美好回憶之中的皇帝一定會滿足自己的好奇心，但不知道為什麼，范閒不想問，就像是那層紗簾之後隱藏著什麼樣的蒼山美景，而在山中……有怪獸，大怪獸。

他只是平和笑道：「長輩們哪裡有閒空和我講這些，只是小時候就知道朝廷對澹州城有特恩旨意，最開始是免了三年賦稅，這次回去，發現還是一直免著，澹州百姓們生活得不錯，對陛下都是感激不已。」

「朕乃天下之君，愛惜子民本是應有之義，何須感激？」皇帝笑了笑，望著范閒嘆了口氣，說道：「免了澹州二十年賦稅，一是因為姆媽，二來，也是為了感謝當年那個海港。」

這話范閒便不好接了，難道要陪著皇帝談初戀？更何況那個初戀是自己的老媽。恰此時，他的肚子咕嚕叫了一聲，眼珠一轉說道：「陛下……肚子真餓了，賞碗燕窩吃吧。」

皇帝一怔，旋即哈哈大笑起來，指著范閒的鼻子半晌說不出話。慶國皇帝自登基以來便威立一方，眼觀天下，朝中臣民無不悚然而敬懼生，十餘年來，哪有臣子敢在君臣對話之時嚷著肚子餓、討飯吃的道理……便是太子、大皇子年幼之時，被宮中娘娘們抱著，也不敢如此沒大沒小的說話。

許久之後，皇帝才止住了笑聲，眼裡滿是盈盈的疼愛，罵道：「這個沒臉皮的勁，和你母親哪有半分……咳咳。」

皇帝強行嚥下那句話，眼角餘光瞥見桌上那半碗燕窩，隨意指了指，說道：「還熱著，趕緊吃了。」

范閒一怔，屁顛屁顛地上前接過那潔瑩一片的白瓷碗，也不忌諱什麼，幾口便刨完了，臉上並未刻意露出感激涕零、聖恩浩蕩的神情，但吃得也是極順口。

這一幕落在皇帝眼裡，皇帝十分滿意，心道安之果然不是個作偽之人。只是皇帝哪裡知道范閒的心裡在罵娘，不是罵皇帝小家子氣，而是在厭惡那燕窩粥是對方吃過的。

一旁安靜侍立的姚公公看著這一幕卻是心頭大驚，他在宮中也有許多年了，像今日這種君臣融洽的情形卻是沒見過幾次，上一次……好像還是舒蕪大學士自北齊歸來，陛下為示恩寵以及絕無介懷之意，賞了他半片肉脯……

可上次舒蕪大學士可是因為那半片肉脯感動得無以復加，跪在陛下面前濁淚縱橫，連聲頌聖不止，哪裡像今日的小范大人這般自在、自然。

偏生，陛下似乎更喜歡小范大人這種做派些。

姚公公低著頭，心裡卻在讚嘆著，這等君臣，這等……父子，在宮中實在是少見。正思想著，卻被皇帝的一句話喚醒過神來，他趕緊接過碗，退了出去，一路沿著宮簷行走，卻還在想著先前那幕，深深畏懼與佩服。

御書房內只剩下皇帝與范閒二人，片刻後，皇帝忽然開口說道：「你如今也是有身分的人了，不能再像以前在太學時那樣胡鬧……澹州，嗯，為了一個家養丫鬟去把一位官員家的公子踹得半年起不了床，總是失了體面。」

范閒聞得這話，將頸子直了起來，語氣平靜卻帶著倔強說道：「陛下說得有理，不過如果有下次，我還是要踹的。」

「罷罷。」皇帝笑了起來。「你愛踹就踹，只是胡鬧總要有個限度，別太過頭。」

范閒察覺到皇帝的話中另有別意，便沒有接話，只是點了點頭。

而皇帝看著這年輕人的眉眼，皺了皺眉，心想這小子為了一個被趕出家的大丫鬟便鬧出這麼大的動靜，那山谷裡他的手下被弩箭射殺了十幾人，依這小子記仇的性子，要讓他強吞下這口氣，只怕有些難做。

當然，皇帝可以直接開口讓范閒消停些，但皇帝不願意這樣做。

「聽說晚上你要請客？」

范閒微微一怔，恭謹說道：「是，離京一年多，有好些位大人與……都沒見，藉著這個機會，大家聚一聚。」

皇帝的臉色平靜了下來。「還是先前那句話，胡鬧可以，有個限度。」

「是，陛下。」

「山谷裡的那件事情，朝廷會查，會給你一個交代。」

「是，陛下。」

「少年人，看事情的眼光要長遠一些，不要只是局限在眼前。」

「是，陛下。」

「來年找個時間，朕要去江南看看，看看你與薛清將朕的糧倉內庫打理得怎麼樣。」

「是……嗯？」

范閒霍然抬首，帶著一絲驚訝看著皇帝。皇帝出巡？這是十幾年來都未曾有過的事情，尤其是如今的京都各方勢力蠢蠢欲動，雖說皇帝坐鎮宮中，沒有人敢太過猖狂，可是山谷之事、膠州之事，都說明龍椅下的火山已然變活，這個時節，皇帝居然敢……出巡！

范閒不明白皇帝心裡在想什麼，沉默片刻後說道：「臣以為……」

將自稱又改成「臣」，這便是要正式進諫勸阻，但是皇帝不給他這個機會，揮揮手說道：「朕意已決，手中天下，幾隻臭蟲亂跳，何須介懷……朕是要去澹州看看的，開年後你回江南，記得備好，只是事情需做得隱密。」

范閒無話可說，只好點頭應下。

皇帝看著他，皺眉說道：「先前說的話你都記住了？」

范閒有些頭痛地猜測道：「是指……胡鬧的事情？」

皇帝欣慰地點點頭。「朕……就這麼幾個兒子，你們愛鬧就鬧，只是不要鬧到不可收拾。你的心思，朕也明白一些，很好，繼續這樣做下去。」

范閒心頭一驚。兒子、你們，這已經算是點明了……但他感覺皇帝的那雙目光似乎已經穿透自己的身體，看透自己的心思——皇帝知道自己的心思？他馬上聯想到前年在抱月樓前與二皇子的衝突，在茶鋪裡與二皇子的那番對話。

如果皇帝是憑藉那番對話來猜測范閒的心，不能不說他猜得基本正確。

「那位海棠姑娘回北齊了吧？」皇帝忽然說了一句話。

范閒心頭再驚，臉上卻流露出一絲無奈之意，點了點頭，說道：「狼桃帶人把她接了回去。」

皇帝微微閉目說道：「最先前，朕是不喜歡的，畢竟晨兒許了你也沒兩年，不過後來覺著，這事倒也不見得一點兒好處也沒有，天一道與各地祭廟的關聯深，你如果有本事將天一道控在手中，對朝廷來說，是一樁堪比軍功的大功。」

不等范閒說話，皇帝繼續淡淡說道：「苦荷死後，就應該是海棠朵朵繼位，你自己要想清楚其中的關聯。」

范閒低頭默然。

皇帝說道：「和北齊的女人親近些無妨，但和北齊，還是保持一些距離。朕不疑你，只是我大慶朝心志在天下，年內你諸般動作，總會讓軍中有些人疑心，他們都是馬上的直爽漢子，要的便是開疆拓土……你此次回京，想必也覺著樞密院對你的態度不如何，這便是其中一個緣由。」

范閒依然默然，知道這便是所謂的鴿派、鷹派衝突，只是皇帝骨子裡肯定是那類肉食者，他雖說不疑，但這話其實是很嚴肅地提醒自己。

「是，陛下。」范閒溫和應道：「臣有分寸。」

看著他的小意模樣，皇帝安慰地笑了笑，揮手說道：「難得回京，去宮裡各處逛逛……」他沉吟片刻後說道：「哄太后開心些。」

范閒領旨，出了御書房的門。

姚公公在門外候著，見他出來，便領著他往宮裡四處行去。范閒雖然入宮許多次，對宮內的路也極為熟悉，但知道自己一位外臣入宮晉見，去拜見各宮的娘娘本就有些不合規矩，格外要小意些，自然需要太監當頭領路。

其實說到底，他這位皇族編外人員加上郡主駙馬的身分，才讓他有機會在這皇宮的園林裡自由行走。

第一處要去的自然是含光殿，太后的寢宮。太后剛剛午睡起來，身子骨有些疲乏，便沒有與范閒說多少話，只是范閒敏感地察覺到，太后對自己的態度雖然依然冷漠，但比之當年吃羊肉湯那時節，已經是好了不知道多少。

略說了些閒話，范閒見老人家神態有些不適，便知情識趣地告辭，臨行前說著待婉兒回來後再一起進宮拜見，老人家果然有些高興。

出殿之前，范閒小聲地對女官說了幾句話，開了個方子給太后調理身體。含光殿裡的女官雖然不敢給太后亂用藥，但也是知道這位朝中大紅人的醫名，歡喜地接了過來，只等太醫院審後便用上，忍不住讚了兩聲駙馬孝順。

范閒笑了笑，沒有說什麼，便離了含光殿，沿著闊大皇宮裡的道路一路向西，路過廣信宮的時候忍不住多看了兩眼。

姚公公在一旁小心翼翼說道：「小范大人……是廣信宮。」

范閒一愣，笑罵道：「我當然知道，你這老傢伙又在想什麼？」

姚公公嘿嘿笑道：「怎麼說也是您的岳母，要是不去見見，傳到太后耳裡，只怕老人家不高興。」

范閒怔住了，就在離廣信宮不遠的地方停下腳步。

第十一章　抱月樓前笑兄弟

范閒怔怔望著廣信宮，望著宮下的柱子，心裡想著，不知道那柱子上面的洞有沒有被用石灰填住？

當年他第一次夜探皇宮，便是在這座宮殿的大柱後，被那名宮女隔柱刺了一劍。劍尖穿過厚厚的木柱，險些刺入他的腰骨。

直至今日，范閒似乎還能感受到那劍上的殺意，雖然那名宮女當場就被他格殺。而也就是在那個夜裡，他偷聽到永陶長公主與北齊皇室的勾結，言冰雲被出賣的真相，擋了燕小乙那宛如天邊射來的一箭！

今兒個雪停了，皇宮裡吹著寒風，反而比前幾日更冷一些，范閒打了個寒顫，自嘲笑著搖搖頭，與姚公公離開了這裡，往皇后、太子所在的東宮行去。

雖說永陶長公主是他的岳母，終究是要見的，但對於那個魅惑近妖、冷酷無情的女人，還是保持些距離的好，相見之時能拖一日是一日。

這些年來，在皇帝的暗中安排下，在陳萍萍與各方的配合下，范閒逐步接手了永陶長公主的一應勢力，雙方早已無法共存，終究有大打出手的一天。只是永陶長公主的勢力早已不如當年，可范閒依然驚懼著，不僅僅是因為她是妻子的母親，還因為心中那抹異樣的感覺。

前世聽過王姑娘（註1）的一首歌，把什麼什麼給了他……范閒也是這般覺著。永陶長公主把內庫給了他，把女兒給了他，把姘頭給了他，把崔家給了他，明家也將要給了他，看模樣還有很多東西要轉交給他，如果換成自己是永陶長公主，估計也會咬著嘴脣不言語，眼裡噴火地把這個壞女婿燒死。

還有君山會，還有軍方那些不安分的人。永陶長公主雖然不是一個會噴火的恐龍，相反的，生得是相當誘人，范閒還是有些怕，怕其人溫婉之意的瘋意、媚意。

和這樣一個三十幾歲、號稱天下第一美人的丈母娘待在一起，感覺很彆扭，所以自始至終，范閒只和今生最大的敵人見過一面。

這事本身就很有趣。

姚公公看了沉默的范閒一眼，沒有說什麼，小碎步跟上去。不一時到了東宮，不湊巧，皇后這時節正好在廣信宮裡與永陶長公主聊天，只有太子正在太傅的指導下讀書。

看見范閒進了宮，太子笑呵呵地迎了過來，說道：「傷怎麼樣了？本想去府上看你，但想著只怕會打擾你的休息，便斷了這念頭。」

范閒依足工夫行禮請安，這才直著身子笑道：「我這身體本來就壯，養兩天就好，今兒領旨進宮，便來看看太子殿下，免著您擔心。」

「晨兒什麼時候回？」

「明兒吧。」

註1　王菲的《不留》。

太子笑道：「趁著她不在，你是得抓緊玩玩。」

兩個人笑著坐下，略談了談江南風物美人，卻是沒有一字一句往不快活的地方扯。其實將事情往幾年前回溯，太子對范閒倒真是不錯，雖然是聽了辛其物的建議，本著拉攏的心思示好於范閒，但在范閒初入京的時節，這二人相處得倒著實不差。

只是誰也沒有想到後來的事情竟會發展到如此古怪的地步。

范閒居然也是皇子！

而且有歷史遺留問題沒有解決。

於是很自然的，范閒挑了出來，太子成了另一邊的人，雙方都心知肚明，因為那個歷史遺留問題，雙方不可能再攜手，不免彼此心中有些喟嘆。只是這近兩年的時間裡，范閒主打的乃是二皇子一派，並沒有對太子的派系進行全方位攻擊，所以表面上，二人還可以維持此時其樂融融的感覺。

就算兩個人已經撕破了臉，可在宮中，依然必須要其樂融融。

姚公公在一旁冷漠看著這一幕，心中對於皇族子弟們的城府都好生佩服。

一番溫柔對話結束，范閒起身告辭，湊到太子耳邊小聲說道：「殿下，晚上可得來。」

太子笑道：「說來你那樓子我還真沒去過……」

這位已經日漸邊緣化的正牌太子嘆息道：「你也知道，這幾年裡本宮修身養性，極少去宮外遊玩……便說這大名在外的抱月樓吧，先是二哥，後來是你，都有辦法，我可沒什麼轍。」

范閒不清楚這話裡有沒有什麼隱意，卻也懶得去猜，呵呵笑了兩聲，恭謹行了一禮便退出東宮。

在宮外，並不意外地看見一位熟人。

那個滿臉青春痘的太監，如今的東宮太監首領洪竹。

洪竹趕緊側到一邊向他請安。

范閒表情很冷漠，嗯了一聲，便往前行去，但心裡卻有些古怪的感覺，看洪竹的神情，似乎有話想說給自己聽。這小太監的眉眼間有些恐懼，卻不知道他在恐懼什麼。只是在宮裡，范閒不會理會洪竹，還是要扮著瞧不起對方的模樣，這枚埋在宮裡的棋子，不能隨便輕易地用起來。

他接下來又去了淑貴妃與寧才人宮裡，替二皇子的生母淑貴妃帶了一份書單，都是在江南天一閣裡影出來的古本藏書，淑貴妃明顯覺得有些意外，沒想到范閒與自己兒子鬥得要死要活，卻還如此小意地伺候著自己，有些感動之意。

而在寧才人宮中，范閒卻是被好生訓了一通。

這位出生東夷城的豪爽婦人，還是在知道范閒身世後第一次見著他，看著范閒的眉眼、神情，寧才人難以自制地想起了當年救了自己以及腹中孩兒的那位葉家小姐……便憤怒於范閒不將自己的生命當回事，訓得范閒連連點頭。

又說了些當年的故事，寧才人的眼神柔軟溫和起來，像看著自己兒子一樣看著范閒，輕輕揉揉他的腦袋，囑咐他以後得閒要帶著林婉兒時常進宮來看自己。

范閒一一應下，出宮之時，偶一回頭，卻發現寧才人似乎正在揩拭眼角的溼潤，心頭也不禁溼潤起來，說不出的悲哀莫名。

這都是當年的人，當年的事啊。

忙碌著，行走著，范閒也有些厭煩起來，這就像是大婚之前第一次入宮拜見諸位娘娘一般，在各個宮裡行走，說的話、做的事都差不多，連番的重複實在是很耗損彼此的心神。

好在最後去的漱芳宮可以輕鬆些。

將姚公公趕走了，范閒像是一條累癱的狗兒般靠在椅子上，斜乜著眼打量忙著端茶給自己的宮女，這宮女眉眼清順，頭一直低著，極有規矩，范閒忍不住心頭一動，接茶時在她那白白的手腕上捏了一把。

宮女瞪了范閒一眼。

范閒哈哈大笑，說道：「醒兒，第一次見妳時，妳才十三，這長大了，脾氣也大了。」

斜倚在榻上的宜貴嬪看著范閒像孩子胡鬧，忍不住開口說道：「你自己外面鬧去，別來鬧我這殿裡的人。」

醒兒正是當年領著范閒四處去宮裡拜見的那位小姑娘，被兩個主子一說，臉頓時紅了起來，小碎步跑著進了後面。

范閒喝了口茶，潤了潤嗓子，認真說道：「姨，我馬上要出宮，就不和您多聊了。」

「出宮？」宜貴嬪微微一怔，馬上明白是什麼事情，眉間湧起一絲憂色說道：「你晚上究竟想做什麼呢？」

范閒也怔了起來，問道：「您知道這事？」

宜貴嬪掩嘴笑道：「小范大人今夜設宴，邀請的又是那幾位大人物……這事早就傳遍開來，京中最聳動的消息。我雖然在宮裡住著，但哪有不知道的道理。」

范閒苦笑著說道：「不過一天時間，怎麼就把動靜鬧得這麼大？只是一年多沒有回京，難免得請請。」

宜貴嬪正色說道：「雖說有些話想與你講，至少也得替孩子謝謝你這一年的管教，但知道你晚上的事要緊，你就先去吧。」

她頓了頓，又說道：「請了弘成沒有？」

范閒搖搖頭，微笑說道：「改天帶著婉兒上靖王府再說。」

宜貴嬪點點頭。

范閒又笑著說道：「這時候還不能走，我專門來接老三的，這時候柳師父還在教他功課，怎麼走？」

宜貴嬪一愣，擔憂說道：「平兒也要去？」

「兄弟們聚一聚，有我在，擔心什麼呢？」范閒溫和的笑著，說不出的自信。

時近年關，大雪忽息，不知何日再起。京都裡一片寒冷，街旁的樓子裡卻是紅燈高懸、紅燭大亮，火籠四處鋪灑著，宛若那些貴重的竹炭不要錢一般。

抱月樓的大門懸著三層厚厚的皮簾，偶有僕人經過，掀起簾子，樓內的熱氣便會撲了出來，一時間，竟是讓這條街上的空氣都顯得比別處更暖和一些。

街上沒有行人，那些駐守在此間的京都府衙役以及京都守備師的士兵搓著凍僵的手，看著那棟亮晃晃的樓子，嘴上不敢說什麼，心裡卻在罵娘，自己這些人要在外面守著，那樓裡的貴人們卻可以在春風裡洗澡。

全天下的酒樓、青樓，大概也只有抱月樓才會這般豪奢。不過往日裡也不至於這樣，只不過今日不同往常。

抱月樓今日沒有開業。

甚至半條街都被京都府和京都守備師的人馬封了起來，這是抱月樓提前就向官府報備，沒有一絲耽擱便特批了下來。

京都府的府尹沒資格參加這個聚會，但他依然要用心用力地布置好一應看防。不只是他，京都裡其餘的官員們也是這般想的，不論他們屬於哪個派系，今天都必須為抱月樓服務。

因為今天京都所有稱得上主子的人物，都要來抱月樓。

太學司業兼太常寺少卿兼權領內庫轉運使司正使兼監察院全權提司兼行江南路全權欽差大臣——范閒，小范大人今日請客！

光彩奪目，大權在握，官職已經快要比族譜長的范閒請客，誰敢不來？誰好意思不來？雖說眾人皆知，范閒乃是一位敢得罪朝臣、願得罪朝臣的孤臣人物，可今日座上客是太子、三位皇子、樞密院兩位副使，還有幾位位重權高的大人物，連這些人都要給范閒面子，遑論其餘。

今日的抱月樓，冠蓋雲集，如果誰有能力將今夜座上客全殺死，只怕慶國會大亂一場，由不得京都府與京都守備師不用心，看防之森嚴，幾可比擬那重重深宮。

幾抬上品大轎趁著暮色來到了抱月樓前，又有幾位大人物乘車而至，後又有幾位軍中實權人物騎馬而至。

沒有人會帶太多親隨來礙范閒的眼，幾位龍子龍孫都只帶了兩、三個虎衛，這些大臣們也放心自己的安全。雖說最近才出了山谷狙殺的事情，可誰都清楚，這抱月樓是范家的產業。

大皇子到了，樞密院左右副使到了，辛其物到了，任少安到了，抱月樓今日全面運轉，姑娘們將這些大人物扶去廂房歇息，等著開宴。

范閒與諸人閒聊了幾句，說了些玩笑話，便牽著身邊的那個孩子走到門口，因為他聽到了太子到來的消息。

看著那個孩子老老實實讓范閒牽著，一旁凝視的樞密院兩位副使以及席上另外幾位大臣心頭都是一震。眼前這個畫面，足以讓這些大人物們聯想到許多事情。

古有挾天子以令諸候，今有小范大人牽著那孩子的手，誰知道將來的慶國，將來的天下，會不會就是這兩個人？

范閒牽著的是三皇子。

大門皮簾之外有些冷，三皇子打了個寒顫，側頭望著比自己高兩個頭的老師，眼中閃過一絲崇拜之色，旋即請教道：「老師，您傷還沒好，何必出來迎？」

范閒搖搖頭，溫和解釋：「來的是太子殿下，國之儲君，他身分不一樣，而且又是你的兄長，不論身為臣子還是兄弟，都應該尊重些。」

一輛小轎在十幾名侍衛的保護下來到了抱月樓前，范閒眼尖，瞧見四周有幾名虎衛背負長刀，冷然以待。今日抱月樓開宴，為防止民議太盛，讓朝廷尷尬，所以一應來賓都撤了往日裡的出行儀仗，即便是此時到來的太子也算得上是輕車簡從。

也幸虧如此，不然這條街上只怕要被大人物們的排場堵死。

轎簾掀開，一身淡黃色服飾的太子滿臉微笑地下了轎子，一抬眼看見范閒與三皇子正在樓外迎著自己。太子的心情不錯，雖說這是應有之義，只是以范閒如今的權勢，這種尊重正好是太子所需要的。

范閒與三皇子搶先行禮，太子連忙扶起，不一時樓中眾人也知道太子到了，趕緊出來迎著，只有大皇子似乎已經飲得高興，忘了出來，不過太子知道自己哥哥出身行伍，本身就是這種性情，也沒有怎麼在意。

一群人圍在樓前，正準備進去敘話，又有一輛馬車緩緩行了過來。

太子好奇回頭，心想是誰的架子居然比自己還大，會比自己還晚到？

眾人也望了過去，只見馬車上下來了一位清瘦的中年官員，這位官員並沒有穿著表示自己品秩的服飾，但眾人馬上認了出來，不免有些意外與吃驚這位大人也會到來。

來者不是旁人，正是江南路總督薛清。天下七路，薛清掌其一，身為超品大臣，又手控天下最富庶的行路，關鍵是他乃是皇帝心腹，又曾經在殿閣裡做過諸位皇子的老師，所以較諸朝中這些大臣的地位更為尊崇。

薛清看著眾人，微微一笑，先對太子行了一禮。

太子連道不敢，以他為首，眾人連忙對薛清行禮。

范閒笑著說道：「薛大人回京述職，晚輩唐突，想著這一年在江南共事，頗得大人垂青，故敢冒昧請了過來。」

眾人喔了一聲，都笑稱小范大人面子大，居然連薛總督也請了過來，心裡卻在暗誹，范閒今日莫不是因為山谷狙殺一事，要向某些勢力示威，所以才連薛清也搬了過來。

不怪這些大人物們心裡這麼想，因為今日抱月樓之宴，還算是年輕一代的聚會，陳萍萍、舒蕪這種老傢伙是斷然不敢驚動，就算想請，只怕皇帝也不允許。

而且人們都在思考，范閒請這些分屬不同勢力的人齊聚抱月樓，究竟是為什麼呢？

「只是吃吃酒，說說閒話，諸位大人一年忙於公務，時近年關，總要休息。」

范閒站在抱月樓門口笑著解釋道。

然後他便看見一隊人馬走了過來，當頭的正是二皇子——那位與范閒長得極為相像，氣質、風格宛若一個模子裡刻出來，卻偏生與范閒在京都裡、在北方、在江南殺得血流成河的二皇子。

當然，如今的暫時勝利者是范閒。

范閒與二皇子對視一眼，極有默契，不分先後，不論尊卑，同時拱手，微彎腰肢，揖拜一禮。

然後二人脣角微翹，同時浮出一絲略帶羞意的笑容。

二人在心裡嘆息著，這笑容……有些久違了。

第十二章　鴻門宴上道春秋（一）

抱月樓三樓靠東一面，是一大片花廳，半截樓臨著空，正好可以看見樓下一樓的大廳。那張寬大的胡人毛毯，在樓下泛著猩紅色，別有一番風味。

今日樓中有貴客，所以這半片花廳便被騰了出來。入花廳的時候，二皇子的眼睛下意識往門上望了望，看見上面用金漆新寫了兩個字，不免有些好奇，這兩個字是什麼意思。

「鴻門」。

范閒身為主人，平靜笑著將眾人迎入廳中，花廳用屏風和懸絨簾隔開，熱氣蒸騰，諸位大人物一進花廳，便被身旁的姑娘們脫了身上的大氅、衣裳，只穿著內裡的單衣。

足夠了。早有各式精緻的茶水、點心擱在桌上，用的盤碟也是江南的好東，盛酒的是極品的玻璃杯，盛的酒是天下最為昂貴的烈酒五糧液，身旁服侍的……姑娘們個個國色天香，溫柔靜默。

太子自然坐在最尊貴的位置上，他望著范閒笑罵道：「也就是你才有這般好的享受，瞧瞧這裡的物事，都是三大坊出來的，宮裡還指望著換銀子，哪裡敢像你這般不要錢的花費。」

慶國民風純樸，連帶著皇族、官員們也多了幾絲自律，全然不似北齊朝廷那般豪奢，像范閒今日設的這宴，確實是有些逾矩。眾人心知肚明，如今的內庫便在范閒的一手操控之下，調些用度自然沒有什麼問題，只是不清楚太子笑呵呵地這般說著，是不是在暗刺什麼。

范閒面色不變，笑著說道：「能享受還是得抓緊享受一些。」

薛清自然坐在左手方的第一張桌子前，他今日是奉旨前來看戲，自然不會在意什麼；加之久在江南，似這等享受也是慣了，看著京中這些大人物的讚嘆之意，不由得脣角微翹，笑了起來，心想京都居大不易，可惜享受卻是遠不及江南。

宴起，姑娘們安靜無語，開始為各桌的客人布菜斟酒，雖說這兩天經過了特訓，但猛一睜眼，便看見了大慶朝這麼多大人物，姑娘們的心中依然止不住地有些緊張，紅潤的雙脣抿得緊緊的。

這座上的皇子、官員都曾在風月場中打滾過，只是忽然這麼多人聚在一個廳裡，實在是有些教人不知所措。

其實座上客並不多，約莫十餘人，每人身邊坐著一位姑娘，身後跪坐著一位親隨，卻也將花廳裡占得有些滿了。

服侍范閒的不是旁人，正是抱月樓的掌櫃，桑文。

今天這種場合，自然不好意思一開場便喝三說四，酒令連連，摸乳撫臀，尤其是薛清和樞密院的兩位副使在此，年輕貴公子們都還有些自持身分，場間一時有些安靜、有些沉悶，只是談著朝廷裡的一些閒散笑話，比如舒蕪昨個兒又醉倒在雪街之上云云。

反正舒蕪性情疏朗，不在意晚輩們如何取笑。

沒有人敢拿這幾位皇子和范閒說笑話，尤其是范閒，所有人都還在猜測今兒這場宴的真實目的到底是什麼。

一片尷尬之中，薛清自顧自飲著酒，捏著身旁姑娘的小手玩弄著，這位大人頓時脫了官場之氣，多了幾絲中年浪子的感覺，看來當年的殿閣學士也沒少與紅樓骷髏們作戰。

二皇子淺淺飲了一口，望著對面的范閒微微一笑，說道：「安之啊，一年沒來抱月樓，發現這樓裡的姑娘比以往倒是漂亮了不少。」

場間氣氛頓時為之一鬆，范閒與二皇子，總得有個人開頭說話才是。

「扯淡。」范閒笑罵道：「就今兒這陣仗，要這一家抱月樓侍候好你們，沒那個可能……不瞞諸位，今兒這樓中十三位姑娘，也不僅是我樓中的女子，但凡京中最出名的女子，我全請了過來……不論是流晶河的花舫，還是教坊，今夜出了這樓，你們要再能找出一位當紅的姑娘，我便輸了。」

眾人一怔，心想這倒是好大的手筆，不是說花錢的問題，而是在這短短一天之內，讓京都的風月行當乖乖地供出自家最出名的姑娘，范閒的威勢，果然到了令人……髮指的程度……

眾人側臉一瞧，只見身旁姑娘各自含羞低頭，仔細瞧了兩眼，大家忍不住都樂了起來，認出此乃流晶河上某人，彼乃教坊司某位小姐，都是老熟人了。

只有二皇子的眼神黯淡了一下。說來荒唐，今兒樓上十幾位姑娘中，竟有四位姑娘屬於李弘成以前負責的流晶河事業，只是後來袁夢死在江南，石清兒反投范閒，李弘成被靖王禁足……

他抬起頭來遠遠看了范閒一眼，只見范閒面色平靜，只是眸子裡似笑非笑，一時不清楚范閒是想透過這件小事情示威，還是有什麼別的想法。

二皇子微微一笑說道：「抱月樓經營有方，想來全靠桑姑娘巧心慧眼，在下敬妳一杯。」

說完這話，他舉起手中酒樽，遙敬范閒身邊的桑文。

以他皇子之尊，自稱在下，倒也符合他慣常的溫柔做派，而且此時在風月場中，若一味論尊卑也沒個意思，眾人倒不在意，只是在意……為什麼這第一杯便要敬桑文？這將今日的主人范閒放在了何處？

此時桑文正靠在范閒身邊，夾了一柱青苔絲往他脣裡送，驟聽這話，不由得一怔，回頭看了范閒一眼。

范閒微笑點頭，桑文站起身來，向著二皇子微微一福，飲盡此杯，不待二皇子多話，又自斟一杯，請了坐首位的太子與大皇子。

太子今日有些古怪，只顧著與懷裡佳人打趣，那佳人被這一國儲君哄著，渾身上下早已軟了。太子看來很是得意，根本不怎麼理會宴席上二皇子與范閒的暗潮洶湧。

而大皇子與桑文喝了一杯，卻嘆了口氣。

二皇子面色不變，微笑說道：「今日難得諸朋在場，總要有些助興的節目，桑姑娘自從成為抱月樓掌櫃之後，我京都眾人便再也沒有這個耳福，不知可不可以請桑姑娘清唱一曲。」

桑文微微一笑，那張溫婉的臉平靜著，站起身來，正準備去取琴，卻不料手被范閒拉著了。

范閒拉著桑文的手，靜靜看著二皇子，說道：「桑文現在不唱曲了。」

桑文一怔，心想何必因為這種小事鬧得宴席不寧？她自幼便唱曲，早習慣了在宴席之中獻唱，一時間卻忘了，范閒卻是個最不樂意讓自己人去服侍他人的主。

二皇子皺了皺眉，那張好看的臉上閃過一絲不解，似乎沒有想到范閒會如此強硬。宴度開後，彼此都在試探著態度，他也想知道，范閒今次回京，究竟準備如何，這才連番說了兩句話。

不料范閒的應對，竟是如此的殺風景。

范閒看了二皇子一眼，心道今日這風景是自己做的，但目的……就是為了殺風景。坐在他下首方的太常寺正卿任少安拉了拉他的衣袖，提醒他注意一下，他也只是笑了笑。

樞密院副使微微瞇眼，說道：「小范大人這話說的……難道以幾位皇子的身分，讓這姑娘獻上一曲，又能如何？」

范閒當日在樞密院前一番對峙，早已讓他與軍方產生一絲裂痕，尤其是山谷狙殺之事一日不查明，雙方一日不得安寧。

慶國軍人向來簡單直接粗暴，這位副使姓曲名向東，乃是當年最後一次北伐的先鋒官，厚厚軍功在身，自然也不害怕范閒的權勢，此時聽著范閒說話冷漠，便出言相刺。

范閒卻也不怒，只是笑著說道：「桑姑娘如今只在陳園唱曲，曲副使如果想聽，自行去京外問陳院長，問我卻沒有什麼用處。」

陳院長這三個黑光閃閃的大字拋出來，二皇子笑了笑沒有再說什麼，而樞密院副使曲向東面色一變，將接下來的狠話硬生生吞進肚子裡去。

「喝酒！」

一片尷尬中，於無聲處響驚雷，一直沉默許久的大皇子忽然舉杯大喝一聲，他本就是軍中出身，性情豪邁，今日本想彌補一下范閒與軍方的關係，同時想讓幾位兄弟間的嫌隙能夠小一些，但一見席上又是如此氣氛古怪，胸中自有一股莫名怒氣上湧，大聲說道。

樞密院二位副使也是軍中出身，豪邁處不遜於人，略一皺眉，將酒樽裡的酒一飲而盡，反腕相示范閒。

范閒微微一笑，置樽口於脣，緩緩相傾，速度雖慢，卻毫無停歇，如清泉入湖，杯傾酒盡。

首位上的太子無可奈何地端杯向大皇子說道：「大哥，我是正在喝，你這一大聲，險些把我杯子裡的酒嚇出來了。」

眾人大笑。

太子又向樞密院那兩位副使笑道：「你們也別想著把軍中那套搬到抱月樓來，本宮知道你們與安之彼此間有些怨氣，可這事情一日沒查明，臣子之間，何必置氣？就算置氣，也不要拚酒。」

他指著范閒，笑望著樞密院兩位副使。「難道忘了？前年在殿下，安之可是一夜飲盡三千杯，把北齊那位侯爺喝成了個死豬，要說到酒量，安之可不會怕你們這些軍中的老爺們。」

辛其物身為東宮之人，知道主子想做什麼，趕緊跟著湊趣說道：「二位將軍，我倒是覺得與小范大人拚拚酒無妨，小范大人自那夜後不再作詩，如果能灌得他再作三百詩，讓《半閒齋詩集》再有續篇，樞密院可算是有大功於天下……只怕陛下都會高興無比。」

此話一出，眾人皆贊同，就連薛清也來了興趣，邀著范閒喝了幾杯，又逼著樞密院兩位副使與范閒拚起酒來。

一通酒水灌下去，場間的氣氛頓時活躍了許多，而范閒喝酒的豪邁勁，也讓那兩位樞密院的副使心裡痛快少許。

便在此時，二皇子忽然笑著說道：「說到安之從那夜後不再作詩，實在是天下的一大損失……不過聽說安之在北齊的時候，倒替那位北齊聖女作過一首小令，不知是否真有此事。」

這是去年間整個天下最出名的一樁緋聞，北齊人是心裡不痛快，南慶人卻是心裡無比快活。聽著這話，一干飲得有些微醺的大人物們都鬧起來，非要聽范閒說說這故事的具體情節。

范閒笑罵了兩句，自然不肯細講，隨意糊弄著，眼角餘光卻瞥了一眼太子，心下有些詫異。太子果然比前兩年出息多了，只是太子如今手中實權漸少，就這般看著自己與老二鬥……想收漁翁之利？可他的信心是從哪裡來的？他又不是他爹。

酒宴漸殘，眾人意氣漸發，大皇子站起身來，抓著那些人硬逼對方喝。范閒偷笑看著這一幕，心想這位大約是在王府裡被北齊大公主管教得太嚴，今日好不容易有機會出來瀟灑一番，自然不肯放過這個機會。

范閒看著太子似乎有些醉了，而二皇子卻依然保持著清明的神態，不由得微微一笑，開口說道：「一年未回京都，頗有些想念京中諸位。」

他神態忽地一變，黯然嘆息道：「可惜尚未入京，便遇賊人偷襲，我手下亡了十餘人，這些人都是監察院官員、朝廷的人才，在江南為朝廷辛苦辦事，好不容易要回京都與家人相聚，卻慘死在京都城外十數里之地……那些在家中盼著他們回來的婦人稚童，只怕這時候還在家中悲苦度日。」

他舉起杯中烈酒，一飲而盡，沉聲說道：「一念及此，這酒……還真有些喝不下去。」

本是喧鬧不止的抱月樓三樓花廳一下子靜了下來，知道今天晚上的重頭戲終於到了。

離抱月樓約有五里地的一條安靜小巷，巷口巷尾，驟然出現一群黑衣人，將小巷堵得密密實實。

領頭的沐鐵沉著臉，看著小巷中的那三人，指著領頭那人說道：「你可叫楊攻城？」

領頭那人的右手緩緩按上腰間的鼓起處，冷漠說道：「正是。有何指教？」

沐鐵露齒而笑，黝黑的臉上閃過一絲古怪的神情，「確認一下閣下八家將的身分，以免殺錯了人。」

然後他閃身離開，巷頭巷尾的兩群黑衣人沉默無聲地衝過去。

第十三章　鴻門宴上道春秋（二）

楊攻城，八家將之一。

八家將，八名家將，看上去是很簡單的說法，但當這三個字彙整一處，卻有一個完全不一樣的意義。人們都知道，這指的是二皇子王府裡私下蓄養的八位高手，這八位高手一直跟隨在二皇子身邊，是二皇子在武力方面最強大的實力之一。

在去年范閒與二皇子的鬥爭中，正是這八家將在抱月樓外的茶鋪裡將范閒留下來，雖然最後未曾留住，卻依然給范閒留下深刻的印象。

確實是八位高手。

在京都府外，在那個和抱月樓、范思轍息息相關的案件審理後，范閒凜然出手，擊碎謝必安心神，而也因此引發了體內真氣的問題，此為其一。

在御山道旁，在秋雨之中，監察院六處殺手出擊，以鐵釬滅口，驚住了范無救，令此人在事後不顧二皇子挽留，飄身離去，此為其二。

自那一次未曾宣諸於世的小型鬥爭之後，二皇子的八家將便只剩下六個人。今日二皇子在抱月樓做客，他自信范閒不敢對自己如何，為了顯得一心如霽月，竟是一個人都沒有帶，剩餘的六個八家將也遣了回去。

楊攻城便是其中一位。在這樣一個舉頭望去盡白雪、層雲已遮銀芒月的夜裡，他被一群黑衣人阻了去路、斷了退路。

白日曾經晴朗過，巷旁街簷上的雪化作了水往下滴淌著，巷內溼冷一片。入夜後，水滴漸少，漸凝成一枝枝冰刺，卻依然有那麼一滴水聚於冰刺之尖，搖搖欲滴。

楊攻城眼瞳微縮，反手抽出腰間的佩劍，腳尖在地上一點，整個人已經掠了起來，一劍斬向簷下的那些冰刺。

冰刺嗤的一聲從中折斷，化作一片厲芒向著身前的黑衣人刺去。

而楊攻城緊接著單腳一踩自己兩名伴當的肩頭，將這兩名伴當點向了兩邊襲來的黑衣人，自己的身形已經拔高，將將要探出小巷的上方。

他知道這是一場狙殺，這是一場針對自己預謀已久的狙殺，對方查清楚了自己日常行走的路線，才會恰到好處地將自己堵死在小巷中。

可他不想死，所以他寧肯犧牲自己的兩名伴當，或者說是徒弟，讓他們充當抵擋兵刃的沙包，而讓自己能有時間逃走。

是逃走，不是抵抗。楊攻城在這種時候早已沒了銳氣，敢在京都裡設伏殺人的，沒有幾個，而與二皇子有仇的，只有那個人。

那個人派出來殺自己的人，不是自己能夠抵抗的。

不得不說，楊攻城不愧是二皇子貼身八家將，反應速度以及應對的方法均是一時之選，當下面那些黑衣人將他的徒弟斬翻在地，同時劈開那些帶著他真力的半截冰刺時，他已經掠到半空中。

只需要一瞬間，他就可以踩上巷頭，遁入夜空。

可惜狙殺者沒有給他這一瞬間，一支弩箭飛了過來，悄無聲息地飛了過來，直刺他的胸膛。

楊攻城悶哼一聲，手腕一翻，往下斬去，在電光石火間將這支弩箭斬落。

然則，弩箭既出，自然不只一根。

嗖嗖嗖嗖，十餘根弩箭同時射出，他人在半空，哪裡能擋？雖憑籍著一身高絕的修為勉強擋去射向要害的幾支弩箭，卻依然讓漏網的幾支弩箭深深地扎進大腿中。

楊攻城腿上一痛一麻，雙眼欲裂，有些絕望地從半空跌落。

他只來得及躍出巷中上空一瞬，在這一瞬裡，他瞧見了七個弩手正站在民宅簷角，不同的方位，卻將上方堵得死死的。

下有刺客，上有弩手，是為天羅地網，如何可避？

楊攻城在摔落的過程中欲開口長嘯求援，眼角餘光卻發現巷中的黑衣人也從懷中掏出了弩箭……一支迎面而來的弩箭射入口中，血花一濺，將他的嘶喊聲逼了回去！

在這一刻，他絕望想著，對方怎麼拿了這麼多硬弩來對付自己這樣一個小人物？太過密集的弩箭攻勢，讓他人在半空，身上已經被射中了數十支弩箭，看上去就像是一隻刺蝟般可笑。

啪的一聲，楊攻城的身體摔落在雪水中，震起血水一攤，只是他的修為著實高明，受了這麼重的傷，竟是一時沒有斷氣。他單膝跪於地上，以劍拄地，看著離自己越來越近的黑衣人首領，瞳中露出一絲野獸斃命前的慌亂凶殘之意。

是的，他是一名高手，可是被人用數十柄硬弩伏擊的高手，沒有什麼辦法，除非他是葉流雲。

倒。

鮮血順著箭桿往下流著，流出他的精氣神與血魄，楊攻城喉中呵呵作響，卻不肯癱

黑衣人的首領走到他身前，反手抽出腰畔的直刀，刀身明亮如雪，不沾塵埃。

巷簷上的冰刺大部分已經被斬斷了，只留下幾根孤零零的冰柱，那滴蘊了許久的雪水終於匯成一大團圓潤的水珠，滴了下來，滴入巷中的血水裡，泛起一絲輕響。

黑衣人首領拔刀，沉默斬下，一刀將楊攻城的頭顱斬落，乾淨俐落。

楊攻城無頭的屍身依然跪著。

黑衣人首領一揮手，民宅上站著的弩手翻身落地，巷中的狙殺者們沉默地上前，取走所有弩箭，然後消滅了巷中的痕跡。

一群人脫去身上的黑色衣物，扮成尋常模樣的百姓，離開了小巷，匯入了京都似乎永恆不變的生活之中。

小巷裡一片安靜，就像是沒有人曾經來過，只是多了三具屍首。那個無頭的屍首沒有身周弩箭的支撐，終於倒了下去，砸得巷中發出一聲悶響。

「我以往從來沒有想過，弩箭這東西，竟然會這樣可怕。」范閒舉起酒杯，緩緩飲著，眼中滿是惘然之色。「諸位大人也清楚，我監察院也是習慣用弩箭的，可是依然沒有想到，當一件殺人的東西多到一種程度之後，竟然會變得這樣可怕。」

抱月樓的酒席中，所有人都安靜聽著范閒的講述，這是山谷裡狙殺的細節，人們都聽出了范閒話語中的那絲沉鬱與陰寒。

范閒將酒杯放到桌上，微笑說道：「漫天的弩雨，我這一世未曾見過，想來前世也未

曾見過……這不是狙殺，更像是在戰場之上。那時候的我才發覺，個人的力量，確實是有限的。」

大皇子在對面緩緩點頭，面露複雜神色，或許是想到了西征時與胡人部族們的連年廝殺。

「弩箭射在車廂上的聲音，就像是奪魂的鼓聲。」范閒皺了皺眉頭，似乎是在回憶當時的具體情節。「那種被人堵著殺的感覺很不好。」

太子嘆息安慰道：「好在已經過去了，安之你能活下來，那些亂臣賊子終究有伏法的一日，朝廷正在嚴查，想必不日便有結果。」

「謝殿下。」范閒舉杯敬諸人，笑著說道：「對，至少我是活下來了，想必很多人會失望，連城弩都動用了，卻還殺不死我范某人，這說明什麼？」

沒有人接他的話，樞密院兩位副使的臉色很不好看。山谷狙殺一事毫無疑問牽扯到軍方，雖說朝廷的調查還沒有什麼成果，可是這一點已然是斬釘截鐵之事，范閒說到此處，由不得軍方這些大老們暗自揣摩。

「我是一個很自信的人。」范閒示意眾人自己已然飲盡酒，笑著說道：「包括陛下和院長大人在內，長輩們都曾經問過我，你為什麼這麼自信？」

眾人凝神聽著，心裡卻生出一股荒謬的感覺。此時座上皆是慶國重要人物，還有太子、三位皇子，可是只要范閒一開口，眾人的注意力便會被他吸引過去，這不僅僅是因為他是今夜宴會的主人，更是因為……似乎所有人在下意識都承認，他才是真正最有實力的人。

這真的很荒謬，歷史上或許有權傾朝野的權臣，稱九千歲的閹黨，但從來沒有這樣一位年輕且充滿了威懾力的皇族私生子，還是一位光彩奪目的私生子。

眾人下意識看了太子一眼。

太子卻在微笑聽著范閒說話，表情沒有一絲不豫，反倒是充滿了安慰與了解。

大皇子輕輕咳了一聲。

范閒左手輕輕捏著酒樽，目光看著眼前一尺之案，似乎在看一幅極為漂亮的畫面。

「為什麼我會這麼自信？因為我相信，我是這個世上運氣最好的人，再沒有誰的運氣能比我更好了。」

明明已經死了的人，卻莫名其妙地活了過來，並且擁有如此豐富多彩甚至是光怪陸離的一生，這等運氣，需要在以後的歲月裡慢慢慶祝。

范閒笑著說道：「先前我也說過，我監察院也很習慣用弩箭，那些弩箭，殺不死我，而我的敵人，一定沒有我這麼好的運氣。」

離皇宮並不遙遠的監察院，在陳萍萍最喜歡待的密室內，言冰雲穿著一身純白的棉衣，盯著桌上的卷宗出神。片刻後他嘆了一口氣，揉了揉自己的太陽穴，覺著太陽穴那裡痠痛難止。

門被叩響了，二處情報甲司的一位官員閃了進來，遞了三個蠟封的小竹筒給他。

言冰雲怔了怔，用指甲挑開蠟封，取出內裡的情報掃了一眼，便湊到一旁的燭火燒了，然後在那名情報官員異樣的目光中，有些疲憊地說道：「今夜之事不記檔。」

情報甲司官員一怔，旋即低頭應下，說道：「四十三個目標，已經清除三個。」

言冰雲似乎有些頭痛聽到這句話，煩惱地搖搖頭，揮手示意知道了，讓他出去。

密室裡重新歸於安靜，言冰雲看了桌上殘留的那些蠟屑，又開始出神。今夜范閒在抱月樓宴客，而監察院卻處於二級狀態，在京都的黑夜裡，不知道有多少人在行動，多少人會死去，而這一切，都只是因為范閒的瘋狂。

今夜的計畫是言冰雲親自擬定的，雖然他當著范閒的面表達了堅決的反對，可是該做的事情還是要繼續做。在這個計畫之中，要殺十一個人，要捉三十二個人。在最先必須清除的十一個目標當中，便有六人是二皇子的八家將。

這是一次瘋狂的報復行動。

二皇子的八家將已經死了三個，以監察院全力瘋狂的反撲，區區一個王府的力量，根本動搖不了大局，想必接下來又會收到其餘人的死訊。

言冰雲走到窗邊，掀起窗前黑布的一角，就像陳萍萍以往做的那樣，透過那個狹小的空間，往不遠處的皇宮望去。皇宮裡依然光明，在黑暗之中散發著聖潔崇高的味道。

他望著皇宮，滿懷憂慮想著：「陛下讓你做孤臣，可不是讓你做絕臣。」

第十四章　鴻門宴上道春秋（三）

京都的夜總是深沉的，尤其是在這樣寒冷的冬季裡，入夜後的街巷上並沒有太多行人，不，應該說根本沒有什麼行人。

沒有行人，只有夜行人。

不知道有多少夜行人藉著夜色的掩護，在京都的街頭、巷角、簷下出現出手，用那絞索、利刃、鐵釬、門上的鍊條、懷中的粉末，套住某人的頸、割斷某人的喉、撕裂某人的身體、迷住某人的雙眼。

鮮血迷濛住了所有人的眼睛。

紫竹苑，一條黑色的吊索從大門上垂下來，索上一個人正在垂死掙扎，雙腳無助地在寒風中踢著。

燈籠極暗，與那雙腿一樣在寒風中緩緩搖擺著，將陰影與微光隨機地投灑到地面上。街角的鄧子越那張蒼白的臉時明時暗，看上去像是黑夜中的魔鬼，他盯著那個人，確認了對方的死亡才轉身離開。

桂離坊，一座青樓內，被翻紅浪，床上那名肌肉遒勁有力的高手忽然雙眼瞪了起來，眼白上面滲出血絲，他身上的妓女冷漠地看著，雙腿張得極開，卻緊緊地箍住了他的腰，姿勢淫褻且致命。

不知道過了多久，妓女細巧白嫩的雙手緩緩從那漢子的耳邊離開，抽出兩支極細的小鐵釬，釬上泛著幽幽的藍光，和漆黑的血色。

高山塔，一陣嘈亂的追殺聲響起，一個人慌亂惶急、滿臉驚恐地向著塔下跑來，他的衣裳已經被斬成無數布條，身上鮮血淋漓。

片刻之後，他被追殺者堵在了塔下，追殺他的黑衣人吐了一口帶血的唾沫，揮了揮手。其他黑衣人衝上去，將這個人圍在了正中，雖然此人武藝高強，極力抵抗，卻依然像是被群鯊圍攻的鯨魚一樣，漸漸不支。

黑夜中，只聽見金屬插入肉身的噗噗悶響，寒風呼嘯的聲音，黑衣人們沉默地刺入、揮打，直到中間那個人再也沒有任何反應，連一絲神經性的反應都沒有，只像一塊爛肉般倒在地上。

言冰雲將手頭的回報訊息送到燭火上燒掉，雙手沒有一絲顫抖，眉頭也不再繼續皺著。既然事情已經發生了，就不能再有一絲質疑，就如同弩機扣下之後，再沒有誰能夠讓那支能殺死人的弩箭平空消失。

二皇子親領的八家將共計六人，已經全部死在監察院的狙殺之下，以不同的方式，在不同的地點，消失於京都的黑夜裡。

從今天起，八家將這個名號便會成為歷史上的一個陳腐字眼，也許，根本沒有資格在歷史上留下一筆。

言冰雲低頭看著桌上的那張紙，下意識捏了捏鼻梁，替自己清清心神。按照計畫，馬上應該進行下一步了，至於剩下要殺的那五個人，早已有專門的人手去負責。計畫一環扣一環，雖然是監察院針對山谷狙殺一事瘋狂的報復，但言冰雲依然要想辦法把事態控制在一定的程度內。二皇子的八家將並不是官員，只是府裡私養的家將，像這種人，監察院只要殺得乾淨，沒有留下什麼把柄，朝廷根本拿范閒沒有辦法。

但那五個人不一樣。

接下來要抓的那些官員也不一樣。

雖然那些官員只是各部門裡面不起眼的人物，但畢竟是拿朝廷俸祿的，一夜之間抓這麼多，會惹出什麼樣的亂子來？

言冰雲嘆了口氣，透過暗中的機關通知外面的下屬進來，發下第二道命令。發出命令之後，他又習慣性地走到窗邊去遠眺不遠處的宮牆一角，心裡想著院長大人當初說得很對，范閒表面溫柔的遮掩下，確實隱藏著極瘋狂的因子。

如今只是山谷裡死了十幾個親信，范閒已經癲狂如斯，如果真如院長大人說的那般，將來有一日他去了……范閒會變成什麼樣可怕的人？

抱月樓中，范閒的表情很溫和、很鎮定，眉毛向上微微挑著，說不出的適意，似乎他根本不知道在樓外的京都夜裡，正在發生著什麼。

山谷狙殺的事情他已經講完了，席上諸位大臣不論是心有餘悸還是心有遺憾，都向他表示了慰問。緊接著，他略說了說關於江南的事情、關於明家的事情、關於內庫的事情，然後他皺眉說道：「其實我一直有件事情不明白，當我在江南為朝廷出力時，為什麼總有人喜歡在京中搞三搞四。」

席間眾人微怔，心道這說的究竟是哪一齣？范閒遠在江南的這一年裡，要說京都裡沒有人給他下絆子，那是絕對不可能的。可要說下絆子……三百六十五天每天一根，他說的是哪一根？是查戶部？還是往宮裡送書？而且這些絆子早就被那些老傢伙們撕開了，他是一點兒事也沒有，在這裡號什麼喪呢？

太子也忍不住笑罵一句。「哪裡來的這麼多委屈？要說不對路的人肯定是有的，可要說刻意拖你後腳的人，你可說不出誰來。」

范閒也笑了，搖了搖頭，說道：「只是這一年沒有回京都，我想，或許京都裡的很多人已經忘記了我是什麼樣的性情。」

二皇子此時正端著酒杯在細細品玩，聽著這話，不知怎的心底生起一股寒意來。今夜太子的表現太古怪，而范閒的態度卻太囂張，囂張得已經不合常理、不合規矩，對他沒有一絲好處。

難道就是因為山谷裡的事堵得慌？

二皇子的眉毛好看地皺了起來，心想那事還沒查出來是誰做的，和他們在這兒鬧來鬧去，算是什麼？

便在此時，抱月樓下方忽然熱鬧了起來，聽著馬蹄陣陣，似乎有不少人正往這邊過來。

坐在首位的太子皺了皺眉，不悅問道：「誰敢在此地喧譁？」

席間諸人都皺眉往窗外望去。

似乎有人要進抱月樓，已經順利地通過了京都守備師與京都府衙役的雙重防線，卻被抱月樓的人攔在了樓外。

范閒看了桑文一眼，桑文會意，掀開懸絨簾，從屏風旁邊閃了過去。不一時，隨著一陣急促的腳步，桑文帶著五個人上樓來。

這五個人都穿著官服，想必都是朝中的官員。只是這兒不是論朝廷要事的地方，而是風月之地，席間諸人認得某某是自己的親信，不由得怔了起來，心想這玩的是哪一齣，怎麼如此光明正大地來找自己，難道京中出了什麼大事？

五名官員互視一眼，都瞧出對方心裡的不安恐懼以及慌亂，再也顧不得什麼，先向席上的貴人們告了罪，又畏懼地看了一眼范閒，向范閒行了一禮，不避嫌地自去席上尋了自己要找的大人物，湊到對方的耳邊說了起來。

范閒微笑看著這一幕，舉起酒杯向太子、大皇子與身邊的任少安敬了一杯。大皇子的禁軍系統明顯囿於宮禁一帶，反應慢一些，而太子……似乎猜到了什麼，今天竟是刻意斷了自己的耳目，只是來抱月樓一醉罷了。

大皇子看著周邊人的緊張模樣，皺眉看了范閒一眼，似在質詢。范閒搖搖頭，示意自己並不清楚發生什麼事。

而旁邊的席上，那些聽著下屬前來報告的大人物們，臉色已經漸漸變得難看起來，尤其是二皇子，那張清秀的面容變得慘白，又迅即湧上一絲紅暈，卻是在三息之後，化作平常。

范閒斜乜著眼看著這一幕，知道對方已經知道八家將盡數身亡的消息，卻沒有想到二皇子居然能馬上收斂住心神，不由得微感佩服。

大皇子皺眉問道：「出什麼事了？」

樓間所有人都知道出事了，卻不是所有人都知道究竟出了什麼事。二皇子微微低頭，舉起酒杯淺淺抿了一口，抬起頭來望著范閒，眼中笑意有些凝重，一字一句說道：「小范大人想必很清楚。」

場間氣氛一陣冰涼。得到京中消息回報的那幾位大人物也盯著范閒的臉龐，他們此時已經知道，就在自己這些人於抱月樓中宴飲之時，京都裡陡然間發生幾宗命案，二皇子最得力的八家將被狙殺乾淨！

這些大人物們在京都眼線眾多，耳目甚明，兼有負責城防一事的樞密院官員，當然清楚，這種事情何其可怕，尤其是要如此乾淨俐落地殺死八家將，所需要的實力不是一般人能夠擁有的。

聯想到今天范閒在抱月樓宴請眾人，自然所有人都隱約猜到，這事情是監察院做的。眾人都在等著范閒的回答，席上的氣氛有些緊繃沉默。

范閒溫和問道：「什麼事情？」

二皇子笑了笑，笑容裡有些苦澀，內心深處有些冰涼，雙腳有些痠麻，看著對面那位監察院的年輕提司，竟像是看到了一頭微笑的惡魔，自己身為皇子……卻是不知道應該馬上做出何等反應。

所以他舉杯，自飲，一飲而盡，胸中微微生辣生痛。

沉默片刻之後，樞密院副使曲向東盯著范閒的雙眼，寒聲說道：「今夜命案迭起，二殿下王府中的六名家將同時被人殺死，小范大人可知曉此事？」

此話一出，不知究竟發生什麼的大皇子愣然看著范閒，便是一直窩在美人懷裡裝糊塗的太子也驚呼一聲，霍地從美人懷中坐起！

太子愣愣看著范閒鎮定的面容，心裡無比震驚。他是知道范閒今天沒存什麼好心，但實在沒有想到，范閒反撲的手段竟是這樣的簡單、直接、粗暴、不講道理、不忌後果。

在眾人的注視下，范閒……偏了偏頭，帶著一絲疑惑、一絲不屑……輕聲說道：「喔？都死了嗎？」

二皇子此時將將把酒杯擱下，卻聽著范閒的這一句疑問，胸中情緒一盪，那股憤怒、鬱結、一絲絲不解、一絲絲仇恨的負面情緒終於控制不住，落杯時稍重，酒杯啪的一聲放在案上，將杯旁的酒樽打歪了。

從席上諸人的面色中得知那六名家將真的全死了，范閒心中就像是有甘泉流過一般暢美，也未刻意遮掩自己的表情，微笑說道：「二皇子的家將，怎麼問到本官頭上？向來聽聞二皇子這些家將在京都裡行走囂張得很，指不定得罪了什麼得罪不起的人。」

這是開席以來，他第一次自稱本官，至於京都有什麼人是八家將曾經得罪過、卻得罪不起的人……很明顯，那個人姓范。

席間一片沉默。二皇子怔怔望著范閒的臉，忽然笑了起來，知道這件事不論是不是對方做的，但有能力在這麼短的時間內，將自己的武力全部清除，監察院的實力，便不是自己這個皇子所能正面對抗的。

他舉杯敬范閒，誠懇說道：「提司大人好手段……好魄力。」

范閒舉杯相迎，安慰說道：「殿下節哀，死的不去，活的不來，新陳代謝，都是這個樣子的。」

曲向東看著上首方這兩位看上去頗有幾分神似的「皇子」，內心深處不由得升起一股荒謬的情緒。由眼下看，二皇子自然遠遠不是范閒的對手，可是從名分上，范閒畢竟是臣，他從哪裡來的這麼天大的野膽？

曲向東忽然覺得自己老了、怯懦了，可依然忍不住對范閒開口問道：「小范大人，那今夜監察院四處出動，緝拿了幾十名朝廷官員的事，你總該知道吧？」

范閒小心地用雙手將酒杯放回案上，抬起頭來說道：「本官乃監察院提司兼一處主辦，奉聖命監察京都吏治，本官不點頭，誰敢去捉那些蛀蟲？」

第十五章　鴻門宴上道春秋（四）

這世道，無官不貪，只看貪大貪小罷了。滿朝盡是蛀蟲，只看蟲身是肥是瘦，不如此，慶國的朝廷上為何會硬生生突起一個叫做監察院的畸形機構？

但正如范閒在一處裡整風時發現的那樣，監察院也是人組成的，有人的地方，就有官場，監察院想一世這樣冷厲下去，基本上不可能。

而且監察院不是神仙，三品以上的，它管不著；皇帝不賜旨，軍方的事情它也管不著。就算陳萍萍和范閒加起來，監察院也不可能改變太多的現狀。歸根結柢一句話，監察院不是查貪官，只是依著皇帝的意思，時不時清一清吏治、平息一下民怨、騰出一些空子、維持一下統治。

若真要去查，陳萍萍園子裡的美人，范閒在內庫裡撈的油水，得往外吐多久……更遑論那位坐在皇宮裡的九五至尊。

別說皇帝不用貪，他是天下至貪，貪了整個天下，監察院能怎樣？

但正因為人人皆貪，所以當監察院因為范閒的癲狂而要做些什麼的時候，是顯得那樣的水到渠成，相當自然。在這個黑夜裡，監察院一處全員出動，向著巷中街角的那些府邸撲去，不知道逮了多少與二皇子、信陽方面聯繫緊密的下層官員。

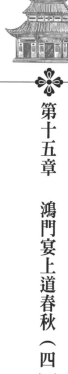

三品以上自然是一個不能動，可是這些下層官員才是朝廷真正需要憑恃的幹臣。今夜抱月樓中諸人已然知曉了監察院先前的行動，又得到了范閒的親口承認，面上不由得露出無比震驚的表情。

樞密院副使曲向東沉默了下來，深深地看了范閒一眼，沒有再說什麼。今夜的消息雖不明確，但看得出來，監察院首衝的目標還是信陽和二皇子一系，與軍方沒有太深的牽連。

他雖然不明白范閒為什麼會忽然間使出這種等而下之的手段，但是監察院的行動力與范閒的狠厲，已經讓他感到一絲畏懼。

樓中美人在懷，樓外殺人捕人，便有那雪，又豈能將血腥味道全數掩住？

不是所有人都因為這突如其來的消息陷入沉默，當那五名報信的官員小心翼翼退出屏風之後，大皇子沉著臉，望著范閒問道：「為什麼？」

監察院與信陽一系的衝突由來已久，發端於六年前的內庫之爭，埋因於二皇子借宴請欲在牛欄街上刺殺范閒一事，又有眾人所在的抱月樓引出的那個秋天的故事。

在那個秋天裡，范閒奪了抱月樓，殺了謝必安，陰了京都府，毀了二皇子與靖王世子李弘成的名聲，生生將北方的崔家打成了叛逆。

秋天之後的這一年，范閒下江南鎮明家、收內庫，於膠州殺常昆。

在所有人看來，范閒對二皇子和信陽一系的報復已經足夠嚴厲，撈回了足夠多的好處，沒道理在今天的夜裡如此強橫地再次出手。

范閒沉默了少許後，平靜說道：「為什麼？因為本官奉旨清查吏治。」

席間一片沉默。太子高坐於上沒有去看范閒，反而帶著幾絲頗堪捉摸的神色，看著二皇子的面色。

大皇子搖頭嘆息道：「京中太平沒兩天，你們怎麼就不能消停一些？」

范閒知道大皇子說的是真心話，這位如今的禁軍統領自幼與二皇子交好，但因為寧才人和林婉兒的緣故，現如今卻是站在自己這一方，身處其中，自然難免有些難為。他聽著這話，忍不住嘆息道：「太平？我一年沒有回京，看來京都就太平了一整年。莫非我真是個災星……難怪在京都郊外的山谷裡，沒有人肯讓我太平些。」

席間再次沉默，諸位大人物隱約明白，這是范閒在為山谷之事找場面，只是……這場面找得有些太大、太荒唐了。

「世上很多事情都很荒唐。」范閒似乎知道這些大人物的心裡在想什麼，自嘲說道：「就像山谷裡本官被刺殺一事，朝廷一直在查著，可是就因為沒有證據，便始終拿不出個說法來。」

他緩緩說道：「誰來理會我的屬下？先前講過，我那名車夫在第一支弩箭到來之時，我想將他拉進車廂中，他卻硬生生站起來，替我擋了一擋……我時常在問自己，如果一直尋不出什麼證據，我便一日不能為他做些什麼？」

江南總督薛清意味深長地看了范閒一眼。

太子緩緩說道：「朝廷自然是要查的。」這是他今夜第三次說這句話了。

范閒點點頭，笑道：「便是這件事情，讓我忽然想到了一個很久以前聽過的故事。從前的森林裡，有一隻小白兔，牠一大早就高高興興地出了門，然後牠遇見了大灰狼，大灰狼一把抓住小白兔啪啪！抽了牠兩個大嘴巴，然後說：我叫你不戴帽子！」

眾人面面相覷，不知道為什麼范閒忽然會講起這種小孩子聽的故事來，只聽著范閒繼續說下去。

「第二天，小白兔戴上帽子又出門了，走著走著又遇見了大灰狼，大灰狼又一把抓過小白兔——啪啪！抽了牠兩個大嘴巴。說：我讓你戴帽子！小白兔非常鬱悶，就跑到老虎那裡去告大灰狼的狀，老虎聽了小白兔的訴苦，痛心說道，你放心好了，我自然會替你主持公道……接著，老虎找來了大灰狼對牠說：老狼，今天上午小白兔來投訴你，說你沒事找事老是欺負牠，你看你能不能換個理由揍牠，比如你可以說：兔子，你去找塊肉來給我……」

「要是牠找來肥的你就說你要瘦的，要是牠找來瘦的你就說你要肥的，這樣你不就又可以揍牠了嗎？要不你就讓牠幫你找母兔子，牠要找了豐滿的你就說你喜歡苗條的，牠要找了苗條的你就說你喜歡豐滿的！」

范閒講故事講得很認真，但用詞卻極為幼稚荒唐，不過席間的眾人卻露出了深思的表情，包括太子與薛清在內都若有所思，隱約聽明白了，那老虎指的是誰……卻沒有人敢宣諸表情。

范閒喝了一口酒，認真說道：「大灰狼聽了以後十分高興，連誇老虎聰明。可是牠們的對話卻被在房子外面鋤草的小白兔聽見了……很巧？不過故事就是無巧不成書。接著說……」

范閒冷笑著說道：「第三天，小白兔又出門了，又在半路上遇見大灰狼，大灰狼說：兔子，你去給我找塊肉來！小白兔說：你要肥的還是瘦的。大灰狼皺了皺眉頭，笑了笑心想，還好還有第二招，說：算了算了，不要肉了，你去替我找隻母兔子來。小白兔說：你喜歡豐滿的，還是喜歡苗條的？」

范閒皺緊了眉頭，搖頭說道：「碰見這麼一隻狡猾的兔子，你說這可怎麼辦？」

席間諸人也開始想，大灰狼接下來會做什麼？不由得有些好奇范閒會如何講。

范閒抿了抿微乾的雙唇，笑著說道：「大灰狼愣了一下，啪啪抽了小白兔兩個大嘴巴，罵道……我叫你不戴帽子！」

我叫你不戴帽子！

世間最無理、無恥、無聊、無稽的一個理由，便是最充分的理由，也等於說是不需要理由，看的就是誰拳頭大一些。

范閒最後認真說道：「我不想繼續當小白兔，我要當大灰狼。」

這是他前世聽的一個笑話，只是今夜講起來卻有些沉重。席間諸人本應哈哈大笑，此時卻沒有人笑得出來。

眾人心中喟嘆，山谷狙殺范閒一事，只怕永世也查不清楚，而今夜監察院暗殺八家將，在全無證據、范閒不承認的情況下，也會永世查不清楚。

世上的事情本來就是這樣，既然先天敵對的彼此都找不到充分的理由，那何必還找理由？權力場便有若山野，狼逐兔奔，虎視於旁，自然之理。

酒宴至此，雖未殘破，這些大人物們卻早已無心繼續。京都的官場，本來就已無法平靜，今夜更是鬧得難堪，雖則監察院是借夜行事，想必不會驚動太多京都百姓，可是這些大人物們依然趕著回府回衙，去處理一應善後事宜，同時為迎接新的局面做出心理上以及官面上的準備。

范閒送薛清到門口，薛清臨去之時，回頭溫和一笑，說道：「狼是一種群居動物，你不要把自己搞成了一匹孤狼，那樣總是危險的。」

范閒心頭微暖，一揖謝過。

薛清沉默片刻後又道：「陛下雖然點過頭，但還是要注意一下分寸，尤其是朝廷的臉面，總要保存一些。」

范閒再次應下。

待幾位大人物的車轎緩緩離開抱月樓，太子也伸著懶腰，抱著美人走了下來，早有身旁服侍的人將名貴的華裘披到他身上。

太子看了范閒一眼，笑道：「今夜這齣戲倒是好看。」

太子將身旁的女人與四周的閒人驅開，望著范閒平靜說道：「話說一年前那個秋天，本宮看你與二哥演的那上半齣戲時，也覺著好看……細細思量一番，倒是本宮與你，並未如何。」

范閒微微一凜，這位表現與往常大異的太子這番話不知道是什麼意思。

「本宮與你之間，從來沒有任何問題。」太子微閉雙眼，緩緩說道：「如果有問題，那是當年的問題，不應該成為你我之間的問題，希望你記住這一點。」

范閒明白，他與太子之間，其實一直保持著某種和平，只是因為橫亙著皇后當年參與的那件事情，便成為了天生的敵人。他不明白太子這麼說，是準備做些什麼，但是范閒相信，太子總不可能為了爭取自己的支持，會眼看著自己去殺了他的老母。

所以……只是說說罷了。

花廳裡並未人去座空，二皇子很奇怪地留下來，他看著從樓下走上來的范閒，微微一笑，將自己的左手緩緩放到案上，努力抑止著內心深處的那些荒謬感覺，用兩隻手指拈了顆南方貢來的青果緩緩嚼著。

范閒坐在他的對面，端起酒壺，開始自斟自飲，倏然飲盡十杯。

大皇子抱著酒甕，於一旁痛飲，似乎想謀一醉。

范閒放下酒杯，拍拍手掌，三皇子規規矩矩地從簾後走出來，有些為難地看了大皇子和二皇子一眼，然後坐到自己老師的身邊。

大皇子不贊同地看了范閒一眼，眼神裡似乎在說：大人的事情，何必把小的也牽扯進來。

此時抱月樓三樓花廳，便是三位皇子，加上范閒一個，如果不算上先前離開的太子，慶國皇帝在這個世上留的血脈，算是到齊了。

先前的鴻門宴，已然變成了氣氛古怪的家宴。

「你害怕了。」

二皇子放下啃了一半的青果，盯著范閒的雙眼，柔聲說道。

范閒端酒杯的手僵了僵，緩緩應道：「我怕什麼？」

「你不怕，今夜何必做這麼大的動作？」二皇子微微一笑，輕柔說道：「只有內心畏懼的人，才會像你今夜這樣胡亂出手，你殺我家將，捕我心腹，難道對這大局有任何影響？」

范閒深深吸了一口氣，面色平靜下來，說道：「此間無外人，直說亦無妨，你的手下，今天被我清乾淨了，但是……你沒有證據。就如同先前說過的那般，山谷狙殺的事情，我也沒有證據，可是你們依然做了。」

「山谷狙殺的事情，我不知情，我未參與。」二皇子盯著范閒的眼睛，很認真地說道。

范閒搖搖頭。「那牛欄街的事情呢？小白兔被扇了太多次耳光……我承認，山谷的事情我至今不知道是誰做的，但這並不妨礙我出手。」

他低頭說道：「四面八方都是敵人，既然不知道是哪個敵人做的，我當然要放亂箭，如果偶爾射中正主，那是我得了便宜；射中旁的人，我也不吃虧，也是占便宜。」

「牛欄街……」二皇子笑容裡閃過一絲苦澀。「幾年前的事情，想來，也就這麼一件事情，你卻一直記到了今天。」

范閒抬起頭來，平靜說道：「我是一個很記仇的人，而你也清楚，這件事情，和記仇並沒有太大關係，你一日不罷手，我便會一日不歇地做下去。」

沒有大臣在場，沒有太子在場，范閒與二皇子這一對氣質極為相近的年輕權貴，說的話，也顯得是如此的直接、乾脆。他們都是心思纖細的人，知道彼此間不需要用太多的言語遮掩。

二皇子深深看了范閒身邊的三皇子一眼，忽然開口說道：「有時候，本王會覺得人生不公平……不說崔家、明家那些事情，只說這宮中，我疼愛的妹妹嫁給你做了妻子，我自幼友善的兩位兄弟，如今都站在你這一邊。」

二皇子抬起頭來，那張俊秀的面容裡夾著一絲隱怒。「如果是本王能力不如你倒也罷了，可是……這只不過是因為一些很荒唐的理由，一些前世的故事，而造成了如今的局面。如果父皇肯將監察院交給我，難道本王會做得比你差？如果父皇肯將內庫交給我，難道本王就真沒有能力將國庫變得充裕起來？修大堤，你我都不會修，你我都只能出銀子……安之啊安之，你不覺得很不公平嗎？畢竟我才是正牌的皇子。」

范閒沉默了許久，心知自己在慶國這光怪陸離的一生，如今所能獲得的這種畸形權勢……全然是因為當年的那個女人遺澤。當然，那個女人也為自己帶來了無數的麻煩與凶險。二皇子所言，其實並非全無道理，若自己與他易地而處，自己不見得比他做得更好，二皇子不是沒有能力，而是一直沒有施展能力的舞臺。

他緩緩說道：「世事從無如果二字。」

「不錯，所以你如今左手監察院，右手內庫……」二皇子微微譏諷說道：「如此大的權勢，想來也只有當年令堂曾經擁有過……所以，你現在提前開始怕了。」

范閒的面容再次僵了一下。

二皇子平靜說道：「你想過將來沒有？你今日究竟是為誰辛苦為誰忙？」他眼光微轉，看了三皇子一眼，笑道：「我皇室子弟，沒一個是好相與的，你自己也是其中一屬，當然明白其中道理。」

三皇子低著頭，根本不敢插話。范閒知道二皇子並不是在危言聳聽，只是他有自己的打算與計畫。

二皇子淡淡說道：「你是真的怕了……想一想現在你這孤臣快要往絕臣的路上走，日後不論是誰登基，這慶國怎麼容得下你？怎麼容得下監察院？」

范閒平靜聽著。二皇子繼續說道：「你之所以怕，是因為你是聰明人，你知道你如今權勢雖然滔天，卻只是浮雲而已，甚至及不上一張薄紙結實。」

二皇子嘆息著。「因為你手頭的一切權力，都是父皇給你的，只需要一道詔書，你就可以被貶下凡塵，永世不得翻身……父皇雖然寵愛你，但也不是沒有提防你，這幾年任何路子都由著你在闖，卻絕對不會讓你染指軍隊，其中深意，想來不用我提醒。」

最後二皇子總結道：「正因為你怕了，所以你要……自削權柄！」

大皇子喝了一口酒，冷漠地看著自己的兩個兄弟像兩隻鬥雞一樣說著話。

范閒沉默了很久，沒有接二皇子這句話，只是輕聲說道：「權力本是浮雲，這天下何曾有過不敗的將軍、不滅的大族？殿下是皇子，心在天下，我卻只是臣子，我要保我自身及家族康寧……」

二皇子截住他的話頭，冷冷說道：「本王知道，你堂堂詩仙，向來不以皇室血脈為榮，反而刻意迴避此點，但你捫心自問，若不是你厭惡的皇室血脈，你豈能活到今日，還能活得如此榮光？」

一座四兄弟，二人沉默，二人對峙。

「放手吧。」二皇子誠懇說道：「你的力量其實都是虛的，你不敢殺本王，便只能眼看著一天一天過去，而你卻一天一天的危險，既然你已經察覺到這點，為什麼不乾脆放手得更徹底一些？以你在這天下的聲名，你是婉兒的相公，你是父皇的兒子，你是北齊的座上客……誰會為難你？誰敢冒著不必要的風險為難你？靈兒說過，你最喜歡周遊世界，那何必還囿於這險惡京都，無法自拔？」

范閒的眉頭漸漸地皺起來，手指緩緩捏弄著酒杯，開口說道：「殿下，先前便說過……我與你的想法是一樣的。」

他抬起頭來，面上容光一煥，望著二皇子平靜說道：「一年前在這樓子外的茶鋪裡就曾經說過，你不放手，我便要打到你放手，而且事實證明了，如今的我，有這個實力……茶鋪裡的八家將，你再也看不到了，這就是很充分的證明。」

聽到茶鋪二字，二皇子面容頓時一凝，想到了一年多前的秋天，在抱月樓外茶鋪裡與范閒的那番對話，其時的對話，是發生在王爺與臣子之間，而一年過去，范閒的權勢像是吹氣球一樣地膨脹起來，最關鍵的是，兩個人的真實身分也逐漸平齊了。

「我為何放手？」二皇子有些神經質地自嘲說道。

「殿下中了長公主的毒，我來替你解。」范閒一句不退，冷漠說道：「當初的話依然有效，殿下何時與長公主保持距離，真正放手，本官許你……一世平安。」

「你憑什麼？」二皇子認真地看著范閒的眼睛。「難道就憑監察院和銀子？」

范閒搖搖頭，說道：「不憑什麼，只是我欠皇妃一個人情，欠婉兒一個承諾，今夜之事，殿下應該心中清楚，我便是要清空殿下私己的力量，將你從這潭爛水裡打出來。」

二皇子一想到今夜自己所遭受的巨大損失，再也抑制不住內心的那抹淒寒，陰怒說道：「為什麼是我？父皇不只我一個兒子，你也是！」

「我沒有一絲野望，我只是一位臣子。」范閒說道：「再過兩天，殿下便會知道我的誠意，至於其餘的殿下，一位是我的學生，我會把他打乖一些；大殿下更喜歡喝酒；太子我不理會，只好針對你了……你說得對，這血脈總是值得尊重一二的，所以我會盡一切阻止那種可怕的事情發生。」

二皇子心頭一寒。屏風有一道縫隙沒有擋好，冬日裡的寒風開始在抱月樓內緩緩飄蕩。

范閒最後說道：「請殿下牢記一點，陛下春秋正盛，不希望看見這種事情發生。」

第十六章　霧

二皇子離開了抱月樓，他的臉色有些異樣的冷漠。不論在這一番談話之中，他獲取了何等資訊，對於范閒的宗旨有幾分信任與畏懼，但是今夜的事實已證明了許多。他在京中的勢力已經被范閒毫不留情地連根拔起，如今擺在他面前的，只有兩條路，一條是堅決地依靠在永陶長公主那邊，一條就是如范閒所想，老老實實地退出奪嫡的戰爭。

沒有實力，拿什麼去爭？但二皇子心裡也明白，事態這樣發展下去，如果范閒今天晚上沒有掃蕩自己的勢力，那麼在不久的將來，不是慶國陷入一場動盪之中，要不然就是自己會被無情地清除。

但他不會對范閒有絲毫感激的情緒，因為范閒逼著他上了絕路。

大皇子與范閒說了幾句話之後，也滿臉憂色地離開抱月樓，同時還帶走了三皇子。皇室幾位兄弟間的談話並不怎麼愉快，而三皇子要回宮，他身為禁軍統領順路帶回去比較合適。

此時夜漸漸深了，如果天上沒有那些厚厚的雪雲，一定能夠看到月兒移到中夜應該所在的位置。

范閒沒有離開抱月樓，他一個人坐了很久，讓樓裡弄了一盆清湯羊肉片吃了，吃得渾身有些發熱，又飲了幾杯酒，才緩緩站起，走到窗邊往下看了兩眼。

窗外一片死一般的寂靜，京都府與守備師的人都撤走了，抱月樓今日歇業，姑娘們也早睡了，只留了幾個機靈的人在侍候他。

樓內紅燭靜立，范閒讓石清兒準備一桶熱水，舒舒服服地洗了一個澡。

洗完澡後，他搓著有些發紅的臉頰，問道：「大皇子這兩天有沒有去羊蔥巷？」

石清兒在一旁聽著，知道范閒說的是那個胡族公主的事情，搖了搖頭，正準備上前服侍他穿衣服，卻被他揮手喚了出去。

不一時，桑文進來了，這位溫婉的抱月樓掌櫃，微蹲著身子，小心翼翼地將他的貼身內衣穿好，手指從他勻稱的肌肉表面滑過，不由得微微一怔，卻不敢多有動作，又仔細地將僅三指寬的暗弩繫在他的左手小臂上。

穿上靴子，將黑色細長的匕首插入靴中，桑文站起身來，對范閒的服裝進行最後的整理，確保那件黑色的監察院官服遮蔽住范閒每一寸可能受到傷害的肌膚，才點了點頭。

范閒微微一笑表示讚賞，確認了身上的藥丸沒有遺失，拍了拍桑文的腦袋，往房外走去。

桑文微微一怔說道：「大人，劍？」

范閒回頭，看著桑文手裡捧著的那把北魏天子劍，表情平靜，眼中卻閃過一絲惘然，半晌後說道：「這劍太亮，還是不要拿了，就先擱在這兒吧。」

抱月樓的三重皮簾被掀開，一應主事人恭恭敬敬地送范閒出了門口。他此時已經將蓮衣的後帽掀起來，套在頭上，讓陰影遮住了自己清秀的面容。踏下樓外的石階，他忍不住抬頭看了一眼沉沉的夜，似乎是想確認待會兒會不會下雪。

馬車駛了過來，他搖搖頭，示意自己要走一走，便當先向著東面行去。

今天抱月樓開宴，他沒有帶虎衛來，而監察院在京都的全體力量，已經趁著夜色進行了無數次突襲，甚至連啟年小組的力量都投進去，此時跟在他身邊的，只不過是范府的幾個護衛以及一個車夫。

眾人知道今天抱月樓開宴的事情，也聽說了今夜京都內的騷動，都以為少爺是要行走思考，所以不敢上前打擾，只是讓馬車遠遠地跟在後面。

往東行出沒有多遠，一轉便進了一條直街，長街。

直直的長街。

穿著一身蓮衣的他忽然停住腳步，似乎是在傾聽什麼，然後他揮揮手，示意後面的車不要跟上來，而他自己邁步往街中走去。

此時夜已經深了，停雪的京都街巷裡忽然冒出一股奇怪的霧氣，霧氣較之空氣漸重，從四面八方聚攏過來，漸漸瀰漫在長街之上。

微白色的霧，在沒有燈的京都夜街上並不如何色彩分明，卻有效地阻礙了人們的視眼，令人睜眼如盲，伸手不見五指。

後方跟著的馬車本不敢讓范閒一人在這個夜裡獨行，也不準備聽從他的安排，但此時卻迫不得已停了下來。

車上的范府護衛們將氣死風燈的燭火拔得更亮了一些，可是暗黃色的燈光，只照見了前霧，宛若蒼山頭頂的雲，卻是探不了多遠，早已看不見那道穿著黑色蓮衣的孤獨背影。

長街之上，白霧漸瀰，只能聽見范閒微弱的腳步聲，以一種極其沉穩而固定的節奏響起，除此之外，沒有一絲聲音，似乎這街上沒有任何活著的生物。

今夜監察院要殺的人似乎已經殺完了，要抓的人也已經被捕進了天牢，由七處牢牢掌管。還不知道這些事情的京都百姓們在被窩裡貪著暖意，夜遊的權貴們早已驚心回府，打更的人們在偷懶，十三城門司的官兵們只是注視著城門。

腳步聲一直向前，似乎察覺到什麼，便在白霧之中停頓下來。一陣冬天的夜風吹過，將這長街上的霧氣吹拂得稍薄了一些，隱約可以看見長街盡頭。

長街盡頭應該沒有人，但是總感覺到似乎有人守在那裡。穿著蓮衣的范閒停住腳步，抬起頭來，雙目平靜直視前方，似乎要看清楚那裡究竟有誰。

然後他看見了一個人。

那人身形魁梧，雙肩如鐵，宛如一座山般矗立在長街盡頭，身後負著一張長弓，背負箭筒，筒中有箭十三支。

風停霧濃，不復見。

今夜是范閒讓監察院向二皇子一系發起總攻的時刻，但他似乎忘了一點，當自己進攻最猛烈的時候，往往也是自己防禦最薄弱的時候。此時他的身邊沒有別人可以倚靠，只有自己。他在對山谷狙殺的事情進行報復，毫無理由的報復，卻忘了某位大都督也要為自己唯一兒子的死亡進行報復。

能躲過對面的那張弓嗎？

兩年前他被這張弓從宮牆之上射落，全無還手之力，那支箭已經成為他武道修行上最大的一處空白。

所以他在霧後停住了腳步。

白霧的那方，燕小乙微微垂下眼簾，感受著霧後那人的氣機，確保對方不會脫離自己的控制。

霧的這方，沒有移動的跡象。

燕小乙，前任大內侍衛統領，如今的慶國戍北大都督，慶國屈指可數的九品上超級強者，他自然不是一個瘋子，他知道在京都的長街中暗殺范閒，這意味著什麼。

但他依然沒有強行壓下自己的戰意與血性，因為當他在元臺大營帳中看見燕慎獨的屍體時，就已經下了決心，人生一世，究竟為何？縱使自己日後手統天下兵馬，打下這一整片江山來，卻能託給何人？

所以他不是瘋子，卻已然瘋了。

今夜京都不平靜，誰都沒有想到范閒會如此強橫地進行掃蕩；同時，也沒有人會想到，堂堂戍北大都督，居然會捨棄一應顧慮，回到了本初的獵戶心思，冷漠地觀察著范閒、注視著范閒、等待著范閒，一直耐心地將范閒等到死地之中。

長街雖然有霧，能阻止人的視線，卻不能阻止燕小乙的箭，他的箭，本來便是不需用眼的。

今夜他攜十三支羽箭前來，便是要問一問范閒，一處貼著的告示上面，那句十三郎是什麼意思。如果范閒死了，這問題不問也罷——不論范閒這些年裡再如何進步，在武道修為上再如何天才，燕小乙也有些冷漠地相信，自己絕對可以殺死對方。

此事與奪嫡無關，與天下無關，非為公義，非為利益，只是私仇不可解。

氣機已然鎖定，二人一在街尾，一在街中，除了正面對上，別無他法。范閒在霧後沉默著，似乎是在評估自己應該戰，還是應該退。

長久的沉默之後，燕小乙往前踏了一步，渾身所夾帶的那股殺氣，令他身前的白霧為之一蕩，露出前面一片空地來，空氣中頓時又寒冷了起來。

然而……他的腳馬上收回來，眼角餘光向著左上方的屋簷看了一眼，微微皺眉，用那屋簷上的石獸擋住自己的身體。

以他的身體和石獸為一線，他感覺到，在那道線條的盡頭，有一個異常恐怖的殺機在等待著自己。

這是沒有道理的感覺，他自幼生長在林間，與野獸打交道，卻也養出了如野獸一般的敏感，對於危險的存在，總是會提前判斷出來。

此時長弓早已在手，箭支卻未上弦，燕小乙微微低頭，感受著四周的異動——究竟是誰在埋伏誰？

他是一位九品上的絕世強者，除了那四個老怪物之外，燕小乙在這個世上並沒有多少人需要忌憚的，甚至每每當狀態進入巔峰之時，他總會在心中升騰起一股向大宗師挑戰的想法。

也因為他這種境界，所以他可以清晰地察覺到，長街之上，只有他與范閒二人，所以他才敢如此冷漠地用心神鎖定范閒，時刻準備發出致命的一箭。

然而，先前當他踏出那一步時，他卻發現了極其古怪的現象。

首當其衝的，便是那個不知在何處的不知名危險泉源，其次是他在那一步落下時，感覺身後霧氣的味道似乎有些變化。

是味道，不是味道。

是風和霧的最細微觸感變化，而不是入口後的感覺。

燕小乙知道了，在自己的身後，一直隱藏著一位極為強大的人物，這人的武道修為不知具體到了什麼境界，但能夠瞞過自己這麼久，一定有能力傷到自己。

他不敢妄動，因為他知道一旦自己發箭，存蓄已久的精氣神便會為之一泄，露出一些缺陷。一旦心神有缺，他沒有把握能夠在身後那名高手與遠處的危險合擊之下，全身而退。

長街上是冰冷的沉默，霧那頭的人不能動，霧這頭的燕小乙也不能動。不能動腳，卻能動手。

燕小乙深深吸了一口氣，整個人的身形顯得更闊大了一些，手指緩緩落下，似無意間在自己的弓弦上拂過。

他的手指很粗壯，但這個動作卻很輕柔，就像是柔毫掃過畫紙，蔥指拂過琴絲，蘭花微微綻放。

嗡的一聲輕響，弓弦顫了起來。

似乎有一種奇特的魔力在他的弓弦上產生，微微顫著的弓弦帶動四周的空氣，絞著微白的淡霧，漸漸凝成實力，劃破面前的長街，隨著這一聲嗡的輕響，悄無聲息地向著霧的那頭襲去。

向著霧那頭的那個人襲去。

霧那頭傳來一聲悶哼，緊接著便是有人墜地的聲音。

燕小乙平靜地翻腕，長弓直立，不見他如何動作，箭羽已在弦上，先前無箭一射已有如此之威，更何況此時他的弦上已經有了箭！

但他沒有發箭，只是一味地沉默，因為他清晰地判斷出，霧那頭的人不是范閒。雖然他很疑惑，明明自己是看著范閒出了抱月樓，對方是何時調了包？但他明白，今夜狩獵，已經轉換了獵人與獵物的角色。

燕小乙凜然不懼，只要長弓在手，就算是兩名九品高手來伏殺自己，他也不會有任何驚懼；相反的，他有些久違了的興奮，隨時準備用自己弓弦上的箭來了結某個生命。

手上的弓箭並未瞄準，可是他的心神已經鎖定了遙遠的那處，只是雙方間隔著民宅簷上的那個石製異獸，無法出箭。

燕小乙還有一部分精力，放在身後那曾經改變過剎那，現在又回復如常的霧氣味道裡。

誰都不會先動。

也不知道過了多久，長街上這奇怪的霧依舊沒有散去，燕小乙如山般的身軀依然站立著，沒有絲毫疲憊之意。

可是他清楚，暗中的那兩個人也沒有疲憊，至少沒有讓自己察覺到對方的心神有任何鬆懈——能夠和自己比耐心以及毅力，這是很了不起的事情，燕小乙認可了對方的境界和實力。

他明白，這深夜裡的長街狙殺，已經陷入了僵局，自己用那石獸護住了自己，卻也阻擋了自己，這樣僵持下去，只怕天都亮了，雙方依然無法動彈。

然而，對方可以撤走，燕小乙卻無法動，他知道自己已經陷入了劣勢之中。

又是很久過去了，燕小乙依然穩定地站在街的盡頭，就如同一座雕像般不可撼動，長弓在手，箭在弦，紋絲不動，有一種很奇異的美感。

在這時，被白霧瀰漫的長街上忽然傳來一陣咳嗽聲。

伴隨著這一陣古怪的咳嗽聲，一道淡淡的燈光也映入霧中，光線漸漸地亮了起來，走近了街尾，離得愈近了些，才發現是兩個燈籠。

燈籠被執在兩名小太監的手上，小太監臉色凍得有些發白。

小太監的身後是四個雜役抬著的一頂小轎，咳嗽聲正是從那頂小轎裡不停響起。

轎子停在了燕小乙的身旁，轎簾微掀，露出一張蒼老且疲憊的臉。

這張臉是屬於洪四庠的。

洪四庠昏濁的雙眼眨了眨，對轎旁的燕小乙輕聲說道：「臨街賞雪夜，大都督好興致，只是夜已經深了，還是回府吧，老奴送您。」

第十七章　黎明前的雪花、豆花

轎子緩緩離開了長街，那位負著長弓的強者，也隨之消失，此地空餘地上殘雪，瀰漫白霧。

隨著轎子的離開，咳嗽聲的漸弱，長街上的霧漸漸散了，四周雖然依然黑暗，卻顯得比先前要清明許多。一片一片的雪花悄悄從蒼穹頂上撒落下來，溫溫柔柔、飄飄搖搖，就像是高空上有神人在輕輕搖晃著花樹。

雲開，那層層烏雲忽然間從中裂開一道大縫，露出那彎銀色的月兒，清光漸瀰，將這長街照得清清楚楚。

街後頭那些層疊的民宅伸向街中的簷角，因為這些月光的照耀，而在地上映出了一些形狀古怪的影子。

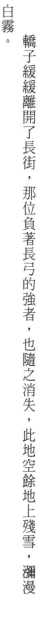

有一道黑影忽然顫動一下，就像是某種生物一般扭曲起來，然後緩慢而悄無聲息地向後退去，縮回那一大片影子之中，再也無法分離出來。

范閒趴在遠處的一棟門樓上，身上穿著一件黑中夾白的雪褸，他將視線從被石獸遮擋住的街角處收回來，輕輕嘆了一口氣，在黑夜中噴出白霧。眉毛上凝成的冰絲嗤嗤幾聲碎開，他有些疲憊地向天仰躺著，舒展一下自己渾身上下痠痛難抑的肌肉，眼睛看著頭頂夜空的那彎銀月發呆。

摸摸身邊那發硬的箱子，他下意識搖了搖頭，瞇了瞇眼，今夜下了大本錢，準備得如此充分，眼看著可以成功，卻被洪四庠破了局，真是失敗。

他並沒有準備動用箱子，畢竟這東西太敏感，不到最後一刻，不能輕用。只是要狙殺燕小乙這種已然站在人類巔峰的強者，手掌摸不到那硬硬的箱子，他的心裡沒有什麼把握，這是信心的加持，最後的憑恃。

范閒躺在樓頂的殘雪中，大口喘息了兩下，平服一下失敗的情緒和那一抹不知從何而來的憤怒。

有人爬了過來，范閒一掀雪褸，將那事物掩住，眼中閃過一抹複雜的情緒。

王啟年湊到他身旁說道：「是洪公公。」

范閒點點頭。「今天辛苦你了。」

今天夜裡監察院所有人都在忙碌著那些血腥的事情，范閒最信任的心腹王啟年卻顯得有些無所事事，只有范閒自己清楚，他交代的任務是讓王啟年盯著燕小乙的動靜。

他知道燕小乙不會錯過這個機會，所以他也不想錯過這個機會，而且王啟年的表現也沒有讓自己失望，一位九品上的強者，居然一直沒有察覺到他的動靜全部在王啟年的注視之下。

監察院雙翼，世上最擅長跟蹤覓跡之人，果然不是浪得虛名。

王啟年的臉色很白，比樓頂的殘雪、街中的銀光更要白一些。跟蹤燕小乙，無疑是他人生當中最恐怖的一個任務，那種恐懼感和壓力，讓這位四十歲的中年人有些快要承受不住，心神早已到了崩潰的頂點。

而且他不知道自己是不是看見了什麼不應該看見的東西。

范閒平靜說道：「我是信任你的，準確來說，我的很多東西都建立在對你的信任之上。」

王啟年明白這句話是什麼意思。范閒是在初入京時撞了自己，再以此為中心，開始組建啟年小組，由小組而擴散，漸漸將監察院掌控在手中。

而且自己無疑是天底下知道范閒最多祕密的人，比如當年殿前吟詩後的那個夜、那把鑰匙……

第二天便傳來了宮中有刺客的消息，王啟年當然知道那個刺客是誰，至於鑰匙，嗯……肯定是用來打開某樣東西的。

所以范閒一直沒有殺自己滅口，王啟年很有些意外，和感動，是真的那種感動，心裡有一種叫做士為知己者死的衝動。明明這種衝動對於年逾四十的他來說，是非常危險和不值得的，可他依然在心底保有了這種美好的感覺。

門樓下傳來兩聲夜梟鳴叫的聲音，范閒側耳聽著，確認徹底後，對身旁的王啟年做了個手勢。

王啟年眼中閃過一道恐懼，因為他也隱約聽說過那個傳說，而且也知道那個傳說和范閒母親的關係。

他知道自己的命從今天起就已經完全交給范閒了，這是彼此間的信任，這種信任本身就是很恐怖、很要人命的事情。

他手掌一翻，整個人便從門樓滑下去，滑動的姿勢很怪異、很滑稽，就像是一隻大螳螂，長手長腳，卻悄無聲息，不一時便到了地面，走到街的正中間，蹲下來，察看一下那個偽裝者的氣息，確認他還活著，對著空中比了個手勢。

這個手勢自然是比給范閒看的，范閒看著這一幕，不由得笑了起來。老王果然有兩把刷子，這身輕功在手，難怪在北邊活動一年，都沒有讓錦衣衛那些傢伙抓到一絲把柄。

被燕小乙弦意所傷的偽裝者，正是當年出使北齊時，范閒隨時攜帶的那個替身，當年這個替身幫了他很大的忙，今天自然拿出來誘敵。

門樓下又響起幾聲怪鳥的鳴叫，幾個穿著黑色蓮衣的密探尋了過來，帶著范府的那輛馬車，將王啟年和那個替身都接上車去，這一切都顯得是那樣的安靜自然。便在此時，空中的層雲又攏，清光沒，京都又沉入到黑暗之中。

清晨前，最黑暗時，雪花再起，范閒一個人來到城西的一間鋪子前面。所有的民宅還在沉睡當中，商鋪也沒有開始做準備，便是最早起的麵攤，都還沒有開始準備臊子，只有這間鋪子已經開了起來，用裡面誘人的豆香味，驅散黎明前的黑暗，等待著朝日的來臨。

雪花下，范閒坐在鋪子外的小桌邊，手裡端著一碗豆花在緩緩喝著，豆花的味道不錯，沒有渣感，沒有太多的豆味，清香撲鼻，甚至比澹州冬兒做的還要好些。

這是很自然的道理，因為這間豆腐鋪是京都最出名的一間，是司南伯府大少爺入京後辦的第一項實業。

這間豆腐鋪就是范閒自己的。

范閒緩緩喝著豆花，臉色平靜，心裡卻是苦笑了起來。自己重生二十年，還真真是個無用的二世祖，對於這個世界根本沒有帶來什麼樣的改變，最大的改變……大概就是這豆腐的做法吧？

母親太能幹、太神奇，在那短暫的歲月裡，竟是搶著把所有能做的事情都做完了，那有什麼東西能剩給自己幹呢？

像歷史上所有的那些權臣一樣，玩弄著權術，享受著富貴，不以下位者的生死為念，就此渾噩過了一生？

就如同以前所思考的那樣，范閒的面上漸有憂色，總覺得自己的內心深處有一個大渴望，卻始終抓不到那個渴望究竟是什麼。

他有些煩躁、有些鬱悶，想到街上的那件事情，想到燕小乙身後負著的長弓，他的心情便低落下來。

「我操……」范閒用很輕柔的聲音，很溫柔的態度罵了一句髒話。

今夜有霧，其實並不好，雖然這是影子早已判斷出來的環境，可是他沒有想到燕小乙的心神竟然強大到那樣的程度，可以不畏層霧相疊，準確地判斷出自己所在的位置。

而且隱在霧裡的藥，似乎對於這位九品上的絕世強者也沒有絲毫作用，真氣深厚到了一定程度，一般的藥物確實用處不大。范閒自嘲地笑了起來，這世上果然沒有完美的事情，無味白色的藥霧，效果確實差了許多。

可即便如此，在今夜好不容易營造出來的必殺環境中，范閒依然會勇於嘗試殺死燕小乙。

他不是皇帝，他的自信來自於自己的實力以及比世上都要好的運氣，不像皇帝那麼莫名其妙。所以他習慣於搶先出手，將一切可能威脅到自己的厲害人物除去，燕小乙，自然是首當其衝的那人。

如果日後的慶國會有大動盪，范閒始終堅持，能夠削弱對方一分實力，對於自己這一方來說，都是極美好的事情。燕小乙不在軍中，而在京中，並且他搶先出手，這是再好不過的機會。如果讓對方回到了戍北大營中，再想殺死對方，那就等於是痴人說夢。

所以范閒此時坐在桌邊，感覺很失敗，很憤怒。

為什麼洪四庠會出來破局！

范閒端著碗的右手有些顫抖，他眉頭一皺，將手中的碗摔到地上，瓷碗破成了無數碎片。他極少有這種控制不住情緒的憤怒表現，由此可見，今天洪四庠的突然出現，確實讓他惱火到了極點。

「為什麼？」他眉頭皺得極緊，始終想不明白這一點。洪四庠出宮破局，很明顯不是皇帝的意思就是太后的意思，可是慶國權力最大的這對母子究竟在想什麼？難道他們還沒有看清楚當前的局勢？如果自己能夠把燕小乙殺掉，又已經將二皇子的勢力清掃一空，永陶長公主那邊愈發弱勢，反而會讓整個皇族的局勢平緩下來。

那道有些恐怖的波動，也許就此會漸漸平靜。

皇帝明顯清楚這一點，為什麼會點頭讓洪四庠出面，阻止自己與燕小乙的對局？難道皇帝是個瘋子，就是喜歡自己的妹妹一步一步走向造反的道路？

自虐狂？

范閒有些惱火地想著，脣角泛起一絲苦澀的笑容。看來帝王家，真的是一窩變態，都嫌這天下太不熱鬧。

可是……皇帝難道就不怕……他自己被人從龍椅上趕下來？連番的疑問，那個困擾了范閒許久的疑問，讓他的表情有些難看。皇帝究竟在想什麼？

皇帝在想什麼，只有他自己清楚，陳萍萍也清楚。正如陳萍萍當年說過的那樣，一個人站在什麼樣的位置上，便會有怎樣的眼光，做出符合這種位置的判斷與選擇。

如今的慶國京都，還屬於發酵的階段，范閒想冒險終止這種過程，以免日後的麵團忽地膨脹起來；而今天洪四庠的出馬，明顯表示皇帝並不需要范閒操這個心。

所以范閒很苦惱。

新出的第一格新鮮豆腐端了出來，上面還冒著熱氣，豆腐鋪子裡的夥計恭恭謹謹地舀了兩碗，分別放上淨白糖和榨菜絲並香油、蔥花、醬油……香噴噴的甜鹹兩味，送到了小桌上，然後退了回去。

豆腐鋪的人們都知道范閒這個古怪的習慣，這位東家並不因為豆腐鋪掙不了多少錢而扔開不管，但也從來不會在白天來這裡看看，只是會每隔一、兩個月，在凌晨最黑的時候來點兩碗豆腐。范閒的這個愛好，並沒有多少人知道。

范閒今天晚上很累，有一種心力交瘁的感覺，他用瓷杓胡亂扒拉著一碗豆腐，送了一口入唇，甜絲絲的很有感覺，有雪花也落進碗中，讓他倏地聯想到刨冰這個忘卻很久的名詞，感覺更好了些。他刨了幾口豆腐，似乎倏地間便彌補了許多精神。

還有一碗，他動也沒有動。

三輛馬車打破了京都的平靜，緩緩駛到豆腐鋪的面前，前後兩輛馬車上的劍手跳下車來，警惕地注視著四方，布置起防衛。

言冰雲掀開車簾，從中間那輛馬車走了下來，忙碌了一夜，這位范閒的大腦，很明顯也非常疲憊，蒼白的臉上，有著一絲憔悴的痕跡。

他走到桌邊，很明顯有些吃驚，范閒居然會一個人在這裡吃豆腐。

范閒點點頭，示意他坐下，同時將那碗拌著香蔥、榨菜絲的豆腐推過去。

言冰雲沒有吃，從懷中取出卷宗，開始低聲說明今夜的情況。等聽到要殺的人、要抓的人基本到位，范閒滿意地點了點頭。

「黃毅沒有死。」言冰雲看了他一眼。

范閒抬起頭來，問道：「怎麼回事？」

「釘子下的毒很烈，可是似乎公主別府裡有解毒的高手……」言冰雲說道：「所以黃毅保住了一命。」

黃毅是永陶長公主府上的謀士，雖然一直以來，並沒有對范閒造成什麼傷害，沒有表現出過人之處，可是范閒既然動了手，就要將所有潛在的威脅全部除去，所以黃毅也是今夜計畫中的一環。

范閒可不喜歡在以後的歲月裡，因為自己的一時心慈手軟，而導致了什麼人質被抓之類的狗血戲碼上演。

「不是解毒高手。」范閒搖搖頭。「三處的師兄弟手段我很了解，東夷城裡那位用毒大師，和我們的派系不一樣……看來長公主當年在監察院的滲透很有效果，除了死去的朱格之外，還備了不少解毒丸子。」

言冰雲說道：「埋在公主別府裡的那個釘子還沒有暴露，我自作主張，讓他撤了。」

「很好。」范閒讚許地點點頭。「這些事情你自己拿主意，不要下面的人冒沒必要的險，能活著最好。」

話雖是如此說，范閒心裡卻清楚，這是今天晚上的第二次失敗。

言冰雲又開口說道：「你要拿口供的那個活口死了。」

范閒抬頭看了他一眼，知道他說的是山谷狙殺事件的唯一活口，那個秦家的私軍。山谷狙殺案一直沒有線索和證據，唯一的希望就是那個活口，而且既然關在監察院天牢裡，由七處和三處共同護持，根本不可能就這般死了。

他強行壓下心中的那絲古怪情緒，似笑非笑看了言冰雲兩眼，很奇妙地沒有大發雷霆。

「剛才洪公公來了。」范閒對言冰雲說道：「你怎麼看？」

言冰雲微微一驚，半晌後輕聲說道：「一，主子覺得你今天晚上做得過了線。二，不論他死或者你死，都不是主子想看到的。」

「不要說主子，我會想到老跛子的可惡口吻。」范閒皺眉說道。

言冰雲笑了笑，轉而問道：「雖說是陛下點過頭的事情，但你今天夜裡藉機把事情鬧得這麼大，明天大朝會上，院裡一定會被群臣群起而攻之，只怕舒大學士和胡大學士都要開口，主……陛下在這種壓力之下，會有一定的態度釋出，你最好做足準備。」

「怕什麼？」范閒看了一眼言冰雲那蒼白的臉，自嘲說道：「陛下早就想削監察院的權了，這不給了他一個好機會？如果不是知道這點，我今天夜裡也不會急著四處出擊……在削權之前，總要把敵人掃除一些。」

噹的一聲脆響，他將杓子扔到微涼的瓷碗中，面若冰霜，說道：「今夜真正想做成的事情，是一件也沒有做成，真是虧大了。」

言冰雲說道：「再過幾個時辰，就是大朝會，你今日要上朝述職，做好被陛下貶斥的準備吧。」

范閒閉著眼，緩緩說道：「前些日子，陛下讓你們這些年輕官員進宮，所表達的意思很清楚，只是那些老傢伙哪裡捨得讓位？今天夜裡監察院大肆清查，就算我們事後會被懲罰，但那些不乾淨的傢伙也要退幾個……朝廷騰些空子出來，陛下才好安插人手，我們是替陛下做事，他總要承我們的情。」

言冰雲微微皺眉，依然很難適應范閒敢如此說皇帝，也有些不悅，只好保持著恰到好處的沉默。范閒卻懶得看他臉色，自顧自輕聲說道：「今夜的事情差不多了，我只是覺得有些遺憾，我一直等著的那家人，卻始終沒有出手。」

言冰雲知道他說的是哪家人，卻要裝成不知道，一時間臉色有些猶豫，旋即苦笑道：「你還嫌不夠熱鬧？你此時身邊一個人都沒有，總要注意些安全。」

范閒看了一眼散布在四周的監察院劍手，搖頭說道：「我和你不同，你必須把這些人帶著，我……帶與不帶，區別並不大。」

「如果帶了人，那些人怎麼敢動手？都是一群只會在暗中殺人的懦夫。」范閒譏諷說道：「我在這鋪子裡單獨坐了半個時辰，卻是始終無人敢來，倒讓我有些小瞧所謂的鐵血軍方了。」

言冰雲搖頭無語。范閒回頭看了一眼黑夜中的一條小巷，用指頭敲敲豆腐碗旁的桌面，說道：「吃掉，冷了味道不好。」

離范氏豆腐鋪有些距離的小巷裡，有七名穿著夜行衣的人，正在往馬車上搬著屍體，有血水從車上緩緩滴了下來，落在雪上，發出淡淡腥臭。

三具屍體被砍成十幾方大肉塊，明顯是長刀所造成的恐怖傷害。七名夜行人中領頭的那位坐上車夫位置，看了一眼遠處豆腐鋪隱約的燈火，用韁繩摩擦了一下虎口有些發癢的老繭，咧開嘴笑了，輕聲說道：「少爺，慢慢吃吧。」

第十八章　大朝會

清晨時分，范閒回府換了一身行頭，吩咐了幾句，便坐著馬車來到皇宮之外。等他到的時候，宮門那處已經是熱鬧非凡，三兩成群的大臣們攏在一處竊竊私語著什麼。他掀著車簾望了一番，忍不住搖搖頭，看來昨夜的故事已然成了今日的八卦，自己自然就是大臣們議論的中心。

一夜未睡，又折騰了那麼多事，他的精神難免委頓，從藤子京的手裡接過冰水浸過的毛巾在臉上使勁擦了擦，面部的皮膚如同被針刺過一樣的痛，精神終於清醒了少許。他打了個呵欠，伸了個懶腰，吐了幾口濁氣，走下車去。

一路踏著宮前廣場的青磚而行，引來無數人的目光與議論，所有人都看著這個穿著官服的監察院提司。

這是范閒出任行江南路全權欽差大臣後，第一次上朝會，按理講，宮前這些大臣應該前來寒暄問候才是，但不知道為什麼，大臣們的眼中充滿了警惕，只是遠遠看著，並未過來親近。

其實原因很簡單，昨天夜裡監察院殺人逮人，雖然捉的都是些下層官員，但人數太多，不知道牽連多少朝官，這些上朝會的大臣們雖然驚愕，但馬上便被憤怒所包圍，今日朝會之上，肯定是要參范閒幾本，既然如此，此時自然不好再來打什麼招呼。

范閒走得很不爽，覺得自己似乎快要變成被朝廷文武百官唾棄的孤臣了，雖然這是他自己造成的，可是這種沒人理睬的感覺，就像是幼稚園時被小女生們排擠一樣，滿懷委屈。

他的臉上並沒有表現出來，依舊平靜溫柔地笑著，似乎沒有感受到那些火辣辣的目光。

待走到宮門口，門口守著的侍衛與太監倒是向他請安行禮。范閒看著那兩個小黃門討好的目光，心頭一暖，十分安慰，心想這世道，果然還是殘障人士本身比較有愛心。

他偏過頭來，便看見文官班列領頭那兩位大人物正鼻孔朝天，似乎在端詳天象有何異處。

范閒揉了揉鼻子，左邊那個白鬍子老頭他是熟悉的，右邊那個中年人則是當年文學改良運動的發起人胡大學士，見這兩位門下中書的宰執之輩如此冷待自己，范閒清楚，是昨夜自己鬧的動靜太大，在這些大人們看來，已然有了成為權臣、奸臣的十足傾向；加上監察院的畸形存在，對於朝政確實造成了極惡劣的影響，這兩位天下文官之首的人物，當然不會與自己這個密探頭子太過親熱。

但他卻不吃這一套，強行壓下心頭的惡氣，嘻皮笑臉地湊過去，站在舒、胡二位大學士的身邊，也不說話，反而很古怪地抬起頭向著天上看去。

一時間，等候上朝的諸位大臣便看見了很奇怪的一個景象。兩位大學士，加上那位天殺的監察院提司，都把脖子直著，腦袋翹著，對著天上的層層烏雲看個不停，偏生都沒有說話，只是一味沉默。

不知道看了多久，終於是性情疏朗的舒蕪忍不住了，冷哼一聲，說道：「小范大人在望什麼？」

胡大學士也收回瞭望天空的目光，二位大學士雖然都是聰明之人，卻不像范閒那般臉皮厚，無法承受太多人異樣的眼光，他咳了兩聲，沒有說什麼。

范閒笑著說道：「二位大人望什麼，下官便望什麼。」

舒蕪皺著眉頭，望著他欲言又止，可忍了半晌，還是忍不住心中憤怒，開口訓斥道：「你可知道，監察院正因權重，故而行事要穩妥小心，且不論你究竟意欲為何，只是這般如虎狼似的驅於京都，讓百官如何自處？朝廷如何行事？這天下士紳的顏面，你不要，可朝廷還要。你說！六部的官員讓你抓了那麼多，還怎麼辦事？不說辦事，可官員們的心都寒了，糊塗啊……」

不說則罷，一說便是停不下嘴來，反而是胡大學士向舒蕪使了個眼色，舒蕪才停下來，可依然痛心疾首，憤怒不已。

只是如今的范閒，已經不僅僅是太學裡的那位教書先生，也不是一個空有駙馬之名、只能在太常寺裡打滾的權貴，監察院提司的品秩雖然不高，可是對方如今畢竟也是個欽差大臣。舒蕪雖然是如今的文官之首，可是對著一任欽差大臣這樣吹鬍子瞪眼地罵著，怎麼也說不過去。

「別罵了。」范閒好笑說道：「怎麼說您也是位長輩，對著我這個姪兒這麼凶，讓下面那些官員們瞧著也不好看。」

舒蕪大怒，偏又對著范閒那張疲憊裡夾著恭敬的臉罵不出來，恨恨冷哼一聲，將袖子一拂，說道：「今日朝會之上，你就等著老夫參你。」

范閒苦著臉，一揖為禮，說道：「意料中事，還請長輩疼惜則個。」

舒蕪是又氣又怒又想笑，恰在此時宮門開了，一聲鞭響，禮樂起鳴，他便與胡大學士當先走進去。

今日是大朝會，上朝的官員比平日裡要多許多，但即便如此，以范閒的官員品秩依然不足以上朝列隊。只是他如今有個行江南路全權欽差大臣的身分，今日又要上殿述職，所以不須陛下特旨。

可是入宮也需排列，范閒只好拖在最後面，只是他在宮門這裡一站，自然而然有一股陰寒的味道滲出來，讓那些從他身邊走過的大臣們不寒而慄。

先前人多時，還可以幾人聚在一起，對范閒不聞不問，可此時一對一對地往宮裡走，那些大臣們估量了一下自己的地位遠遠不如舒蕪，計算了一下范閒身上承載著的聖恩，想了一下范閒的手段，再也無法無視，只好每過他身前時，便輕聲問候一聲。

對於一年未見的范閒，這些大臣們哪裡敢太過輕慢。

「小范大人別來無恙？」

「見過范提司。」

「……」

范閒一一含笑應過，雖然知道今天朝會上肯定要被這些人物落了臉面，但此時在宮門口被大臣們依次行禮，這種虛榮感著實不錯，得抓緊時間撈些面子上的好處。

面子上的好處得了，殿上得的自然只能是酸果子。

范閒站在隊列的最後面，斜著眼偷偷打量龍椅之上的皇帝，一股疲倦湧來，看著皇帝安穩精神的面容，便是一肚子氣，心想：你倒是睡得安穩，老子替你做事，卻快要累死，今兒還沒什麼好果子吃。

果然如同眾人所料，大朝會一開，還沒有等一應事宜安排步上正軌，幾位站在舒、胡二位大學士下首方的三路總督也還未來得及上奏，針對范閒和監察院昨夜行動的參奏大戰，便這樣突如其來地開始了。

范閒沒有聽那些文官們上參的具體內容，不外乎就是舒蕪曾經講過的那些老話套話，監察院確實有監察吏治之職，但是像自己這樣一夜間逮了三十幾位官員的行動，確實已經很多年沒有發生了，真真可以稱得上是震動朝野。

他看著那三路總督，不意外地看見薛清排在首位。慶國如今疆土頗大，還有四路偏遠地的總督是兩年回京一次，他有些好奇地想著，薛清昨天夜裡在抱月樓奉旨觀戰，按理講應該是連夜進宮向皇帝匯報，不知道皇帝對自己又是個什麼樣的看法。

范閒真的很疲倦，所以走神走得很徹底，可是有很多話不是他不想聽便聽不到的，滿朝文武的攻擊言語依然不斷地向他耳朵裡湧進來，漸漸罪狀也開始大了起來，比如什麼藐視朝廷、不敬德行、國器私用、結黨云云……

在慶國的朝廷上，監察院和文官系統本來就是死對頭，不論文官內部有什麼樣的派系，但當面對著監察院時，他們總是顯得那樣的團結。從以往的林若甫在時，到如今的大學士為首，只要監察院這個皇帝的特務機構一旦做事過界，文官系統們便會抱成團，進行最有力的反擊。

無疑，范閒昨天晚上過了界，所以今天的大朝會上，便成為了他被攻擊的戰場。

尤其與往年不同的是，一向與監察院關係親密的軍方，如今也不再保持一味的沉默，樞密院兩位副使也站了出來，對於監察院的行為隱諱地表達不滿。
文武百官齊攻之，這種壓力就算是皇帝本人，只怕也不想承受，更何況是孤零零站在隊伍之末的范閒。
太極宮裡的氣氛不再壓抑，反而充斥著一種冬日裡特有的躁意，以舒蕪為首，群臣紛紛上參，要求皇帝約束監察院，同時對此事做出最後的聖裁。
紛紛言語，直刺范閒之心，傷范閒之神，髒水橫飛，氣象萬千。
如果換成一般的大臣在范閒這個位置上，只怕早就已經怒得神智不清，跳出去和那些大臣們辯論一番，同時鼓起餘勇，將那些都察院的御史們鬍子拔下來。可范閒依然強橫地保持著平靜，不言不語不自辯，只是脣角微翹，帶著一絲嘲諷的笑意，注視著大朝會上的戲臺。
也許是他脣角的這抹笑意，讓某人看著不大舒服，讓某人覺得自己這個兒子太過孟浪、太過囂張了些，龍椅之上傳來一聲怒斥——
「范閒！你就沒什麼說的？」
范閒一直強行驅除著自己的睡意，驟聞此言，打了個激靈，整理一番身上的官服，出列行禮，稟道：「回陛下，昨夜監察院一處傳三十二位官員問話，一應依慶律及旨意而行，並無超出條例部分之所在，故而不解，諸位大人為何如此激動？」
皇帝冷笑說道：「一夜捕了三十二人，你還真是好大的……難道我慶國朝廷，全是貪官汙吏不成？」
范閒正色說道：「不敢欺瞞陛下，這朝中……」他望著殿上的大臣們，嚴肅說道：「蛀蟲滿地爬，三十二人，只是個小數而已，若陛下許監察院特旨，微臣定能再抓些貪官出來。」

群臣心頭一寒，旋即臉上浮現出鄙夷之意，心想他這話說得光棍卻也沒用，朝廷是什麼？朝廷就是大臣，這天下不貪的官還沒有，如果都讓他抓光了，誰代皇帝去治理天下，戍守萬民？陛下怎麼可能給你特旨。

果不其然，皇帝大怒，將范閒劈頭蓋臉罵了一通，無非是什麼不識大體，胡亂行事，有汙聖心……

范閒心裡那個不爽，雖然知道是演戲，可是依然不爽，悻悻然退回隊列之中。

今日朝會之上，沒有人提及二皇子八家將之死，燕小乙獨子之死，永陶長公主謀士黃毅中毒吐血於床的事情，因為那些人都不是官員，而且屬於黑暗中的事情，沒有人會這麼蠢。

但僅僅是昨天夜裡的事情，就足以引動文武百官們的警惕與怒火，所以就此攻擊，皇帝也必須做出安撫。

然而端坐於龍椅上的皇帝，卻只是冷漠地說道：「關於范閒在京郊遇刺一中，諸卿查得如何了？」

群臣默然，大理寺卿與刑部尚書顫著身子出列，連連請罪。

范閒沒奈何，也只得出列請罪，誰教他監察院也是聯合調查司裡的一屬，只是這事很荒唐，自己被人刺殺，自己沒有查出來，卻要來請罪。

皇帝望著范閒皺眉說道：「聽聞最後一位人證，昨天夜裡在天牢中死了，可有此事？」

范閒愕然，沒有想到皇帝的消息竟然得的如此之快。

而武官一系的臉上卻露出了一絲隱藏極深的快意與笑意，準備看范閒如何解釋此事。

皇帝不需要太多的解釋，所有的醞釀工作已經做得差不多了，聖心獨斷，他頒下了已經準備了好幾天的旨意。

旨意中的第一部分，讓滿朝文武都生出了不敢相信的感覺，因為……皇帝削了監察院的權！

監察院一應品秩不降，然而在權屬上卻有了大幅度的限制，尤其是駐守京都的一處，雖然依舊保有抓人的權力，卻在抓人之後的時限上做出了詳盡的規定，尤其是與大理寺之間的人犯交接，必須在四十八個時辰之內完成。

也就是說，一處再也沒有了暗中審問京官的權力。

同時，旨意裡對於駐守各州的四處許可權也做了一個大致上的限定，而具體的規章如何，卻要范閒回院後自行擬個條陳，再交由朝會討論。

這兩個變化看似極小，但實際上卻像是在監察院的身上安了個定時的機器，讓他們以後做起事來，有了諸多的不方便。

范閒聽著這旨意，心裡像吃蒼蠅一樣的噁心，卻依然要出列謝恩。

文武百官驚喜萬分，他們頂多是想讓皇帝下旨貶斥范閒，同時稍微約束一下監察院，再讓那些無辜被捉的下屬官員們多些活路，卻沒有料到皇帝竟然對監察院動了真格，如果按這個趨勢走下去，監察院的權力，自然會被逐漸地削掉。

於是乎，太極宮上山呼萬歲，群臣暗道皇帝果然聖明。

然而皇帝旨意裡的第二部分，卻讓文武百官們覺得，皇帝雖然聖明，可是依舊太護短了一些。

旨意中言明，昨夜被捕京官，不在先前條例中所限，全交由監察院審問清楚，再交由大理寺定罪問刑。同時，皇帝藉由此事大發雷霆，怒斥殿上這些大臣們馭下不嚴，枉負國恩，只知結黨營私，好不無恥。

旨意一下，群臣惶恐不知如何自處。

因山谷狙殺調查不力、京都護衛視同虛設及京官貪腐一案，樞密院右副使曲向東被貶，京都守備師秦恆被撤，由當年的西征軍副將接替，而秦恆調入樞密院。同時刑部侍郎換人，大理寺副卿換人，都察院執筆御史換人。

接替者，全部是前些日子入宮的那些年輕官員。

群臣大驚失色，皇帝雷霆手腕，實在是讓眾人有些措手不及。這般大範圍的換血，如果不是因為最近這幾天京都裡的衝突，一定無法進行得如此順利……眾人知道事情肯定還沒有完，忍不住偷偷看了一眼隊列最後方的那位年輕人，心裡湧起一股複雜的情緒，這才明白，原來范閒昨天夜裡的陰狠舉措，只是在為今天朝會上的旨意做伏筆。

第十九章 澹泊公

旨意一下，群臣譁然，雖然各部首長都沒有換位置，可是身邊卻多了些年輕官員，不由得讓諸大臣感到一絲惶恐，誰知道皇帝什麼時候就會將那些年輕官員提上來，頂了自己這些老傢伙。

舒蕪皺眉出列，與皇帝爭論了幾句，認為如此大範圍的官員任命，沒有經過廷議，沒有讓吏部與監察院事先審核，實在是有些太匆忙。不過皇帝今日決心下的大，竟是連他的面子也不給，淡淡駁了回去，這道聖旨便成了斬釘截鐵的事情。

換血，已經成了必然，秦恆被調到樞密院，品秩看似有增，實際上卻是離了京都守備要害之地，他有些愕然，卻只好出列謝恩。

另外像是前任樞密院副使曲向東之流的大人物們，也只有無可奈何地接受了此議，皇帝是沒有深究山谷狙殺一事，不然軍方定然要付出更多的代價。

只是軍方這些將領看著范閒的眼神，顯得愈發地憤怒。

誰都清楚，文武兩系中，皇帝調整樞密院和京都守備師，是為了替范閒撐腰，為范閒在山谷被狙殺的事情出氣，至於散朝之後還會有些別的什麼後續舉措，則要靜靜期待了，只是軍方的日子想來不會太好過。

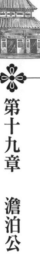

而在文官一系中，被撤換的官員人數最多，基本上都屬於親近二皇子一系的官員；尤其令人驚怖的是，看樣子，昨天夜裡被范閒逮的那三十二名官員，似乎再也沒有出來的機會了……

范閒認真地聽著旨意，這旨意明顯是皇帝昨天夜裡就備好的，聽了許久，他有些意外沒有聽到言冰雲的名字，不過轉念一想也對，皇帝就算要重用言冰雲，也不可能把他調到別的部衙，不說這是違反慶律和監察院規條的事情，至少皇帝想用言冰雲，總要給陳萍萍一些面子。

至於讓言冰雲升官也沒有可能性，言冰雲如果再升，就只能頂了范閒的提司——范閒搖著頭，暗道除非皇帝準備一手把監察院掀了，不然怎會做出這種事情來。

不過范閒很意外地聽到了成佳林的名字！

他微微偏頭，強忍住去看龍椅上中年男子的衝動，心裡湧起大古怪。成佳林是自己的門生，如今遠在異地為官，怎麼卻落入了皇帝的眼中？而且是……進吏部？那個自己一直無法插手的部衙……一下子升了兩級，這種升官速度也太快了吧。

朝廷諸臣聽到成佳林的名字時，也不免有些駭異。眾所周知，此人乃是范門四子之一，出仕不過兩年，怎麼就要調回京都重地？眾人紛紛向范閒投去目光，目光裡有些驚懼。

范閒心裡卻有些不自在，皇帝給的這份人情太大了，按照那廝的習慣，給個甜棗後便有一棍子，卻不知道這棍子會落在哪處。

「……申沖文已調都察院執筆御史，令左都御史賀宗緯兼看監察院事宜，協范閒行事，向內廷負責。」

棍子來得真快！

范閒霍然抬首，雙眼裡閃過兩道幽光，看了一眼出列謝恩的那位年輕人。左都御史入府院？監察院雖說一直在名義上受內廷的監管，可是慶國皇族向來嚴禁太監掌權，加之陳萍萍太過厲害，所以監察院等若是個獨立王國。

可是……讓左都御史盯著監察院，同時向內廷匯報，這等於是讓監察院直接處於皇宮的注視之下。

范閒後背有些發冷，右手的手指有些顫抖，他知道因為自己的身分，皇帝肯定不可能像信任陳萍萍一樣信任自己，但是他沒有想到，皇帝竟然會下手這麼狠，在事情遠遠沒有結束之前，就率先替自己套了一個頭繩，紮得自己的腦袋痛得不行！

賀宗緯是什麼人？是當年與自己門生侯季常齊名的京都才子，妹妹范若若的追求者之一。他先在太子門下，後投永陶長公主，如今卻成了天子門生，不經科舉直接簡拔入朝任御史，因有功任左都御史，負責清查戶部一案……

不算上范閒，賀宗緯絕對是這兩年裡慶國朝廷上最炙手可熱的人物。

而就是這樣一個令范閒極其噁心的人，要成為皇帝注視監察院的眼睛，范閒無來由地憤怒起來，異常憤怒。

「陛下！」

范閒出列，站在賀宗緯的身邊，對著龍椅上的那個男人沉聲說道：「臣有異議！」

賀宗緯溫和地看了身旁的范閒一眼，雖然每每想到在范府上被對方一頓痛打，他便自內心深處感到無比的憤怒，可是他依然遮掩得極好，眼神裡恰到好處地流露出一絲異色與佩服，似乎是在向殿上諸臣表明自己的情緒——他很佩服范閒敢當面頂撞皇帝。

殿上已經是一片大譁。帝有命，臣受之，除了像舒蕪這種老傢伙敢當面頂撞皇帝之外，從來沒有誰敢在官員任命上直接表達出自己的異議與怨氣。

皇帝皺了皺眉，說道：「你有什麼異議？」

范閒抬起頭來，面無表情說道：「監察院不需要一個御史來指手畫腳。」

「大膽！」皇帝一拍龍椅，大怒說道：「執法在徬，御史在後，國之明律，朕意已決，哪容你這小傢伙來多言多舌。」

范閒心頭怒火起，知道自己今日不能再退，不然這監察院真要在自己手上敗了，自己怎麼向那個女人和陳園裡的老跛子交代。

他將身子一直，直接說道：「敢問陛下，這監察院負責監察官員吏治，由內廷監察監察院，這忽然間多了個御史，如果這御史貪贓枉法，院裡查，還是不查？要查，怎麼查？」

群臣大譁，皇帝反而冷笑起來，說道：「枉你聰明一世，卻在這裡強裝糊塗，退回去吧。」

賀宗緯在范閒身邊也假意勸說了幾句，范閒卻是正眼都懶得看他一眼，也不退回去，眼珠子轉了幾圈，忽然高聲說道：「臣反對！」

這他娘的就有些過界了，皇帝決定什麼事情，哪裡容得一個臣子反對，這又不是在公堂之上打官司，范閒不是宋世仁，皇帝也不是個小小知府大人。

皇帝氣得不善，頷下鬍鬚亂抖，居高臨下指著范閒的鼻子罵道：「朕倒要看看，你能怎麼反對？」

范閒將心一橫，說道：「臣自然不敢抗旨，只是臣只是個監察院提司，院長大人還在陳園裡待著，這個旨按理來講，是輪不著臣來議論，只是今日殿上監察院以我為首，我是接了有問題，不接也有問題，看來看去……臣……只好辭了這監察院提司，陛下直接發旨去監察院，如此最佳。」

辭了監察院提司？

辭官？

群臣一片大譁，根本沒有弄明白今天的大朝會上怎麼會演變成如今的局勢。原本以為是皇帝借監察院的手收拾朝廷，怎麼最後又欺負起范閒來了？不過這范閒果然不愧是一代詩仙，骨子裡的傲氣確實不是一般世人能比，竟然……膽敢……在大朝會上以辭官做威脅，不接旨意！

如此大的膽子，慶國開國以來，這些大臣們均未見過，一時間殿上議論聲起，投向正中站著的范閒目光在原初的驚懼之外，不由得多了幾絲荒謬與佩服。

舒蕪與胡大學士看不下去了，紛紛出列，一個扮黑臉，一個扮紅臉。舒蕪當頭把范閒罵了一通，說他不知臣子本分，胡亂說話；胡大學士卻是和聲在范閒身邊安慰著，替皇帝詳解旨意。

反正范閒就是直挺挺地站著，不肯接旨，也不肯如何。

這景象看著就像是一個午餐餐盤裡少了果子吃的幼稚園大班生，正在接受兩名老師的哄騙。

舒、胡二位大學士接著又轉身替范閒向皇帝請罪，言道小范大人年輕如何云云，他們心裡猜測，皇帝難得在朝會上碰見這麼大顆釘子，只怕已經快要氣瘋了。

龍椅之上，皇帝氣得笑了起來，兩眼裡寒光大放，冷冷說道：「范閒，你是要用辭官來要脅朕？」

「臣不敢。」

「好好好。」皇帝連說三個好字，幽幽說道：「你仗著朕疼愛你，便以為朕不敢責罰你……你要辭官，朕便……」

皇帝話還沒有說完，范閒已經感動謝恩：「謝陛下，臣願回太學教書去。」

皇帝被他這來得極快的應對噎得不善，大怒說道：「朕偏不讓你辭！」

殿上一時陷入了震驚之後的沉默中，誰也沒想到今兒的大朝會上，居然能夠看到如此精采的戲碼。眾人心裡清楚，皇帝對范閒的寵信根本沒有一絲削減，只怕也不會對范閒有任何實質性的懲罰，只是不知道這個僵局如何打破。

眾大臣更不明白，為何范閒會對都察院御史盯著監察院一事如此憤怒與衝動，如果說是為了保持監察院的權力，以他范閒的手段，日後有的是法子，更何況監察院還有位老祖宗一直沒有出馬。

很明顯，皇帝也不清楚范閒心裡究竟在想什麼，他皺著眉頭，對范閒說道：「給朕滾過來！」

范閒沒有滾，屁顛屁顛地跑過去，湊到龍椅下面，滿臉倔強與狠勁。

皇帝壓低聲音問道：「你究竟接不接旨？」

「不接。」

皇帝皺眉說道：「為何？」

范閒很直接說道：「臣，不喜歡賀宗緯。」

皇帝大怒說道：「昨天夜裡，你已經讓朝廷沒了顏面，難道今天你還想讓朕也沒有顏面？給我退回去！」

范閒嘆息一聲，退了回去。

姚公公在一旁苦著臉，端著拂塵，忍著笑，十分難受。

范閒退回殿中，兩旁大臣們看他的眼神愈發古怪了。大朝會上，居然和皇帝說起悄悄話來，這份恩寵……實在是……咳咳。

皇帝根本不再給范閒任何說話的機會，也不理會他接不接旨，直接對姚公公點了點頭。姚公公馬上用有別於戴公公餘姚口音的公鴨嗓子喊：「行江南路全權欽差范閒，上前聽旨。」

范閒一愣，一掀前襟，跪了下去。

旨意緩緩而道，沒有再提御史入監察院一事，而是將范閒這一年在江南所做的事情列了個大概，尤其是將重點放在內庫轉運司事上，表揚了范閒為國庫做的貢獻，兼帶著提了一筆范閒協助薛清總督清查江南吏治一事，又扯了些有的沒的。

皇帝於中間開口說道：「朕以為，范閒公忠體國，應該重賞。」

群臣默然。雖然眾人心裡並不喜歡范閒再得賞賜，可是內庫運回京都的一千多萬兩白銀是真貨，這麼一大筆實實在在的功勞，實在是堪敵軍功，如果不重賞，朝廷真不知該如何向天下人交代。

薛清此時出列，對范閒在江南的事務做了些補充，滿是讚美之辭。胡大學士出列，也認為應該對范閒進行重賞。

而舒蕪這老傢伙眼珠子轉了幾圈，又看了范閒一眼，終於忍不住出列說道：「陛下……半年前，門下中書曾有議，以小范大人的聲名、學問、實績，實在足以入門下中書議事，只是監察院院官向來不得再任朝官，朝廷慣例在前，不過先前小范大人曾有意辭了監察院提司……」

皇帝咳了兩聲。

胡大學士也忍不住用古怪的眼神看了舒蕪一眼，心想這老頭子果然執著，明明知道皇帝不可能允許范閒入閣，更不可能讓范閒離開監察院，他卻依然存著半年前二人想的那個念頭。

只是舒蕪已經開了口，他也只好表達同樣的願望，願保薦范閒入閣。

范閒以往從院報裡聽說過此事，不過今日親眼相見，不免有些意外，心想自己不到二十歲的人，卻要入閣，這也未免太荒唐了些。

果不其然，皇帝依舊不允，只是讓姚公公將旨意頒完。聽完旨意，范閒怔在原地，半晌之後才想起來謝恩，心想自己當大學士確實荒唐，可皇帝給的封賞也足夠荒唐。

澹泊公！

大殿之上滿是驚呼與讚嘆之聲，范閒呆立場上，心想自己怎麼就忽然被封了公爵？這豈不是比老爺子的爵位還要高了？皇帝的棒子下得狠，這給的甜棗個頭也不小啊！離王爺只差一步，無比尊貴之爵——他偏頭看了一眼尷尬的賀宗緯，心想以後是不是可以隨便打著這人玩了？

第二十章　天下有敵

范閒原先的爵位是一等男爵，正二品，而公爵卻是超品，中間還隔著侯、伯二層。以他如今的年齡，直接封了公爵，實在是極難得的榮耀，所以就連他一時都反應不過來。

而等場間的眾人反應過來時，當然想明白了是為什麼，一方面是朝廷要酬其江南之功，而眾人心知肚明，最重要的原因，則是皇帝要給自己的私生子一個補償。

大皇子與二皇子早已封王、封爵，范閒只不過是個澹泊公，這又算得了什麼呢？一念及此，本打算出列激烈反對此項封賞的大臣們都沉默了下來，這是皇族的家事，不是朝廷的國事，輪不到自己這些做臣子的多嘴。

范閒在一樂之後，馬上平靜下來，對於這個殿上的大多數人來說，公爵確實是個金光閃閃的字眼，可是對於他來說，自己手上的權力早已超出了這個範疇，而且皇帝沒有跟自己打個招呼，就讓都察院擠進監察院的勢力範圍，這個問題才是范閒真正關心和驚懼的。

所以他寧可拋卻以往的行事風格，胡攪蠻纏，也不願意讓皇帝就這麼輕鬆地塞沙子進來。

更何況他心裡也隱約清楚，公爵這個位置，便是自己在慶國所能抵達的最後目的地，如今的澹泊公是三等公，還有兩級可以爬，再然後……自己年紀輕輕看來就要養老去也。

一念及此，不免有些惘然，覺著有些荒唐，他忍不住站在這大殿上失聲笑了起來。眾人矚目，看著慶國開國以來最年輕的小公爺，看著他那可惡的笑容，心中情緒複雜，更覺著這笑聲無比刺耳。

大朝會一直折騰到過了午餐才結束，這還是因為三路總督的正式朝論事宜放到了以後的原因，皇帝快刀斬亂麻，聖心獨裁定了大部分事情，便讓諸臣散了。

大臣們早已餓得不行，紛紛穿過宮門，各自回府。而還有些人走不得，在門下中書視事的宰執人物、三路久未回京的總督、各部尚書，都小心翼翼跟著皇帝到了御書房。

范閒也滿臉無奈地跟在最後面。

就像一年多前，從北齊回到南慶時一樣，御書房裡依然替范閒留了一個座位，上一次是因為莊墨韓的那馬車書，這一次卻是因為內庫裡送來的那無數雪花銀。

范閒坐在圓圓的繡墩上，有些心神不定，御書房內討論國事的聲音，並不讓他如何關心，政務這一塊，本來就不是他的強項，也出不了什麼主意，始終還是只能扮演一個拾遺補缺的角色。

很明顯，皇帝一方面是清楚他的能力，二方面也是不願意范閒對國事方面發表太多的看法，所以今天沒有點他的名。

不過他這位新晉小公爺依然有位置坐，而在皇帝軟榻之旁，太子等幾位皇子還得老老實實站著，像學生一般認真聽聞學習，范閒感覺不錯，心想自己也算是皇兄弟們的老師了。

皇帝與諸位大人物討論了一番南方的雪災、北方的局勢、園子裡的祥瑞，便開始放飯。

范閒昨夜忙了一宵，羊肉片、豆腐花早就已經消化得乾乾淨淨，此時聽著放飯，不由得精神一振，心中升騰起一股龍套終於有便當吃的幸福感，接過太監遞來的食盒，食不語，風捲殘雲。

主要的事情在大朝會上已經說定了，御書房會議裡並沒有什麼新鮮的內容，只是薛清偶爾提到杭州會在江南賑災一事中的優良表現時，京都裡的大臣們表現出一絲驚訝。他們聽說過杭州會，但沒有想到杭州會竟然有如此大的財力與勢力，可以在官府賑災的途徑之外，做了這麼多事。

皇帝讓范閒起身解釋一下。聽著范閒的解釋，舒蕪這些人才明白，原來杭州會的背後是皇宮裡的這些娘娘們，名義上領頭的是太后，難怪杭州會能有如此實力，只是眾人心知肚明，宮裡只是掛了個愛惜子民的名頭，真正做事、出銀子的，只怕還是范閒。

皇帝笑了笑，說道：「真正辛苦的，可不是范閒，是我那晨兒。」

大臣們笑呵呵地拍了幾句馬屁，連帶著對宮中貴人們高聲讚頌，頌聖自然更不可免。皇帝看著范閒有些走神的臉，微微皺了皺眉。

大皇子在一旁看著這幕，開口說道：「郡主今天回京。」

皇帝喔了一聲，再看范閒的眼色就柔和了起來，笑了笑，卻沒有說什麼，也沒有讓范閒提前回宮，只是馬上結束了御書房會議，反而將最想回府的范閒留下來。

御書房內的寧神香緩緩飄著，顏色不及白煙如乳，香味清淡至極。

御書房內只剩下皇帝與范閒二人，范閒稍微有些不自在，因為不知道皇帝馬上會說些什麼內容。

皇帝喝了一口燕窩，抬頭看了范閒一眼，示意他是不是還要來一口？范閒趕緊搖頭。

「非澹泊無以明志，非寧靜無以致遠。」皇帝放下碗，緩緩說道：「不煩不憂，澹泊不失……這是兩年前你在京都做那個書局時，對眾人的解釋。」

范閒點點頭，澹泊書局的名字便是由此而來，只是妹妹范若若卻是深知己意，和旁人不同，說出「漂泊在澹州」的解釋。一念及此，他忽地有些想念那個黃毛丫頭，不知道她在北邊究竟過得可還快活？

「朕很喜歡你的這兩句話，讓你做這個澹泊公，是什麼意思，你應該清楚。」皇帝靜靜看著自己最成材的私生子。

范閒低頭思忖少許後，認真說道：「要明志，少慮。」

「不錯。」皇帝平靜說道：「要清楚自己應該做些什麼，卻要少考慮自己能夠做些什麼。」

純臣？孤臣？其實意思很簡單，做皇帝的臣子，不煩不憂，澹泊度日罷了。

范閒心裡不知道在想什麼，臉上的笑容顯得極為誠懇與放鬆，開口說道：「知道了。」

君臣應對，說「知道了」這三個字的角色應該是皇帝，但范閒就這樣清清楚楚說了出來，卻並不顯得如何異樣，皇帝也沒有什麼不高興的神色。一旁服侍著的姚公公滿臉平靜，他在這兩年裡已經見慣了皇帝對范閒的與眾不同。

皇帝揮揮手，姚公公一佝身，退出御書房。

沉默片刻之後，皇帝冷冷說道：「至於今天御史入監察院一事，你以後會明白。朕知道你的心是好的，只是朝政之事，不以人心為轉移。」

范閒知道此時人少，不能撒潑撒嬌硬抗，只得沉默。

皇帝又緩緩說道：「還是那句話，朕知道你的心，所以昨天夜裡的事情，朕很是歡喜……只是朕未曾想著你會如此用力，有些意外。」

范閒喉嚨裡有些乾澀，斟酌少許後，肅然應道：「大河還未決堤，我先把水引走，免得黎民受苦。」

皇帝看著范閒的臉，一言不發，許久之後，欣慰地點了點頭。「只是你想過沒有？水全部被你抽乾了，可是日後又有活水入，誰知道日後那水會不會再次漫過江堤？所以朕以為，總是要看下去，看到山塌地陷、堤岸崩壞的那天，才知道那河中的水是會順伏著向下游去，還是會……無恥地衝破朕這道大堤……你這孩子，面上扮個凶惡模樣，心中卻總有柔軟處。」

皇帝的臉色冷漠了下來，繼續說道：「朕這一生，所圖不過二事，天下、傳承。朕不將他們的心看得清清楚楚，如何能放手去打這天下？你不要再動了，陪著朕看一看。」

范閒沉默警悚，不敢回話。皇帝最先前的話警告味道十足，澹泊公，永遠只能是個公爺，而要自己陪他看下去，又讓自己保持平靜，不再打擊二皇子與太子一系，這又算是許了自己這一生的榮華，無上的信任。

「另外，不要和小乙折騰了。」皇帝盯著他的眼睛說道：「小乙於國有功，乃軍中猛將，朕不願意他折損在這些事情當中。」

范閒微微一凜，心想自己和燕小乙結下不解之仇，這怎麼緩和？再說燕小乙就算於國有功，可是畢竟與永陶長公主交往太深，難道皇帝就根本一點兒不害怕？他此時終於確定，昨夜派洪四庠前來破局的，不是太后，正是皇帝本人，所以愈發疑惑。

「武議上，如果大都督向我挑戰？」他看了皇帝一眼，擔憂問道。慶國尚武，今年武議再開，如果燕小乙於殿上向范閒挑戰，皇帝總不可能當著百官之面說范閒乃是皇子，不得損傷這種話。

「燕小乙等不到武議便會離開。」皇帝說道。

范閒眉頭一皺，說道：「可是大都督將他兒子的死記在我的帳上……」

皇帝似笑非笑看了他一眼，說道：「是你殺的嗎？」

范閒誠懇回答：「此事確實與臣無關，臣不敢陰殺大臣之子。」

皇帝大聲笑了起來。「好一個不敢陰殺，昨天夜裡殺的那些算是……明殺？」

范閒臉色一紅，說道：「昨夜動的，都是些江湖人物，和朝廷無關。」

皇帝沉默了片刻後說道：「在元臺大營動手的，是東夷城的人，所以朕有些好奇，那邊會不會出什麼問題。朕想看看，小乙是不是一個聰明人。」

范閒面色平靜，心裡卻在叫苦：十三郎啊十三郎，你可算是把皇帝也騙著了。

皇帝明顯因為這個錯誤的資訊來源，而做出了一個錯誤的判斷，偏生范閒無論如何也不可能去提醒他。

「至於小乙的問題，朕還必須提醒你，軍隊……是不能大亂的。」皇帝的眼神變得幽深了起來，開口嘆息道：「西邊的胡酋們……又鬧起來了。」

西邊胡人鬧事？

范閒愕然抬頭，看著皇帝那張微有憂色的臉，一時間震驚得不知該說什麼。十八年前皇帝帶兵西征，已然將西胡殺得民生凋零，加上前幾年大皇子領著大軍在西邊掃蕩，更是讓西胡好不容易凝結起來的一些生氣全數碎散。

胡人怎麼又鬧起來了？而且就算鬧起來，以慶國的軍力之盛、將領之多，皇帝也不至於因為外患而擔心軍心不穩。

范閒自幼在慶國長大，當然知道慶國建國之初，很是被西胡欺凌了些歲月，胡人始終是慶國的大患，只是這近二十年間，在慶國皇帝的強力鎮壓之下，才變得有些不屑入慶人談資。

皇帝看著范閒吃驚的表情，嘲弄地笑了笑，說道：「我大慶連年受災，旱洪相加，雪災又至，偏生西胡那邊這兩年風調雨順，草長馬肥……當然，若僅是如此，區區胡蠻，也不至於讓朕如此小心，只是……你可知道，我大慶雪災之前，北齊北邊的那些雪地蠻子們也遭受了數十年來最大的一次凍災？」

范閒皺著眉頭，忽然想到大半年前在杭州的湖邊，海棠朵朵曾經憂心忡忡向自己提過的那件事情，那些北蠻子們確實遭了雪災，牛羊馬匹凍死無數，只是……北蠻、西胡相隔甚遠，這和慶國又有什麼關係？

皇帝說道：「難怪北齊的皇家，敢把上杉虎留在上京城中，卻不擔心北蠻南下，原來有老天爺幫他們……那些北蠻子被凍得活不下去，又礙於上杉虎多年之威，不敢冒險南下，只好從祁連山處繞行，想謀個活路……胡人逐水草而居，那些北蠻子經歷半年的大遷移，如今終於到了西胡境內，雖說二十萬部族裡只活下來四萬多人，但能在風雪之中、險途之上活下來的……都是精銳。」

范閒雙眼微瞇，眼前宛若浮現出無數部族驅趕著瘦弱的羊馬，捲著破爛的帳篷，在風雪之中，沿著那高聳入雲的祁連山脈，拚命尋找著西進的道路，一路上凍屍連連，禿鷲怪叫。

這是何等壯觀慘烈的景象，這是何等偉大的一次遷移。

「西胡怎能容忍有北方部族過來？」范閒擔憂問道。

皇帝笑了起來，笑聲裡夾雜著無窮的自信與驕傲。「西胡早就被咱們打殘了，哪裡還敢去啃這些外來的雪狼……雖然西胡人數要多許多，可是幾場大戰下來，雙方終究還是結成了聯盟。」

范閒嘆了一口氣，如果胡人們真的結盟，那鄰近西胡的慶國，自然會受到最大的威脅，難怪皇帝在軍方的處置上會顯得如此小心。

看出了范閒的擔憂，皇帝平靜問道：「你在想什麼？」

「臣在想，這些情報只怕還屬絕密……只是大戰只怕會來臨，臣……願上陣衝鋒。」范閒說的不是假假的漂亮話，他是很想去過過縱馬草原的癮，只是……這朝廷內部的問題似乎大家還沒有解釋。

皇帝嘲諷笑道：「不要以為你是個武道高手，便可以去領兵打仗求軍功……大戰一起，千萬人廝殺，除非你是流雲世叔，不然仍然是個被亂刀分屍的命。」

范閒苦笑一聲。

皇帝微頓了頓，平靜說道：「胡蠻不足懼，朕從來沒有將他們放在眼裡……只是北蠻子既然遷移，北齊那邊受的壓力頓時小了，朕不得不將眼光往北邊看去。」

范閒馬上明白過來，皇帝的目光，果然還是比自己要轉移得快些，在這個世上，真正堪做慶國敵人的，還是只有北齊。尤其是如今北蠻人既去，北齊沒有了後顧之憂，誰知道那位小皇帝會不會動什麼別樣心思。

皇帝最後緩緩說道：「小乙不日內便會北歸……因為，北方那位小皇帝終於說服了太后，讓上杉虎起復了，大營正衝燕京。」

范閒眼瞳裡震驚一現，馬上斂了回去。

皇宮之外，那輛黑色的馬車上，范閒揉著眉心，有些難受，一方面是疲憊過頭，一方面是今日在宮中聽到了太多的壞消息。正如皇帝所言，西胡那邊沒有幾年的休養生息，是不可能對慶國造成實質的威脅，可是北齊那邊……上杉虎復出！

上杉虎，范閒想到這個人名便頭痛，他雖然沒有輕眼看見那一場雨夜長街上的刺殺，可是卻一直深深明白那位天下名將的厲害。

燕小乙去北方，能夠抵擋住上杉虎嗎？更何況，燕小乙新近喪子，只怕與朝廷會逐漸離心，皇帝倒是也不怕燕小乙真的一瘋投了敵人。

至於范閒為什麼如此警惕上杉虎的復出，其實原因很簡單。在上京城中，他狠狠地陰了上杉虎一道，讓他慘死無數手下，深夜裡一聲「殺我者范閒」，只怕直至今日還迴盪在北齊上京城裡，更何況上杉虎的養父肖恩是被自己逮了再逮，殺了又殺……

在這件事情中，范閒才是上杉虎最大的仇人，沈重只是個小角色，可上杉虎為了復仇，在雨夜中一槍挑了沈重，日後若真在疆場上相見，上杉虎會如何對付自己？

范閒在馬車中悲哀想著，這天下，敵人何其多也。

第二十一章　闕卿鳥事

皇帝在宮中曾說過一句，他要用燕小乙，敢用小燕乙，當其時，范閒恨不得伸一個麥克風過去問他：你的心情究竟是怎樣的？他的心情究竟又是怎樣的？儂要看人本心，當心把自己看得七竅流血。

直至今日，范閒對皇帝也只有那麼一抹似有若無的感情，按理講，本不需要如此操心慶國的存亡、皇帝的生死，可是為了自己和親人的將來，他不得不鞠躬盡瘁，這便是無奈了。

馬車出了南城門，四個輪子依次被那道石坎顛了一下，本來有些迷迷糊糊的范閒頓時醒了過來，掀開車簾走出去，一面打著呵欠，一面往南邊的官道上望去。

此時已經是下午，進城的人們並不多，負責城門的城門司與負責防衛的京都守備師的士兵們有些百無聊賴地執行著每日的工作，驟見一輛黑色馬車在十幾名監察院官員的保護下來到城門口，眾人心頭一驚。

再看著馬車下那個打著呵欠的年輕官員，眾人馬上猜到他的身分。天南城門司的參將得了消息，趕緊跑過來，端來長凳給范閒，奉上熱茶。

范閒也不客氣，抱著茶碗咕嘟咕嘟地大口喝著。

沒有等多久，官道盡頭便出現一支車隊的身影，沿著地平線上的那一排野樹，漸行漸近，不一會兒便來到城門前。

范閒迎了上去。

車隊停了下來，高達等七名虎衛，外加一應六處劍手刷的一聲半跪於地，向他行禮。

范閒揮手，讓他們起來，自然不免還要溫言讚賞幾句，腳下卻未停，直接登上了中間的那輛馬車。

一掀車簾，只見林婉兒正抱著一個藍布包裹在打瞌睡，長長的睫毛安靜地伏在白皙的肌膚上，一綹瀏海安詳地垂在額下，遮住了姑娘家的倦容。

范閒一怔，不想去喊醒她，只是坐在她的身邊，把她懷裡的藍布包裹取了過來，同時疑惑地看了對面一眼。

坐在對面的思思眨著眼睛，小聲說道：「昨夜裡弄久了，今兒精神不大好。」

范閒笑了笑，沒有再說什麼，示意車隊入城，只是小聲提醒高達等人，過城門石坎的時候仔細些，別顛醒了車廂裡的這位。

馬車穿過小半個京都街巷，來到東城那條寂靜的長街上，停在范府的正門口。

馬車停了，林婉兒也迷迷糊糊醒了，下意識抱著身邊那隻並不粗壯卻格外有力的胳膊蹭了兩下，覺得有一種久違的溫暖回來到自己的身邊，往那個更溫暖的懷裡鑽了鑽——

卻馬上醒了。

姑娘家嚇了一跳，蹦了起來，才發現身旁是已經睡著的范閒，將那顆心放回肚子裡，看著久未見著的熟悉容顏，忍不住天真地笑了笑，吐了吐舌頭。

「啪啪啪啪……」

一串極熱鬧的鞭炮響起，驚醒了睡夢中的范閒，他有些惱火地咕噥幾句，一收胳膊卻發現抱了一個空，納悶地睜眼一看，卻見妻子正縮在角落裡，看著自己。

先前林婉兒怔怔地看著范閒，半晌後才發現思思在對面，又發現范閒被鞭炮驚醒，一時間覺得好不尷尬，羞得臉蛋通紅。

范閒望著妻子笑了笑，一手抓著藍布包裹，一手牽著她下了馬車，沒有細說什麼，反而是抱怨道：「哪家府上娶新嫁婦？怎麼搞得這麼熱鬧？」

林婉兒掩嘴一笑，指著范府大門說道：「我也覺著奇怪，是咱們家在放炮，也不知道是有什麼喜事。」

思思這時抱著貼身小包裹也下來了，看著范府正門口人來人往，紅燈高懸，鞭炮齊鳴的熱鬧景象，也被嚇了一跳，哎唷一聲，高聲說道：「少爺，少奶奶，這是歡迎咱們從江南回來？」

車隊停在范府門口，范府便熱鬧了起來，范閒好奇地看著這一幕，忍不住抓著出府迎自己的清客鄭拓，問道：「鄭先生，這搞的是哪一齣？」

鄭拓哈哈一笑，說道：「少爺，您今日封了澹泊公……這可是天大的喜事，各部閣裡來道喜的大人不計其數，此時都在宅子裡等著您回來，如此光宗耀祖，當然要好好慶賀一番。」

范閒一愣，這才想到自己已經變成小公爺了，抬頭看著范府匾額上掛的那圈紅布，忍不住苦笑起來。

林婉兒吃驚地看了他一眼，問道：「相公封了公？」

范閒點點頭。

林婉兒聽著這話，眉眼裡全是喜色，就連身旁的思思都不能免俗，興高采烈之極。畢竟在這個世上，總是講究這些的，一位臣子能在范閒這麼大的年紀就封公，放到哪裡去說，也是格外光耀門楣的事情。

一路往裡走，一路便有前來賀喜的官員行禮，范閒忙不迭地回禮，只好讓藤子京媳婦出來，先將林婉兒、思思和那幾個丫鬟接進內宅。范府的下人、僕婦們更是滿臉春風，連不迭地向著范閒下跪磕頭。

「打賞，打賞。」

一路都有賞錢發出去，范閒當然不心疼，只是覺著至於這麼高興嗎？便連婉兒和思思都樂成那樣，如果妹妹在家裡，不知道會不會也樂得不行？

終於將一應事宜弄清楚，好生送走來客，范府一家人才齊聚在園內的花廳裡。柳氏端坐范建身旁，眉眼間也盡是笑意；思思甫回范府，便被派了一個很光榮的任務，開始安排飯席。

想當年，以往這任務是沒有坐正的柳氏負責的，這也等若說是范府已經承認了思思的地位。

范建和下首的兒子、媳婦略說了幾句，又說了說思思的事情，反正在澹州已經辦過了，有范老夫人點頭，他這個范府家主也不會再說什麼。

飯席弄好後，花廳裡沒有什麼閒雜人等，一直被憋在家中的范思轍終於屁顛屁顛地跑出來，先行見過嫂子，便坐到了范閒的身邊，死皮賴臉地討好處。

林婉兒吃了一驚，心想小叔子不是在北齊，怎麼偷偷摸摸地就跑了回來？

范閒開口罵道：「不就是一個破爵位，值當你饞成這樣？」

范思轍縮了縮脖子，說道：「你倒是不希罕……這天底下攏共能有幾個公爺？」

范閒笑著說道：「那也不至於找我討賞，你如今的銀子還少了？我看再過兩年，我和父親就得伸手找你要錢。」

范思轍嘿嘿一笑，說道：「銀子也買不來大哥的名聲，您將來是要做王爺的，什麼時候也想辦法給弟弟我謀個爵位才好。」

范閒一愣，這才想起來，去年秋天抱月樓案發後，范思轍被刑部發了海捕文書，自幼得的那個恩騎尉的爵位自然被除了。

但是聽到王爺二字，范閒心裡還是覺著有些古怪，他和父親對視一眼，都清楚了彼此心中的判斷。

以范閒的身分，一等公也就到頭了，怎麼也不可能成為王爺，除非……將來如何如何。

席間頓時沉默了起來，范思轍也知道自己的話說得有問題，不敢再胡謅什麼。

林婉兒看著這一幕，嬌憨一笑，對范思轍說道：「回來了就別忙著走……待會兒吃完飯後多陪著父親、母親玩幾圈。」

范思轍一聽要到玩麻將牌，而且還是嫂子提議，頓時精神一振。這一年多他在北齊牌桌上未遇敵手，今夜又要與天下第二高手的嫂子對陣，那叫一個興奮。

後幾日一應太平，並無太多故事可講。二皇子一系被打得人心惶惶，永陶長公主安坐宮中不知道在想什麼。

范閒只是偶爾想到太子在抱月樓上的出奇表現，很是生出了些疑惑，這位太子爺，慶國龍椅名正言順的繼承者，所選用的應對手法自然是最佳的那一種……可是眼看著局勢這麼走，他的把握來自哪裡？

范閒想不清楚這一點，范建也沒有想清楚，太子敢這樣冷眼旁觀，除非他的手頭有一股大助力，可是原先支持他的永陶長公主，如今早已被范閒挑明了與二皇子的關係，太子憑什麼再次相信永陶長公主的話？

想不明白便不再想，因為來年春還是要回江南，而年節之後，像陳園、靖王府、大皇子府上這些地方是一定要去拜訪，所以趁著過年前這幾日，范閒沒有去監察院，也沒有入宮，只是老老實實地窩在范府裡，孝順著一年未見的父親，管教著久在北方的弟弟。

一家人團圓的氣氛真是不錯，只是少了范若若和澹州的范老夫人，某一時，范閒曾經私下對父親說過，祖母一直沒有見到思轍，是不是得找個時候讓思轍回澹州去。

范建想了想，確實也是這個道理，便讓范閒安排。

正當一應事態按照一種平和的情勢發展時，臘月二十八，范府來了一位不速之客。

這位客人乃是北齊駐南慶使節，身分有些敏感，卻是專門在鴻臚寺報備之後，登上了范府的大門。

范府闔府均覺古怪，卻也只好開正門相迎。這位使節對范閒好生恭敬，又代北齊朝廷轉達了對范閒的慰問，言道關於山谷狙殺一事，北齊百姓感同身受，深為范閒不平。

在放下一大堆禮物之後，這位使節離府而去，只剩下范建、范閒這一對爺倆傻兮兮地看著彼此。

當天夜裡，鴻臚寺便來人了，內廷也來了一位公公，向范閒解釋了一下為什麼北齊的使節會登門拜訪。

原來……范閒被刺殺的消息已經傳到了北齊，不知為何，北齊那位皇帝竟是親筆修了一封私下裡的書信，託人傳給慶國皇帝，對於范閒遇刺表達了自己的關切，並且對慶國朝廷不注意范閒的人身安全，也表示了隱諱的批評。

范閒聽著這話，對著那位公公和鴻臚寺的少卿，倒吸一口冷氣，開口罵道：「吹皺一池春水，干他……鳥事！」

鴻臚寺少卿與那位公公尷尬對視一眼，小意安慰道：「北齊人存著什麼心思，咱們都明白，小范大人也不用過於憤怒，這等齷齪伎倆，能有什麼用？」

那位公公也奸笑說道：「他們要送禮，您就接著。」

送這兩位出府之後，范閒急匆匆跑到書房裡，對著范建問道：「北齊人究竟想幹什麼？這事輪得著他們表示關切？」

范建苦笑道：「有件事情一直忘了和你說，陛下似乎也忘了這事，當初你出使北齊的時候，不是在上京城皇宮殿上，曾經答應他們的皇帝……說有空的時候，就去他們的太學講講課？」

范閒認真想著，似乎還真是有這麼一句話，可是自己好像沒有答應吧？

范建嘆息道：「你去江南的時節，北齊人向鴻臚寺發了一份文，說是聘你為上京太學客座教授……陛下只是當那小皇帝無聊，也沒有當回事，哪裡料到，北齊人竟是在這裡等著，如今你既然是上京太學的客座教授，又在南慶遇刺，他們表示一下關切與憤怒，似乎也說得過去。」

范閒氣苦說道：「這時候陰我一道，對他們又有什麼好處？」

范建抬起頭來，看了兒子一眼，搖頭說道：「雖說是很粗糙的手段，有些腦子的人都不會相信這種挑撥，只是……你在江南與北齊人的勾當，終究不能一世瞞下去，積毀之下，誰知道將來會不會讓陛下疑你？他們只需要送些禮物，帶兩句話，丟些臉面，便可以扎根刺在你喉嚨裡，這種買賣，划算得很。」

范閒皺著眉頭，大感憤怒，說道：「山谷狙殺……北齊那小皇帝卻橫生一節，看來朝廷不會再繼續查了。」

范建看了他一眼，苦笑說道：「本來陛下就不想查了，如今又多了這麼好用的一個理由，怎麼捨得不用？」

范閒也苦笑了起來，半晌後，對范建認真說道：「父親大人，初一的時候，我要進祠堂。」

范建並不如何吃驚，從皇帝正式授予范閒澹泊公開始，他就明白了皇帝的想法，只是平靜說道：「這件事情，我要入宮問清楚。」

第二十二章　歸宗

正如抱月樓上那些人曾經說過的一樣，京都已經太平了近一年，最大的原因自然是因為范閒被放逐到江南。

而隨著范閒的返京，平靜的京都再也無法保持表面上的平靜，一方面是他這個人恰好堵在諸般勢力的對沖點上，一方面也是因為他做事的風格和所謂的詩仙面貌完全不似，甚至比這慶國裡大部分權貴的風格都要厲狠太多。

山谷裡的狙殺、京都夜裡的刺殺、某些人悄無聲息的死亡、某些官員大受屈辱的入獄，一樁一樁，讓京都權貴們再一次深切地感受到范閒的力量和決心，讓他們想明白了，范閒在春光明媚的江南養了快一年，並沒有讓他的心性變得溫柔太多。

范閒回京，震驚之事接連發生。

最近的一樁事情，便是北齊朝廷腆著臉湊過來，很無恥地表示了對范閒的愛意，異常噁心地批評南慶朝廷沒有把范閒的安全保護好！

滿京皆荒唐，皆憤怒。

換成另一種表述，這是慶國內政，什麼時候輪到這些北齊的腐儒來吱聲？可是北齊人就是吱了聲，還吱得格外大聲。

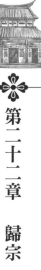

范閒一下子就被推到風口浪尖上，雖說聰明的人們並不相信他與北齊有什麼見不得人的勾結，因為北齊的這手段太幼稚，可是……慶國的權貴、百姓們心頭還是有些不舒服，相當的不舒服，投往范府的眼光便有些複雜。

這件事情的風波還沒有平息，只不過是兩日之後的大年初一，整個京都又因為另一件和范府有關的事情，變得惶恐了起來。

天上根本一絲亮光都沒有。

范閒坐在馬車上，揉著有些發澀的雙眼，心裡想著，祭祖用得著這麼偷偷摸摸？昨天是除夕，一家人打了通宵麻將，范思轍和林婉兒瓜分了全家人的財產之後，牌局方終，可是一家人就馬上上了馬車，出府而去。

一路上都有范氏大族的馬車匯到一處，雖然各房裡都平靜著，可是這麼長的車隊，陣勢確實顯得有些大。

范閒心裡有些隱隱的興奮與緊張，他是頭一次祭祖，所以不清楚祭祖應該在五更。因為去年范府祭祖時，自己與婉兒待在園中，隱約記得應該是下午才對。

他看了一眼身邊沉沉睡著的范思轍，忍不住笑著搖了搖頭，在自己的馬車上，想來慶國沒有哪個衙門敢不長眼來搜索范思轍這個欽犯。

想到今天自己終於可以入祠堂，他的笑容一直浮現在臉上，無法褪去。他也不清楚父親入宮是怎樣和皇帝談判的，但到最後，很明顯那位皇帝老子無奈點了頭，太后也保持了沉默。

說來也是，既然皇室不能給自己一個名分，難道還想讓自己一輩子都沒個靠得住的姓氏？

范閒冷笑著，其實他能猜到父親與皇帝談判的結局——皇帝封自己澹泊公，在他看來已經給足了交代，而且眼下的局勢，皇帝也確實需要范閒明確一下身分，免得把自己幾個兒子爭家產的買賣搞得更加複雜——監察院的削權是遠遠不夠的，范閒要想一直在權臣的路上走下去，首要的便是搶先把自己從皇子們的隊伍裡摘出去。

車隊不知道行了多久，又在城門處等了一會兒，等城門甫開，便被兵士們視若無睹地放了出去。

沿著官道一路向西，終於進入了范閒曾經來過的那個田莊，范氏的祖業。

三十幾輛馬車依列停在宗族祠堂的外面場壩上，早有田莊裡的人們前來接應，年年如此，都已經極為熟練。提供給女眷們暫坐的竹棚早已搭了起來，柳氏、林婉兒、思思，還有其他幾房裡的長輩婦人都被接到了院子裡歇息。

如今的范族族長，戶部尚書范建站在宗族祠堂的臺階下，身上穿著三色交雜的正服，平靜看著眼前的一切，然而心裡卻湧起一股溫暖和快意。

自己替陛下養了個兒子，終於養成了自己的兒子，這算不算是人生當中最成功的一日？

范族各房裡的頭面人物都已經下了馬車，依著輩分序次站在祠堂之外，他們拿眼偷望著首位的族長，各自心裡有著複雜的情緒。想三十年前，范族就已經是京中大族之一，而范建這一房只是偏房弱門，如果不是出了那一位老祖宗，抱大了如今的皇帝與靖王，范建今時今日又如何能成為族長？

只是范建成為族長之後，對族中的人員約束極嚴，本身的官也越做越大，族中無人敢不服，更何況如今范府裡又多了一位叫范閒的人。

各自分發了祭祖所需的常服，寧香點了起來，祭物已經準備好了，常侍祠堂宗廟裡的那位僧侶恭敬地鋪開一排氈毯，緩緩將祠堂的大門拉開。

吱的一聲，黑木所做的大門拉開，內裡一陣寒風湧出，似乎是范氏的祖先們正冷漠地注視著後代。

范族上百男丁低首，排列。

此時眾人身後的一輛馬車打開了車門，穿著一身布衣的范閒沉穩地走下車來，順著石階下范建的手勢，緩緩在兩隊男丁中間，往前行去。

祠堂前的氣氛本來一片肅穆，那些范族的男丁們大氣都不敢吭一聲，唯恐驚動了祖先們的先靈。然而，當他們看到了馬車上走下來的那個男子時，依然忍不住瞪大了驚恐意外的雙眼，張大了嘴，發出無數聲驚嘆。

而排在最後方，那些約莫十幾歲的少年郎們，看見范閒後，更是嚇得不輕。這是當年在抱月樓外被范閒砸斷了腿，在范府中被柳氏打爛了屁股的可憐小霸王們。

范閒也來祭祖！這些范族的小霸王們嚇得雙腿直抖。

范閒平穩地往前走，漸漸要接近祠堂的石階，然後看見石階下，范建似乎正在與幾位老者低聲爭執著什麼。那幾位老者，范閒平素裡也是見過的，知道是范族裡德高望重的長輩，有一位自己似乎要叫伯爺……

那位范族裡輩分最高的伯爺滿臉憂色，對范建輕聲說道：「亦德……此舉不妥。」

范建微笑著，說道：「二伯，有什麼不妥？」

那位伯爺眼中滿是驚恐，壓低聲音說道：「這孩子……這孩子……」他忽然住嘴不提，難道要他當著族長的面說「你兒子又不是你親生的」？可他依然驚恐。

他身前身後的那些范族長輩們也驚恐不定，他們都沒有想到今年祭祖搞出這麼大陣仗來，完全是因為府上悄悄把范閒帶來了！

眾人七嘴八舌地說了起來，雖不敢當著范建的面明言，可是都隱約表示了自己的擔心，只是聲音不敢太大，怕驚動了祠堂裡的祖先們。

眾人心頭不服，心想又不是我范家的子孫，憑什麼來祭祖？而他們更害怕的是，這范閒是龍子龍孫，今兒歸了范家，太后和皇帝會不會不高興？

然而范閒沒有給這些長輩們開辯論會的機會，已經走到父親的身前，先是向諸位長輩極恭敬地行了禮，然後便站到父親的身邊。

范建微笑著，指了指隊列中的某一個位置，說道：「你的位置在那裡。」

見族長不聽，沒有人再敢表示反對，因為范族裡的這些長輩們，其實更害怕范閒身上所帶的那種味道。

「祖有功，宗有德。」

「萬物本乎天，人本乎祖。」

祠堂內外白煙繚繞，器物上呈，男丁們依次叩拜，在一聲起、一聲落的吟唱裡，范氏宗族的祭祖平穩地進行著，只是人們總是忍不住會偷偷看范閒幾眼。

范閒已經在祠堂裡跪過、拜過、磕過，此時又站到一旁，看著漫天的紙花、遠處山頭上的積雪，有些發呆。他知道自己的名字終於可以記錄在范氏的族譜上，一時間內心深多了一抹光亮的顏色。

范思轍在馬車上對著祠堂所在的方向磕頭，他不方便下車。

范閒站在馬車旁，忍不住嘆了口氣，心想自己重生一世，在北齊燕山的山洞裡，在垂死肖恩的面前，認可了自己對這個世界的歸屬。而今日在范氏的祠堂前，終於再次確認了自己對這個世界的歸屬，自己的生命，終於打上了揮之不去的烙印，與這個世界緊密地連在一起，再也分不開了。

晨光早至，田莊裡的白霧與祠堂裡的煙霧混作一塊，再也分不開了。

當范閒站在范族祠堂外的馬車旁喟嘆時，幾乎在同一時間，跨越半個慶國的疆土，江南蘇州城外那座天下最大的莊園之一裡，那個修葺得比范族祠堂還要高大威嚴的祠堂外，夏棲飛跪在祖宗的牌位前無聲哭泣。

不，應該說是如今明家的七少爺，明青城，在祖宗們的牌位前顫抖著，讓淚水沖洗著自己的臉。

明家當代家主明青達，用一種很複雜的眼神，望著左下方哭泣的明青城，自己自幼離家出走的七弟。

明蘭石站在明四爺的下列，看著這位從來沒有機會進入祠堂祭祖的「七叔」，臉上保持著平靜，內心深處卻充滿了挫敗感。

明四爺早在半年前就被蘇州府放了出來，從那以後，他就開始與夏棲飛綁在一起，處處與明家作對。毫無疑問，那次未遂的暗殺事件，讓這位明四爺對於明家家主已經死了心。

如今明家的情況很困難，用來流通的銀兩太少，只好向外伸手。雖說如今招商錢莊提供了極大的幫助，可是如果行東路和海上的生意沒有太大的好轉，再繼續借銀子，這……

就會有太大問題；而且家族內部，如今又多了另一個勢力，姨奶奶的兒子們自然站在明四爺的身邊。

想到此節，明蘭石便很痛恨遠在京都的那位欽差大臣，如今的局勢，都是那人一手造就，包括夏棲飛今日入祠堂祭祖，認祖歸宗，也是當年達成協定裡的一環。

明蘭石不清楚父親為什麼會答應范閒這個要求。

夏棲飛抹去臉上的淚痕，跪在地上，對著列祖列宗的牌位，用只有自己才能聽到的聲音輕聲說道：「父親，母親……那個老妖婆已經死了，兒子終於回來了。」

他自幼被明家趕出家門，無數次死裡逃生，哪怕後來成為江南水寨的寨主，也只是想著有一日能夠憑藉血火武力復仇，但他自己卻只能成為一個孤魂野鬼，從來不敢奢望……自己居然可以光明正大地重返明家！

如今的他，已經不只是江南水寨的寨主，更是不為人知的監察院四處駐江南路巡查司監司，他已經是夏明記的大東家，負責內庫貨物行北齊一路的行銷，而此時……他又獲得了明家七少爺的身分，將來明家龐大的家產總有他的一份。

甚至……有可能全部是他的。當然，夏棲飛心裡明白，就算日後明家成了自己的，可自己的，也就是范閒的。自己眼下所獲得的一切，都是范閒雙手贈予，夏棲飛是個知恩圖報的人，也是一個知道分寸、並沒有太大野心的人。

只要能復仇，能回到明家，那一切都好。

早已沒有當年狠勁的明四爺上前，將他扶了起來，安慰說道：「七弟，只要回來了就好。」

「謝謝四哥。」夏棲飛站起身來，對著明家家主怔了怔，旋即笑了笑，說道：「大哥，那我先出去了。」

明青達微微一笑，走近了幾步，湊到他耳邊，用只有他們兩個人才能聽到的聲音輕聲說道：「七弟，時日還長，今天就不留你用飯了。」

這是范閒離開江南前，強力逼明青達所應承下來的事情，今日他既然已經做到了，對夏棲飛自然沒有太多好臉色。

夏棲飛冷笑一聲，知道明青達話裡隱著的意思。江南、明家，現如今已經分成了兩片，而至於將來誰執牛耳，終究還是要看京都裡、宮裡鬥爭的輸贏。

明青達這一年裡一直隱忍，用盡一切手段，拖延著范閒的鐵血手段，為的就是爭取時間，等待著京都裡的反撲，而他相信，已經不用再忍太久。可夏棲飛的想法與明青達恰好相反，他也在等，他等著范閒全盤勝利的那一天，他從來不相信，范閒會失敗。

走出明氏祠堂的大門，夏棲飛看了一眼園子裡面色各異的族中子弟們，臉上流露出一絲自嘲的笑容，想來這些族中子弟，沒有幾個人真把自己當明七爺看吧。

明四爺一直跟在他的身邊，輕聲說道：「雖說我們這邊已經有三個人了，可他畢竟是家主，有些事情是瞞不過他的。」

「生意上我們不要管。」夏棲飛的眼角殘留著淚痕，他平靜說道：「園子裡的護衛能摻多少人就摻多少人，我會派人盯著，如果大勢定後，他還想苟延殘喘，就不要怪我們下重手。」

明四爺吃了一驚，皺眉說道：「可不要胡來，全江南都盯著明園，就算是小范大人也不敢做這等事情。」

夏棲飛怔了怔，沒有再說什麼，向明園外走去。

園外馬車旁，斷了一臂的關嫵媚正等著他，她看著夏棲飛臉上殘留的痕跡，知道他今日定然受了極大的情感激盪，強壓激動說道：「恭喜首領。」

「嗯？」夏棲飛笑了笑。

「恭喜表哥。」關嫵媚溫和笑道：「恭喜明七爺。」

大年初一，京都王府，二皇子正一面喝茶，一面與葉靈兒下著圍棋，忽聽得書房外傳來一陣急促的腳步聲，不由得微微皺了皺眉頭。雖說他如今在京都裡的勢力都被范閒拔得一乾二淨，但正如在抱月樓裡說過的那樣，他根本不著什麼急，因為這些都只是枝節問題，范閒一日動不了自己這個皇根兒，日後總是要輪到范閒著急的。

管事叩門而入，也顧不得葉靈兒正在座上，急惶湊到二皇子耳邊，將剛才聽到的那個驚天消息說了出去。

二皇子的臉色馬上變了，兩根手指拈著的那顆黑色啞光棋子落下，落在了茶杯之中，發出了噗的一聲苦悶聲響。

管事出去後，葉靈兒笑著問道：「又出了什麼事？」

在這位未滿二十的年輕皇妃看來，自己的夫婿被自己師父打得越慘越好，最好是打得他心灰意冷，再也不去理會那把龍椅的事情。

范閒在京都打老虎，葉靈兒在王府裡偷著樂，此時看著夫婿臉色有些震驚，以為范閒又做了什麼事情，所以並不擔心，反而有種看好戲的衝動。

二皇子許久後才緩解心中的震驚，看著妻子愕然說道：「范閒他……今日祭祖去了。」

第二十三章　君臣之間無曖昧

葉靈兒啊了一聲，直接掩住嘴脣，吃驚得說不出話來。雖說范閒入京後的那段日子裡，她天天在范府廝混著、在蒼山上打麻將，對於這位年輕師父的心志有所了解，可是怎麼也沒有想到，在如今這當口，范閒竟然會如此勇敢地選擇了歸宗。

二皇子看了她一眼，苦笑說道：「我在想，范閒是不是發了瘋。」

「為什麼這麼說？」葉靈兒那雙如玉石一般的眸子裡閃過一絲疑惑。既然范閒敢去祭祖，定是太后與皇帝都默許的事情，為什麼自己的夫君還認為范閒是在發瘋？

二皇子搖了搖頭，說道：「對於如今的范閒來說，本身就只有四條路可以走，而他今日選擇歸宗，直接堵死了兩條路。」

葉靈兒沒有開口繼續問，安靜地聽著。

二皇子思忖了少許後靜靜說道：「他如今手頭的權勢太大，得罪的人太多，孤臣之勢已成……對於他而言，將來在慶國，不是和我們這些人搶一搶那把椅子，要不然就是扶植老三上臺，而自己隱在幕後，做一位攝政的王爺，只有這兩條路，才能保證他的家門安寧，不受翦除。可是他如今歸了范氏，便自然斷了繼位的可能，想用皇族子弟的身分攝政，也不可能。」

葉靈兒皺眉說道：「就算他不認祖歸宗，可是以他的身世，不說陛下可不可能允許他繼位，至少整個皇族和朝廷裡的士子們，都不會同意，這第一項，本身就沒有什麼可能。」

「什麼是可能？」二皇子說道：「他一天不歸范氏，就有被宮裡重新接納的可能，加上他手頭的權力，誰敢說他要爭這天下沒有可能？」

「那第二項呢？」

「一位攝政王爺，或許能夠讓宮裡的貴人和宮外的皇族、軍方保持沉默，只要他姓李……可是一位姓范的權臣，要挾天子以令諸侯，這就……不可能。」

二皇子平靜說道：「所以范閒今天歸宗，直接斷了前面說的這兩條路，我不明白他究竟在想什麼。」

「還有兩條路是什麼？」葉靈兒看著他臉上的莫名神色，忽然覺得一陣寒意湧上心頭，關切問道。

二皇子停頓了片刻後說道：「將來父皇百年之後，不論是誰登基，只怕都會對范閒和范氏一族進行大清洗，如果不清洗，誰也沒有把握能夠完全控制住大局。」

這正是在抱月樓中，二皇子對范閒說過的那些話。但是他一直以為范閒會逐漸往皇族裡融入，爭取一個明面上的地位，不論是范閒自己去搶龍椅，還是幫三皇子，都是可行之途。

以范閒如今的實力，以及他身前身後所連帶影響著的那些老傢伙們，沒有一個新登基的皇帝能夠放心看著他活下去。

「所以很多年後，范閒只有兩條路可以走。」二皇子皺緊了眉頭，百思不得其解。「要不然就是束手待縛，滿門被抄斬，就如同當年的葉家。」

他頓了頓，有些疲憊說道：「要不然……就是憑藉他手中的權力造反，叛出國境。」

他自嘲笑了起來。「當然，他手中的權力都是紙，掀不起多大風浪，父皇是個謹慎的人，范閒手中沒有軍隊，就永遠不可能真正的成氣候。」

葉靈兒一驚，細細品味他說的這幾句話，發現如果以後的局勢真的這樣發展下去，自己那位師父果然不可能會有什麼好下場。

她的小臉微微漲紅，說道：「你忘了一個可能性，如果真是三殿下日後繼承大寶，以他和范閒的師生情誼，並不見得會讓事情發生到不可挽回的地步。」

二皇子笑了起來。「這話我對范閒也說過，老三年紀雖小，不過我可是看著他長大的，這小子，哪裡又是省油的燈。更何況，在什麼樣的位置上，就要考慮什麼層級的事務，有些時候，不是你我不想做，就可以不做的。」

他平靜說道：「而且不要忘了，太子才是真正的接班人，很多人似乎有意無意間因為他的平靜而忘記了這件事情，但我相信，范閒是不會忘記的。」

「最重要的是——」二皇子緩緩低下頭。「不論是誰繼承大位，我們那位父皇在離開這個世界前，會眼睜睜看著范閒繼續集合了一大幫老怪物的實力，從而給他的繼任者帶來無限麻煩？這個國度是父皇的國度，他不會讓這個國度太亂，哪怕他死了也一樣。」

妄論皇帝生死，不管二皇子是子還是臣，都已經犯了大忌諱。葉靈兒咬著嘴脣，沒有接話，轉而問道：「可這又不是范閒想過的生活，這是朝廷裡那些長輩們安排的，如果你是范閒，你又能怎麼做？」

二皇子怔了怔，片刻後自嘲說道：「我也不知道會怎樣做，大概和他現在的情況差不多。只是天下之爭，不進則死，既然他親手放棄了前兩條路，那就應該退得徹底一些。如果我在他的位置上，這個時候，我就應該進宮請辭了，不論是監察院還是內庫，他總要放一個出來……然後……純從理智上講，他應該表現得和緩一些，暗中向著我這邊靠一靠。」

葉靈兒看著他。

二皇子認真說道：「這是最明智的選擇，想必他自己心裡也明白，我，是敢接受他的；而姑母，畢竟是他的岳母，有婉兒這層關係在，不見得不能盡釋前嫌。」

葉靈兒搖了搖頭，嘆了口氣，她知道自己的家族，那些遠在定州的軍隊，早已因為這門婚事，而成了奪嫡戰中的一個砝碼，如果再加了范閒，自然……可她不想理會這些事情，忽然間覺著有些頭痛，難過地皺緊眉頭。

二皇子站起來，看著窗外的淡淡天光，出神說道：「范閒如果不轉變，日後只有走入死局。他若有勇氣轉變，或許眼下會吃很大的虧，可將來卻可以為他和范氏謀取更大的好處和更穩定的和平，這都要看他怎麼想了。」

他最後有些無奈地低下頭。「不過……這兩年裡早就證明了，范閒他是一個不按常理行事的瘋子，所以我沒有這種奢望。」

在慶國絕大多數人看來，范閒那張溫柔可親的外貌下，確實逐漸透露出幾絲瘋狂凌厲之氣，不是說京都裡的夜戰殺人擒人，而是讓京都震驚的歸宗一事。

五更冷時，范氏祭祖開始。

午時，這個消息就已經傳入了各大府邸，一時間，不知道有多少人在猜忖著事態後續的發展變化，在猜測著范閒對今後朝中權力的窺視與欲望的漲落。

就如同二皇子一樣，沒有人能想明白范閒究竟為什麼要這樣做。雖然說以往他只是頂著一個皇帝私生子的身分，根本看不到一絲入主宮中的希望，可是私生子的身分畢竟也是個身分，只要一天沒有焊死，便一切皆有可能，更何況這個身分在日後一定能起很大的作用。

很久以前，陳萍萍就曾經想過，一旦太后不在了，范閒也不是沒有重新列入皇子隊伍中的可能性。

而范閒今天搞的這一齣，終於在自己的名字烙下了范氏的烙印，斷絕了姓李的可能，在絕大多數人的眼裡，就顯得有些愚蠢或者說是衝動。

便是在重重深宮中，這個消息也驚住了許多貴人們的心。

淑貴妃正在用娟秀的小字抄錄著范閒送過來的天一閣善本，聽著宮女的回報，有些納悶地搖了搖頭。

寧才人正在她那個小院裡圍著樹打轉練劍，聽到這個消息後，臉上光芒一現，讚了范閒一聲有骨氣。

漱芳宮中，宜貴嬪正在看著三皇子練字，聽著醒兒小聲的說話，微微一笑，沒有說什麼，只是看著自己兒子的眼色複雜了起來。

半晌之後，她將兒子拉到簾後，對著他輕聲說出了今天京都裡最大的那個消息，說得極其認真和嚴肅。三皇子悚然一驚，小小年紀卻馬上明白了許多事情，范閒歸宗，其實很大程度上是為了自己。

宜貴嬪最後認真說道：「平兒，你要牢牢記住，范先生為你所做的一切，如果日後你敢做出那些事情來，母親饒不了你。」

三皇子低下頭，沒有說什麼。

廣信宮中，一直幽居於此、不怎麼方便出宮的永陶長公主最先得知了這個消息，這位美麗的女子在稍微怔了怔之後，便笑了起來，所謂一笑百媚生，便是如此，竟將宮內宮外那些白幔清光、紙花玉樹的光采全都壓了下去。

宮女小心翼翼問道：「公主為何如此高興？」

永陶長公主緩緩斂去笑容，輕柔至極說道：「本宮忽然覺得，我那女婿真是位可人兒，識分寸、懂進退，說來只與他見過一面，真是可惜……明日安排他與婉兒進宮，本宮要瞧瞧這兩年不見，小范閒是怎麼成長得如此迅速。」

宮女一怔，心想小范大人此舉明顯是衝動有餘，利害考慮不足，難道長公主是因此而高興？可是看長公主的臉色，明明確實是極為欣賞小范大人的舉動。

含光殿裡，太后正摳著念珠碎碎唸著什麼，洪四庠佝著身子服侍在一旁。許久之後，太后嘆了口氣，說道：「那孩子也算識大體，不容易了。」

洪四庠微嘶說道：「小范大人不錯。」

皇宮後方那座清幽的小樓裡，慶國的皇帝一身黃袍，負著雙手，看著畫中那位黃衫女子微微出神，半晌後輕聲說道：「我們的兒子確實更像妳一些，很驕傲，並不是我不想讓他回來，只是他不想回來……姓范也好，當年妳和亦德曾經以兄妹相稱，就算隨母姓吧。」

一陣寒冬微風穿樓而入，掀得那張畫微微飄動，畫中黃衫女子清麗面容稍一扭曲，便像是脣角泛起一絲嘲諷的笑容，似乎是嘲笑皇帝說出來的話，只怕連他自己都不信。

大年初一的下午，范閒坐在前往靖王府的馬車上，這是許多年來，范府與靖王府之間的老規矩，年後總要擇一日，兩府人聚在一起熱鬧一下。范閒離開澹州三年，也早習慣了自家與靖王府之間古怪的親密關係。

雖說李弘成很悽慘地被禁足一年，這是范閒弄出來的好手筆，但范閒也清楚，這實際上是靖王狠手決斷，防止自家王府被拖入奪嫡一事，兩邊府上並沒因為子姪輩的那些戰爭而影響到感情。

馬車微顛，林婉兒出神看著范閒，半晌沒有說話。

范閒笑了。「有什麼想問的就問吧。」

「我在想，今天京都裡一定都在議論你。」林婉兒一笑說道：「都在罵你是個蠢貨。」

范閒笑得更開心了，忽然間又沉默下來，半晌後看著妻子的雙眼，認真說道：「我能瞞天下人，我不瞞妳。」

林婉兒微微一笑，正視他的雙眼。

范閒平靜說道：「其實原因很簡單，只有兩個。一，我從來都是把自己看成范閒，我是奶奶從小養大的，我不會再接受別的姓氏，歸宗祭祖，我一直願意，所以我去做。」

林婉兒溫柔地靠在他的臂膀上，覺得他的體溫與氣息很溫和純淨。

「第二，不論是在江南表明支持老三，還是在京都裡大殺四方，以至於今天認祖歸宗，我都是在明志。」范閒低頭，看了林婉兒圓潤的臉蛋一眼，溫和說道：「澹泊以明志，寧靜以致遠，要想致遠，就必須明志。」

「明什麼志？明志給誰看？」
范閒沉默了，想到了皇宮裡與皇帝的那番對話，澹泊公啊澹泊公……
「我不想當皇帝。」他平靜說道：「當然是給陛下看。」
林婉兒擔憂地看了他一眼，雖然沒有說什麼，但范閒知道她早就已經看到了將來，自己有可能面臨，甚至是范府有可能面臨的滅頂之災。
「逆流而上，不進則退，船傾人亡，這個道理我是懂的。」范閒微微偏頭。「似乎所有的形勢都逼著我應該去爭一爭，可是陛下卻警告了我，我只好不爭了。」
他笑著說道：「順流而下，終究還是舒服些，這天底下我沒有幾個怕的人物，可是對妳舅舅，我那個便宜老子，還是有些害怕。」
林婉兒笑了起來，但笑意裡依然有些憂慮。「可是將來呢？」
「將來？」范閒說道：「陛下至少還能活二十幾年。我用一個不可知的將來的危險，換取了二十幾年的太平，或者說二十幾年陛下的信任，這個買賣，是很划算的。而且我不能曖昧，必須斬釘截鐵地表現出自己的態度與心志，哪怕是站在老三的身後，也不足以說服很多人。」
范閒揉著自己的眉心，有些疲憊說道：「男女之間可以搞搞曖昧，君臣之間這麼搞，那就容易死人，我相信陛下一定喜歡我的決斷。」
他還有句話沒有對妻子說，所謂曖昧，必然是雙方面的，所謂決斷也是互起作用的。今天認祖歸宗，是他向皇帝表示赤誠，也自然看清楚了……皇帝不想讓他接這個天下。
這個事實，讓范閒有些放鬆，而放鬆之後，卻多了一絲深深的隱憂，憂不在當下，而在當年。正如陳萍萍在那個夜裡確認的那樣，范閒也終於確認了，皇帝有疾，有心疾。

馬車停在靖王府的門口，早有下人在府外候著，將范府來的貴客們接入王府中。

范閒領著林婉兒跟在范建、柳氏身後，邁步而入。

一眼望去，府中園景依舊，只是湖那邊的白幔卻沒有懸起來。想來也是，今時是冬日，怎會掛幔遮光？只是側頭看著身旁溫婉無比的林婉兒，范閒依然想起了初戀時的辰光。

一個充滿了恚怒喜悅等諸般複雜情緒的蒼老聲音響起，把范閒從難得的短暫美好時光中拉出來——

「你個小狗日的，還知道來看老子！」

靖王怒氣沖沖瞪著范閒，但那雙瞪得極大的眼睛裡，不知為何，卻流露出一絲傷感與懷念。

第二十四章　記得當時年紀小

湖對面的亭上還殘留了一些雪塊，薄薄地分成了無數白片，就像替深色的亭子打上了很多補丁。京都雪在臘月二十九便停了，三天內，靖王府內的僕役們早就將湖這面草地上的雪掃得乾乾淨淨。

只是天寒地凍，草地上自然沒有什麼新鮮嫩活的草尖，有的只是死後僵直著身軀的白草，偏生卻沒有什麼人打理，看上去顯得有些荒蕪。

范閒安安靜靜地跟在靖王的身後，往園子的深處行去，眼光卻在靖王微佝著的後背上看了兩眼。

入王府之後，范建出面，擋住了靖王的汙言攻勢，熱鬧了一番，但連柔嘉郡主和李弘成都還沒看見，靖王便忽然提出讓范閒跟自己去走走。雖然范閒不清楚靖王這個提議有什麼意圖，但看父親暗暗點了頭，便也隨他去了。

一路行來，園中並無太多景致，就連靖王日夜侍弄的那幾畦菜地，也是幾攤亂泥而已。偏生靖王行在前方不說話，范閒也只好沉默跟著，一邊打量他的背影，思緒卻早飄到了別的地方。

這位王爺不尋常。史書上也曾見過這等自斂乃至自汙的荒唐王爺，可是像這位靖王做得如此乾脆，實實在在對於權力沒有一絲渴望，實在少見。

尤其是這一副蒼老的模樣，不知道當年是經歷了怎樣的精神打擊。

一老一少二人便在菜地邊停住腳步，靖王嘶著聲音說道：「第一回見你，就是在這菜園子裡。」

范閒想到那個詩會，想到萬里悲秋常作客，想到自己當時滿腦子意淫菜地裡有一位語笑嫣然的白衣女子，卻看到了一位農夫……便忍不住笑了起來，應道：「王爺總是喜歡戲耍晚輩。」

「這京裡的人，不只我一個人種菜。」靖王說道。

范閒一怔，心想這不是一句廢話？京都雖然富庶，但依然有許多窮苦百姓，這些百姓們在院角牆下整治些菜地，補充一下日常的飲食，是非常常見的事情。但是靖王既然這麼說，自然有後文，於是他安靜聽著。

「秦家那個老傢伙也喜歡種菜，只不過他只種白菜和蘿蔔。」靖王唇角帶著一絲譏誚說道：「當兵的傢伙，只知道填飽肚子，根本不知道種菜也是門藝術。」

范閒心頭一驚，細細品咂靖王的這兩句話，一時間不知如何應答。

靖王走入爛泥一片的菜地裡，雙手扠著腰，看著四周荒敗景致，沉默半晌後說道：「你查清楚，山谷裡的狙殺是誰做的嗎？」

范閒緊緊地閉著嘴，如今的他，當然知道山谷裡的狙殺是軍方那位老殺神秦老將軍一手安排。問題是，這是如今慶國最大的祕密，除了陳萍萍與自己之外，想來沒有幾個人知道，而靖王先談秦老將軍種菜，此時又說到山谷狙殺的事情，難道是在暗示什麼？

可是……靖王常年不問政事，與朝中文武官員們都沒有什麼太深切的往來，他……憑什麼敢說山谷狙殺的事情是秦家做的？

只是靖王沒有說明，范閒也不知道自己猜想的是不是正確，而且自己也不可能把秦家的事情告訴對方，因為那涉及一個最深的死間，只得苦笑說道：「朝廷一直在查，院裡也在查，只知道一定和軍方有關，只是那人證已經死了，根本沒有線索。」

靖王回頭看了他一眼，似乎有些意外於他的無動於衷，以為這小子沒有聽明白自己的意思，惱火地哼了一聲。「蠢貨！」

范閒苦笑，心想這種事，可不得裝裝蠢？

「城弩是葉家的。」靖王盯著范閒的眼睛。「但你不要忘了秦家。」

靖王這話說得太直接了，范閒想裝也無法再裝，心中在狐疑之外也是格外感動。這老傢伙，對自己也太好了些吧。他皺眉說道：「我和秦家沒仇。」

靖王哼了兩聲，沒有繼續說什麼，抬步出了泥菜地，再往園子深處走去。

范閒看著他的背影，隱約猜到了一點兒，靖王之所以敢推斷出秦家會出手，肯定是從當年的事情推斷出來。只是秦家和當年太平別院血案的關聯……這可是父親大人都不知道的祕密，就連陳萍萍，也是在那之後，又查了十幾年才查到的。

靖王為什麼知道？

想到此節，范閒心中熱血一湧，再也顧不得那麼多，直接趕上前去，抓住了靖王的袖子。

靖王一怔，緩緩回頭。

范閒望著他，極為誠懇說道：「當年究竟是怎麼回事？為什麼天下沒有誰知道秦家參與當中？為什麼京都流血夜的時候，這件事情沒有被掀出來？」

「你問的太多了。」靖王嘆息說道：「雖然我只是個不務正業的閒散王爺，但你記住，我畢竟也是皇族的人……至於我為什麼知道你身後那兩個老傢伙都不知道的事情，道理很簡單，因為當年我年紀還小，還跟在母后身邊。」

靖王的眉角抖了兩下，露出很促狹的笑容。「年紀小，總是喜歡到處躲迷藏，所以有時候很容易聽到什麼內容，至於偷聽到了什麼內容，這麼多年裡，也沒有別的人知道。」

范閒苦笑，欲言又止。王爺肯點出秦家，已經算是對自己異常愛護，可是那件事情如果涉及到太后，那可是王爺的親生母親，怎麼還能說下去？

「雲睿那時候年紀小，這件事情和她沒關係。」靖王沉默一陣子後忽然說道：「這一點，我還是想和你講清楚，你自幼便跟著范建和監察院，學會了很多，但有很多事情，也變得可笑起來。」

此時老少二人站在寒冷的田壟上，不遠處便是靖王府的牆，牆外便是京都一成不變的淒冷天空，而范閒聽著身旁靖王說的話，心頭卻是溫暖無比。

「什麼事情？」

「不論是陳萍萍那條老狗，還是你父親，都是玩弄陰謀的高手，所以他們總喜歡把事情搞得很複雜，而且……最關鍵的是，他們誰都不信，而且最不信任的就是彼此。」靖王冷笑說道：「這是最愚蠢的事情，陳萍萍以前甚至還懷疑過雲睿，也不想想，那時節，雲睿才多大年紀。」

范閒苦笑，父親與陳萍萍之間的相互猜忌與防範，自從母親死後便一直存在，越來越深，直至自己入京後才好了起來。

「我把老秦家的事情嚇了這麼久，今天講給你聽，不是要你去報仇。」靖王平靜地說道：「我只是覺得你得罪軍方已經夠多了，而我們慶國本來就是以軍立國，如果你不知道自己在軍中真正的敵人是誰，我擔心你會隨便死去。」

「隨便死去」四個字，靖王說得很沉重，他已經不想再有誰這樣隨隨便便死去。

范閒一揖及地，然後直起身子，問出了一個他最關心的問題——

「王爺，您為何對我這般好？」

靖王聽著這話，忽然怔了，怔了許久之後，忽然笑了，笑聲越來越大，越來越尖，越來越淒厲，直笑得他肚子都痛了起來。他蹲在田壟上，捂著小腹，半晌都抬不起頭來。

范閒心頭微亂，有些木然地站在一旁，看著身邊的這位王爺，看著他頭上與他實際年齡完全不相符的花白頭髮在寒風裡飄拂著，看著他眼角因為笑容而擠出來的淚水。

許久之後，靖王直起了身子，皺眉想了半天後說道：「我也不知道。」

然後他走下了田壟。

范閒依舊沉默地跟在他的身後。

「皇兄和我都是由姆媽抱大的。」靖王平靜說道，臉上早已回復了往常的滄桑與寧靜。「那時候的誠王府並不怎麼起眼，在京都裡也沒有什麼地位，所以皇兄與我還可以四處玩耍，你父親當時也天天跟著我們，再加了宮……公中請來的伴讀陳萍萍，我們四個人天天混在一起，我年紀最小，當然最受欺負。後來皇兄、范建和陳萍萍去姆媽的老家澹州玩耍，回來後就樂滋滋地說，在那裡認識了一個很有趣的姑娘。」

靖王笑了起來。「後來沒過多久，那位姑娘便到了京都，找到了誠王府。」

范閒也笑了。「那是我母親。」

「是啊。」靖王悠然思過往。「記得當時年紀小，我天天纏著你母親玩，嗯，當時我叫她葉子姊……你母親很疼我的，所以哥哥再也不可能讓陳萍萍來欺負我了，這樣很好。」

一老一少邊說邊走，不一時來到了一間書房的外面，范閒雖然有心多聽靖王講些舊事，但依然將注意力放到書房中，因為這間書房明顯少有人來，靖王日常喜歡種菜，自然不喜歡讀書。

靖王推門而入，嘶聲說道：「坐。」

范閒也不拂座上灰塵，很安穩地坐下來。

靖王在書櫃裡翻了半天，終於翻出一本厚書，然後遞給范閒，說道：「看。」

范閒一怔，雙手接了過來，一看封皮，是農藝講習，不由得納悶地看了靖王一眼。

靖王沉默了片刻後說道：「關於你的母親，我沒有什麼太多的話可以說，你問我為什麼對你這麼好……其實不對，我對你不夠好，至少我被他們瞞了將近二十年。」

靖王緩緩走出書房，用微佝的背影對著范閒，聲音有些頹喪：「我一直以為她沒有後人。」

范閒坐在滿是灰塵的椅子上，隨手翻閱著那本厚厚的農藝講習，心裡卻在想著靖王先前說的話，其實他能隱約捕捉到靖王的心思，那一抹青澀的、苦澀的、不能宣諸於口、卻銘記終生的心思。

當一位少年初心萌動，身旁多了一位溫柔、美麗、無所不能、無所不包容的姊姊時，難免會有這樣的一場故事發生。

自己重生到這個世上時，已經是一個成熟的靈魂，但在前世，何嘗沒有過這樣的經歷？所有的男子，誰沒有過這樣的經歷？只不過正常的世人們，在成長之後，總會有真正甜美的果實，填補進自己的精神世界。

而靖王的正常成長經歷，很明顯被慶國的大歷史從中打斷了。葉家一夕覆滅，靖王卻不能怒，無處怒，故而早生華髮，身影微佝，只敬田園不敬宮廷。

范閒翻動著微微發黃的書頁，忽然手指頭僵硬了一下。

他看到了幾張薄紙，夾在厚厚的書中，心頭一動，快速地向後翻著，又翻出了幾張薄紙。

紙上的筆跡很陌生，又很熟悉，書寫人的毛筆明顯用得不夠好，筆畫直直愣愣，就像是火柴棍在搭積木。

紙上的內容，也並不出乎范閒的預料，上面記錄著某人對某人的某些建議，比如監察院，比如商賈事，還有幾張便條，是說今天想吃什麼，明天大家打算到哪裡去玩……

范閒笑了起來，對著那幾張紙自言自語道：「妳寫的別的東西，大概都被這天下人燒盡了，沒想到當年的小男生還留了幾張下來。」

他偏偏頭，又說道：「不過妳的字寫得真沒有我寫得好，而且盡將氣力放在大處，卻不放在小處，毛筆用不慣，就用鵝毛筆好了。對了，我在內庫那邊做了個小坊，專門做鉛筆，在這些事情上，我比妳要聰明很多的……」

沉默了片刻，范閒想了想，把這幾張紙收入懷中，想來靖王也需要這種解脫。他站起身來，臉上掛著恬靜的笑容，走出了書房。

靖王不在書房外，這王府范閒已經來過許多次，也不需要丫鬟帶路，負著雙手，搖啊搖著，便到了一排大房外面。這排房間攏成了一個獨立的小院，院門上卻掛著一把大大的銅鎖。

范閒看著這把鎖忍不住笑了起來，走上臺階大力叩門，喊：「再不來開門，我就走了啊。」

「別走！別走！」

院內傳來一連串急促的呼喊聲，有人急速跑了過來，大木門發出砰的一聲，想必是那人撞在門上，由此可以想見此人的急迫。

大門開了一道小縫，范閒瞇著眼睛往裡面看去，不由得嚇了一跳，發現對面也有一隻眼睛在往外面看。而那人眼角明顯有幾塊眼屎，頭髮也是胡亂繫著，看著憔悴不堪。

「見鬼！」范閒啐了一口。

「你才是鬼！」被關在房內的靖王世子李弘成破口大罵道：「還不趕緊把我撈出來！」

范閒看他也著實可憐，忍不住嘆了口氣，只是一口氣沒有嘆完，便又笑了起來，罵道：「王爺禁你的足，我怎麼撈你？」

「你給老頭子求情去！」李弘成已經快要被關瘋了，此時好不容易看到了一個不怕父王的傢伙，哪裡肯錯過，罵道：「你小子，還有沒有良心？你陰我黑我，用汙言穢語噴我，我都認了……可我被關了這麼久，你就沒點兒同情心？想當初你剛進京都的時候，我對你差了？妓院帶你去，姑娘任你泡……」

范閒堵著耳朵，聽著李弘成連番大罵，知道這傢伙著實太過悽慘，苦笑說道：「王爺關你也是為了你好，不然你若再出去和那幾個哥倆折騰，折騰到最後，也不見得有什麼好下場。」

「死便死了！」李弘成冷笑道：「總比被活活憋死的強。」

范閒退了幾步，看了看這院子的格局，忍不住瞠目結舌說道：「天老爺……該不會，你就一直被關在這院子裡……關了一年吧？」

李弘成怔了怔，啐罵道：「那不早得瘋了！平日裡只是不讓出府，雖說都是坐監，但王府這牢房總是大些。」

范閒揉著鼻子，點頭讚嘆道：「以王府為囚牢，心不得自由，世子此句，果有哲理。」

李弘成哀嘆道：「你小子就別刺激我了……本來我在王府裡聽聽戲也是好的，結果你小子一回京，就被人刺殺，又去殺人，我家那老頭子二話不說，立馬把我又關回了小院，你說我招誰惹誰了？」

范閒透過門縫看著李弘成可憐的模樣，心中也難免同情和歉疚，他當然清楚靖王府弄這麼一齣是為什麼，還不是靖王不想讓自己兒子摻和到那些事情裡。自己一朝回京，便對二皇子一系大打出手，如果李弘成還和二皇子綁在一處，誰知道自己會怎麼對付他。

「得得。」范閒看了看四周無人，小聲說道：「我把你弄出來，帶你去逍遙逍遙，不過你可得答應我，別去見那些傢伙。」

李弘成大喜過望，連連點頭，只是懷疑說道：「這鎖你可別弄壞了，如果想越獄，我自己不知道打將出去？」

范閒從腰帶裡掏出一把鑰匙，嘲諷說道：「別忘了，我可是監察院出來的。」

大銅鎖喀答一聲便被打開，被關在小院裡不見天日的靖王世子李弘成，終於得見天日，他大步邁出，看著四周開闊的環境，深深吸了一口氣，重重一拍范閒的肩膀。「算你小子還念舊情。」

其實鬧這麼大動靜，王府裡的下人們哪裡會不知道，只是主事人既然是范閒，救的又是自家世子爺，誰也不敢去阻攔。

便在此時，忽然一道清清亮亮、有些著急、有些惶恐的聲音響了起來——

「哥！你怎麼自己跑出來了？」石階左下方不遠處，立著一位身穿杏紅大羅襖的貴族小姐，小臉蛋急得通紅。「當心父王打死你。」

范閒一怔回頭，看著這位小姐，只見她依然是那副柔弱溫順的模樣，只是眉眼間較諸往年多了幾絲清麗與婉約，他不由得心頭一驚，心想這才一年不見，小蘿莉怎麼就變成如此清純可人的少女了？

那位小姐也看清了范閒的面容，大吃一驚，掩住了嘴脣，那雙眼眸裡閃過驚喜之後，忽然間似乎想到什麼，馬上便生起一絲水霧，泫然欲泣。

范閒心裡那個害怕，要說這京都他最怕的人，除了宮裡那位皇帝老子之外，便是面前這位對自己情根深種的小姑娘。記得當年姑娘年紀小，便天天纏在自己身邊，好在如今早已塵埃落定，自己是她……堂哥，他心裡便放鬆了不少。可今日驟見姑娘家傷心模樣，心裡感覺也是有些不順暢。

姑娘家終於平伏了心緒，走到范閒身前微微一福，用蚊子一般的聲音說道：「見過閒哥哥。」

聽著閒哥哥三字，范閒倒吸一口涼氣，心想「又來了，又來了」，卻是別無辦法，用長兄一般沉穩和藹的語氣說道：「見過柔嘉妹妹。」

第二十五章　靴子裡的小

范閒看著小姑娘便想逃跑，一扯李弘成的衣袖，準備玩二子逾牆去，不料此刻一位下人不知道從哪裡鑽出來，苦著臉對二人行禮說道：「世子爺，王爺知道您出來了，讓您去見他。」

李弘成聽著這話，倒吸了一口冷氣，苦惱至極、後悔至極，卻也無可奈何，便當先去了，只是在臨走前，看了范閒兩眼，苦笑一聲，內裡的情緒說不出的複雜。

范閒自然明白，這位世子爺還在記恨自己破了他與妹妹的婚事，只是這些事情他也沒轍，只好搖了搖頭。

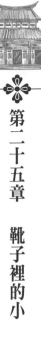

院外石階下，便只剩下他與柔嘉郡主二人。范閒知道自己再也跑不了了，溫和地笑了笑，看著李弘成的身影說道：「妳哥當年何其儒雅的一個貴公子，如今怎麼變成這副模樣了。」

柔嘉郡主見他開口與自己說話，小臉上滿是抑不住的喜色，略有些結巴說道：「……關……久了……天天罵人……越來越像父王了。」

范閒一怔，心想確實，自己隔著門縫看世子，沒有把他看扁，卻看出了他與一般權力場中人不一樣的寬容與放下，這種品行自然是靖王遺傳的，所謂鬥爭，能勝能輸，這才是正理。

他比劃了個手勢，請柔嘉郡主當先行去。

柔嘉郡主一拉自己大紅襖下的襦裙，微羞低著頭，在前面慢慢地走著。

范閒跟在她的身後，一面走，一面打量這位漸漸吐出花蕊來的姑娘，看著風中她鬢角上的綹綹柔絲，心頭微動。

「柔嘉妹妹，最近女學裡有什麼新鮮事沒有？」

「閒哥哥，沒有。」

「柔嘉妹妹……」

「閒哥哥……」

二人有一搭沒一搭地說話，柔嘉妹妹喊得越來越順口，那小姑娘口中的閒哥哥更是從沒停過，就這般緩緩向前府走著，一路走過冷園、寒徑，走過殘雪的亭榭、積水的假山窪。

柔嘉郡主低頭行走，低聲回答，卻忍不住時時回頭望上一眼，旋即又似受驚般扭回頭去。

范閒在心裡嘆息一聲，加快幾步，走到她的身邊，與她並排而行。

柔嘉郡主感受著身旁年輕男子的存在，吃了一驚，整個人走路的姿勢都僵硬了一些，捏著襦裙的手指頭微微用力。

范閒笑著說道：「這世道還真奇妙，當時哪能想到，原來妳是我堂妹，這一聲閒哥哥喊得倒是貼切。」

此話一出，柔嘉郡主心裡一陣慌亂，小臉蛋湧出幾道紅暈，也不再說話，只是一味沉默。這一對堂兄妹心知肚明，范閒此言何意——慶律裡寫得明白，似他們這種關係，不理會范閒究竟有沒有那個心思，但是……終是不可能的。

柔嘉郡主自十二歲初見范閒後，小女兒家的心思全放在對方的身上，不論是在王府的葡萄架下、范府的秋草園中、蒼山別院裡，她總是喜歡看著范閒。

小女兒情思，在范閒成婚之後也未曾淡過，她雖不敢去求自己的父王，但總是存著將來有特例雙妻的可能，可是誰知道日後京都裡竟爆出那麼大的消息——閒哥哥是自己的親堂哥！

從那日起，柔嘉郡主便知道這件事情不可能了，只是兩年情思怎可能一朝淡化？今兒個看見自己最喜愛的范閒後，便又是一陣慌亂，此時聽范閒如此說，便知道對方是在提醒自己。

但柔嘉郡主畢竟只是個十四歲的小姑娘，聽著范閒如此溫柔卻又嚴肅的提醒，她沒有如京都權貴女子那般轉過頭來幽怨地瞪他一眼，也沒有冷哼……只是將頭埋得更低了，更不肯說話了。

一滴晶瑩剔透的淚珠從她長長的睫毛下垂落下來，滴在她腳邊的青石板上。

范閒瞠目結舌，一見女孩子哭，他便不知道該怎麼辦了。

柔嘉郡主又往前走去，范閒趕緊跟在身後。

一路上，柔嘉郡主低頭哭著，卻是倔強地咬著嘴脣，死也不肯發出一些聲音。

范閒是又憐又愛又生氣，正不知如何開解時，忽然發現柔嘉郡主停住腳步，回頭很認真地看著自己。

范閒一笑，伸出手指頭，把小姑娘臉上的淚珠子彈落。

柔嘉郡主依然如往年那般柔順，定定望著范閒，期期艾艾說道：「閒哥哥，求你件事。」

「什麼事？只要我能做到的。」范閒認真說道。

「我知道……若若姊和哥哥的婚事，是你想辦法破掉的。」柔嘉郡主低著頭，手指頭絞弄著襦裙，直將那淡粉色的襦裙一角絞出無數煩惱的皺紋。

范閒一怔，沒想到這小姑娘家竟然將這件事情看得如此清明。「怎麼？」

柔嘉郡主款款一福，細聲細氣，稚音猶存道：「日後宮裡肯定要替柔嘉指婚……如果柔嘉不樂意，就請閒哥哥多費心。」

京都權貴之間的聯姻牽涉到太多政治上的交易，范閒的婚事、范若若未成的婚事，都是如此，以柔嘉郡主的身分，她的婚事自然也是由宮裡的貴人們，甚至是太后親自安排。

范閒張大了嘴，半晌後卻是頹然無比地點了點頭，知道自己又被迫挑起一個極重的擔子。這世道，著實古怪了一些，旁人都是在作媒，卻只有自己，儼然成了破婚的強者。

柔嘉郡主說完這句話，又見他點了頭，似是將先前一路鼓起的勇氣全數用完了，整個人頓時又難過起來，深深地看了他一眼，轉頭提著裙子，加快速度往前府走去，再也不理會范閒。

范閒在後面摸著後腦杓，看著柔嘉郡主的身影，看著她低著頭，看著她依然不聲不響地哭著，心裡的感覺著實也不好受，心想這小姑娘家，真是一個比一個麻煩。

太極宮後面的長廊，遙遙對著後方的高高宮牆，和宮牆下的一株株冬樹。宮中禁衛森嚴，尤其是接近內宮的所在，更是嚴禁有人喧譁，更不可能有人在此做出什麼太過放肆的舉動。

但是那些穿來行去的宮女、太監們，此時看到長廊下那個正在伸懶腰、做壓腿運動的年輕官員時，卻沒有一個人敢上前去喝斥，也沒有人敢去提醒什麼。

內宮本來就不可能有年輕官員入內，如果有，那就只有一個人，也只有他，才敢在皇宮裡如此瀟灑自在。

長廊下，那名年輕官員收回壓在大圓柱上的腿，回頭看著滿臉彆扭、想笑又不敢笑的中年太監，罵道：「笑個屁！這宮裡這麼大，自然腿會痠，也不知道你們這些傢伙的腿腳功夫怎麼這麼好。」

這位年輕官員自然就是范閒，他是皇帝私生子的事情，天下皆知，加上這些年來聖寵無以復加，與宮中各位貴人、大太監的關係也是融洽，還曾經在宮中養了一個月的傷，所以宮女、太監們都習慣了他在宮中的存在。

也只有他才有這種膽子，在內宮裡做廣播體操。

今兒個是陪林婉兒回娘宮，甫一進宮，林婉兒便被太后留在身邊，再也不肯放走，說是要留最疼的外孫女過夜。范閒無可奈何，只好帶著各式禮物，往各宮裡走，這回京後就走過一道，如今再來一道，實在是有些煩悶，所以覷了個空，在太極宮後方的長廊下歇歇腳。

陪著他、抱著一大堆禮盒的太監是戴公公，他聽到范閒罵自己，不驚反喜，笑嘻嘻說道：「小范大人可是九品高手，我們這些奴才哪裡能比？」

戴公公當年也是極得聖寵的一位，雖是淑貴妃宮裡的人，往各府上宣旨的緊要差使都是他在做，只是因為他姪子的關係，又牽扯到范閒與二皇子的鬥爭，便放了閒職；後來又因為懸空廟的刺殺，硬是被趕到了司庫中，若再耗個兩年，只怕就要死無草席蓋身。

全虧了范閒替他不停說好話，皇帝猶記得他當年服侍的好，這才饒了他一命，讓他回了內宮做些閒差。

對戴公公而言，范閒就是他的救命恩人，甚至是他的半個主子，比淑貴妃更重要的人物，哪裡敢不服侍周到。

范閒腳下的靴子發熱，他乾脆也不全拉好，就這樣趿拉著往長廊那頭走去。

戴公公看了他腳下一眼，為難說道：「大人，在宮裡還是講究些。」

范閒看了他一眼，正想再調笑幾句，忽然瞧見打走廊盡頭走來了幾個太監。其中當頭一位年紀輕輕，模樣有幾分眼熟，臉仰得極高，一身的驕橫味道，後面的幾個小太監半佝著身子跟著，看著就像是奴才的奴才。

「是小洪公公。」戴公公斂聲屏氣，在范閒身後提醒道。

范閒眉頭微皺，也不說什麼，直接迎了過去。

兩邊人便在走廊中間對上了，范閒清清楚楚地看著那驕態十足的年輕太監臉上的那幾顆青春痘，也不說話，而是站在原地，冷漠地看著對方。

洪竹一愣，他知道范閒是等著自己向他行禮……只是他如今已然是東宮的太監首領，而且皇帝最近偶爾也會讓他去御書房幫忙做事，比諸當年在御書房抱冊時更加風光，這宮裡誰不敬他？就算是朝貴入宮對自己也是客客氣氣的，除了舒蕪之外，還沒有哪位大臣，敢等著自己先行禮。

他認識范閒，當然知道范閒不是一般的大臣，可是看著范閒那副冷漠之中夾雜著不屑的神色，他的臉便漲得通紅，硬是不肯先低頭。

雙方便僵持在這裡。

跟著洪竹的那三、四名小太監職屬太低，根本沒有見過范閒的面，哪裡知道這個年輕官員就是權勢滔天的小范大人，看著這一幕，心裡急著替洪竹出頭，尖聲說道：「這位大人，怎麼卻在宮禁重地裡亂走？」

戴公公躲在范閒身後偷笑，他如今早已沒有當年的地位，在宮裡被洪竹等人欺壓得不善，此時見對方那些蠢貨要得罪范閒，心裡說不出的開心，正想說兩聲什麼，卻被范閒揮手止住。

范閒微笑看著洪竹身後那幾個小太監，好笑說道：「入宮沒多久吧？這宮裡不認識本官的人倒是不多……本官也沒有亂走，只是奉旨去漱芳宮晉見。」

果然是幾個入宮沒多久的小太監，居然沒有聽出這話裡的意思，直著脖子說道：「好大的膽子，漱芳宮在哪裡？你們怎麼在這長廊裡停留？仔細小洪公公喚侍衛來將你打將出去！」

他是替主子大張聲勢，卻哪裡知道是在給主子惹禍，果不其然，洪竹看見范閒臉上的笑容越來越溫柔，自己的臉色馬上就變了，又驚又懼又惱，回頭痛罵了那幾個小太監兩句，這才緩緩對范閒行了一禮，說道：「奴才見過小范大人。」

小范大人四字一出，那幾名小太監頓時知道……自己完了！滿臉驚恐地看著范閒，趕緊跪下求饒。

范閒卻是懶得看那幾名小太監，只是盯著洪竹的臉，譏諷說道：「家父范尚書，故而世人稱我小范大人，你這奴才，又是哪門子的小洪公公？洪公公知道這話，仔細剝了你的皮！」

洪竹滿臉驚懼與戾狠，恨恨盯著范閒，一字不吭。

「自己掌嘴。」范閒皺眉說道。

洪竹咬牙切齒說道：「奴才是東宮的人，小范大人乃是朝臣，怎麼也管不到宮裡吧？」

范閒也不說話，只是冷冷看著他。

被那兩道眼光所逼，洪竹無可奈何，只得輕輕往自己的臉上扇了一耳光。

這一耳光落下，范閒身後的戴公公是樂開了花，準備晚上就在皇宮裡好好宣傳一下；而洪竹身後幾位小太監卻是嚇得半死，他們都知道洪竹在宮裡的地位，哪裡知道只是范閒一句話，洪竹便只能自打嘴巴。

看來……這小洪公公確實不如小范大人厲害。

范閒往旁邊側了側身子，擋住了戴公公的視線，趁著那幾名太小監跪在地上的機會，向洪竹使了個眼色。

洪竹看得清楚，眼神卻在叫苦，表示自己此時實在無法找到方便的地方說話。

范閒點點頭，冷漠說道：「滾。」

於是洪竹一拂袖子，又惱又羞地帶著幾個小太監往長廊那頭去了。

看著這一幕，戴公公對范閒諂笑說道：「讓這狗奴才再囂張，仗著陛下和皇后都喜歡他，在宮裡盡瞎來。」

范閒笑道：「這宮裡確實不好瞎來，待會兒去漱芳宮，我還是得注意下儀容。」

也不等戴公公再大義凜然地說什麼，他蹲下去，一邊把長靴往上拉，一邊將靴下踩的那張紙塞進了靴子裡。

第二十六章　宮裡那些……破事

漱芳宮裡，宜貴嬪眉開眼笑，看著書桌邊的兩個人。范閒正在盯著三皇子李承平抄書，這書的內容是什麼，宮裡沒有多少人在意，但關鍵就在於這個「盯」字上面，關鍵就在於范閒與三皇子的師生關係上。

宜貴嬪不是一個精於算計的厲害貴人，相反的，她在這個陰森森的皇宮中，一直保有著黃花閨女時的疏朗與開明，因其純，因其真，才會受到皇帝的寵愛，生下了三皇子。以慶國皇帝毫不在意男女之事的風格來看，當皇后生下太子之後，只怕根本就沒有準備再要孩子了，由此可見，宜貴嬪的心性，確實投了皇帝的性情。

便是宮裡其餘人也是一樣，總覺得這位出身柳家的貴嬪，一天到晚精力十足，嬌媚活潑，讓人看著便身心舒暢，和寧才人一樣，都是皇宮中的另類，只是她這個另類更討人喜歡些。

所以即便太后因為柳家、范族外戚勢力的緣故，對於三皇子一向不怎麼親近，但對於宜貴嬪也沒有什麼惡語——眾所周知，宜貴嬪馭下極寬、待人極厚，從來沒有什麼害人的心思，這是宮中十來年裡默默得出的結果。

但是不願意算計，沒有什麼害人的心思，並不代表宜貴嬪真的就沒有自己胸中的算盤，不然當年也不會藉著范閒救了三皇子的機會，便讓三皇子拜范閒為師，而且將漱芳宮裡的一應資源都向范閒敞開。

她知道范閒對於漱芳宮的重要性，所以在無人處總是刻意籠絡。皇家一向對外戚盯得嚴，但范閒卻有個橫亙於外戚、朝臣、皇族三面間的複雜身分，漱芳宮與范閒交往，宮裡的人說不出太多話來。

范閒在朝中的地位越穩固，漱芳宮在皇帝心中的地位也就越穩固。只是偶爾思及范閒的權勢與聖眷，宜貴嬪的心中也總會有些訝異，皇帝，也太寵他這個私生子了。

因為范閒極為受寵，宜貴嬪不是沒有警惕過某種危險，只是那種警惕絕對不能宣諸於口，所以她一味沉默並且保持著爽朗嬌媚，直到范閒歸宗，她才真正確認了范閒的心思，從心底深處湧起無限感激。

所以此時，她看著范閒與自己兒子並排坐在書桌前的場景，無比快慰。

「聽說先前在殿後長廊上你碰著一個人。」

宜貴嬪的貼身宮女醒兒收到了宮內的一個風聲，便急忙告訴自己的主子。宜貴嬪心頭微動，將范閒輕輕招至偏廂，睜著眼睛，很認真地問道。

范閒揉了揉有些發痠的手指頭，笑著說道：「洪竹那奴才，現在越來越放肆了，見著我居然不行禮，走路都是在用鼻孔看路，我代陛下教訓了他一下。」

用鼻孔看路，這形容有趣俏皮，宜貴嬪也忍不住哈哈笑了起來，但旋即將笑意一斂，輕聲說道：「小洪公公如今是宮裡的紅人，東宮的太監首領，而且陛下似乎也挺寵愛他，準備讓他回御書房。」

她看了范閒一眼，宮裡所有人都透過各自的途徑將洪竹的晉升履歷摸得清清楚楚，都知道洪竹在御書房當差，眼看著就要爬上去的時候，是范閒的一個暗奏，讓洪竹丟了差使，被趕到了東宮。

宜貴嬪知道范閒與洪竹不對路，但是洪竹如今已經在東宮又爬了起來，皇帝似乎也對當年的舉措有些後悔，她不得不提醒范閒一聲，像這種大太監，他雖然不懼，但身為外臣，總要防著宮裡這些太監們吹陰風。

范閒搖搖頭，冷笑道：「這樣一個縱容兄長強霸百姓田產的小奴才，想回御書房，哪有那麼簡單？」

宜貴嬪斟酌少許後，軟聲說道：「你何必和一個奴才計較？如果他真回了御書房，兩邊結怨深了，也怕不方便……再說，宮裡都在傳，這位小洪公公是洪公公的什麼人，你的身分畢竟是朝臣。」

慶國的太監一向沒什麼地位，自開國以來便嚴禁太監干涉政務，輕者逐出宮去，重者當場杖死。只是開國數十年，總有一、兩個異類，而一向在含光殿外養神的洪四庠，自然就是這麼一位特殊人物。

這位老太監也不知在宮中待了多少年，深得太后和皇帝的信任，而且本身也是一位神祕至極的強者。如果洪竹真是洪四庠什麼人，只怕范閒也要忌憚三分，只是范閒當然清楚這其中的緣由，忍不住笑了起來，卻也不可能對宜貴嬪講，只得笑著說道：「姨，您就甭擔心了，我自有分寸。」

宜貴嬪見他不在意，忍不住又勸說兩句，看沒什麼效果，才悻悻然入了後寢，懶得再和這娘家的倔強孩子說道。

范閒又湊到三皇子桌邊說了幾句什麼，便在三皇子依依不捨的眼光中離開了漱芳宮。今日林婉兒要在太后的含光殿裡留宿，還不知道這一住就是幾天，范閒夫妻倆入宮，卻只得一人回去。

走在皇宮神武門那長長陰沉的門洞中，范閒孤家寡人，看著身後模糊的影子，心裡老大不快活，一方面是覺著婉兒在皇族之中果然極為受寵，另一方面卻是在暗罵，那個老太婆只知道祖孫怡情，卻哪裡想過自己小夫妻二人也是久別重逢。

他滿臉不爽地出了宮，卻看見大皇子正似笑非笑地看著自己，不由得沒好氣道：「自開國以來，禁軍大統領兼侍衛大臣的，沒有幾個人像你一樣天天守在皇宮門口……這不是行軍打仗的時候，這是太平盛世，守在宮門口，是準備看誰笑話？」

大皇子斂了笑容，冷哼一聲，說道：「你有什麼笑話可以看？覺得晨兒不隨你回府丟了臉面？甭忘了，我那妹妹自幼可是在宮裡長大的，你似乎早就忘了這些。」

范閒回京後和大皇子見過兩、三面，只是身邊一直都有外人，不好說些私己話，而且雖然在陳萍萍和寧才人的親切關懷下，這兩兄弟早已組成了不須言明的結盟，但畢竟大皇子所處的位置不一樣，他是所有皇子們的兄長，並不願意看著太子和二皇子就這麼被范閒一步步玩到消沉，所以兩個人之間還是有些隔膜。

「今兒不和你多說，我急著回府辦事。」范閒看著大皇子的神情，就知道這位軍中猛將、政治上的處女準備和自己說什麼，連連擺手。

大皇子沉聲斥道：「我今兒也不打算為晨兒的事情教訓你，只是你北邊那個女人究竟準備怎麼處理？」

范閒一怔，這才知道原來又是家務事來了，不由得苦笑起來，說道：「我說大殿下，這是為臣的家務事，婉兒既然嫁給我，就不需要你再來操心了。」

最初他對於大皇子和婉兒的親密便有一些微微醋意，此時逮著機會，便冷冷地打了回去。

大皇子大怒，強行壓下怒火，說道：「誰耐煩管你？只是王妃說過年後你還沒有去本王府上坐坐，讓我來問你，是不是不打算來了。」

王妃自然就是范閑親自護送南下的北齊大公主，范閑摸摸腦袋，說道：「殿下府上，我自然是要去的，大約便在後日。」

大皇子見他應了下來，點了點頭，也不再管他。范閑忽然想到一樁事情，說道：「我把弘成也帶來。」

大皇子微訝異，看了他兩眼，心想：弘成那小子不是因為你的緣故被禁足嗎？

范閑沒有解釋，只是皺眉說道：「話說回來，羊蔥巷那宅子你到底還要不要？人家堂堂一位胡族公主，總不能就擱在那院子裡發霉吧？」

大皇子一窒，半晌說不出話來。

范閑看著這幕就確認了，當初在西征軍回京的途中，這位大皇子肯定與那位胡族公主瑪索索有過無數夜露水上的故事，只是不好再刺激對方，他拱拱手便上了那輛黑色的馬車。

待回到范府，進了園內三角區那間最隱密的書房，確認了四周沒有什麼耳目，便是虎衛和那位皇帝埋在范府裡的僕婦也都離這間書房遠遠的，范閑才叉開雙腿，十分舒服地躺在矮榻上，將一雙穿著內庫出產純羊毛襪的腳，對著書房的大門，愜意地讓熱氣蒸騰，讓瘦脹的腳丫子快活。

那雙靴子擺在榻下。

那張紙條已經被他拿在手中。

他與洪竹之間的關係，沒有任何人知道，甚至連陳萍萍和父親都不知曉，便是親手處理了潁州事宜的蘇文茂，也不知道他是在為洪竹報仇，猜都猜不到這方面去，洪竹可以說是范閒埋在皇宮裡最深的一根釘子。

也正因為如此，雙方根本不敢冒險建立一個常規的情報系統，洪竹有什麼消息都很難傳遞出宮。

當然，皇宮內的一般消息，都有宜貴嬪和范閒交好的幾位大太監打理，也不怕耳目不通。洪竹既然冒險傳消息給他，那這個消息，就很值得重視，更何況年前入宮時所看見洪竹流露的那一絲恐懼，更讓范閒有些好奇這張紙條的內容。

范閒看著紙條，不由得眼睛微微瞇了起來，等看到最後，更是壓抑不住心中驚駭，直接從榻上坐起來！

他開始看這張紙條時，還有些不以為意，覺得洪竹太過行險，可是看到最後，終於看明白了洪竹話語裡隱著的意思，嚇得他再也躺不住了。

紙條上寫得很簡單，具體人物代稱，用的也是范閒最開始和洪竹商量好的一些隱語，范閒看得十分明白。

最開頭的一段內容，寫的是太子行房時的一個古怪習慣，總是喜歡將宮女和侍妾的衣裳掀起來，蒙住她們的頭，只露出她們赤裸的下半身。

第二段內容，筆跡有些顫抖，明顯洪竹寫的時候也在害怕。

上面寫著，在范閒離開京都的這一年裡，太子的身體漸漸好了起來，花柳病似乎也被治癒了，只是行房時的習慣依然不改，而且有幾次太子飲得有些醉，隱約聽著在銷魂那一剎那，喊出了姑姑二字。

姑姑？

姑姑！

如果僅限於這兩段內容，范閒也只能透過這個情報確認太子對於永陶長公主的美麗容顏、完美身軀有無限的遐想，雖然稍嫌變態，但是對於前世曾經經歷無數肥水文洗禮的范閒來說，實在是算不得什麼。

真正把范閒嚇得從榻上跳起來的，是洪竹傳信中所寫的第三段內容，只有一句話。

他說，這幾個月裡，太子很少親近東宮裡的宮女和侍妾了，而且精神很好。

很簡單，甚至在一般人看來是很沒意思的最後一句話，卻把范閒嚇得不輕。這張紙雖然寫得隱諱，但是在有心人眼中，還是知道是在說誰，洪竹肯定是看到了什麼，或者聽到了什麼，卻根本不敢寫在紙上……

姑姑？范閒在書房裡急走數圈，嘴脣有些發乾，終於在矮榻前站定，一搓手將這張紙毀成碎末，臉色極為古怪，許久之後，才低聲罵了一句：「你他媽的以為自己是楊過啊！」

范閒傻了，他徹底傻了，雖然金庸、大仲馬都曾經教過他，這世上最骯髒的兩個地方就是皇宮和妓院，前世的歷史也曾經用髒唐臭漢四字給過他一些心理建設，可是真正知道了宮裡那些事，他這位慶國最大的妓院老闆依然止不住瞠目結舌，大感震驚！

他走到桌旁端起一杯冷茶喝了，澆熄內心的那抹震驚與荒謬感，好不容易才平靜了下來。他終於知道了洪竹的恐懼從何而來，任何一個人，知道了這樣一個不容於世的亂倫故事，第一個反應就是害怕被人殺了滅口。

同時，他也知道太子為什麼最近如此平靜、如此顯得胸有成竹，原來……他有把握讓永陶長公主真正的捨棄二皇子，轉而支持自己。

可是……如果永陶長公主是在玩弄太子的感情呢？

范閒忽然想到這點，馬上又搖搖頭，給了自己一個輕輕的耳光。這麼大的事，自己究竟在想什麼？難道還要替二皇子考慮？自己必須從這個消息裡獲得最大的好處才是真的。

可是他的腦海裡依然忍不住浮現出廣信宮裡的那種畫面，不由得打了個冷顫。

他的心裡確實不舒服，一方面是很莫名其妙地替永陶長公主不值，這位慶國第一美人，未有絲毫韶華漸褪之跡的絕世佳人，怎麼能用自己的身體當武器？縱使坊間一直傳言永陶長公主養了許多面首，可范閒依然下意識不想相信這個。

不爽的第二個原因是，不管怎麼說，永陶長公主都是自己的丈母娘，太子這個小王八蛋居然和自己的丈母娘有一腿，那自己在梧州的老丈人帽子怎麼辦？自己……又他媽的算什麼！

范閒站在桌邊，拳頭用力握著，心裡頭一陣毫無道理的憤怒。明明是一件可以讓他用來大作文章，直接把太子整垮的消息，卻讓他一點兒都開心不起來，總覺得自己被太子占了天大的便宜。

同時，他也有些惱火於洪竹的膽大，當時踩在靴下的紙片，也不知道有沒有被那些跪在地上的小太監們看到一角，這事如果傳了出去，范閒也很難保住他。

他在桌旁沉默許久，終於從那種荒謬的失敗感與憤怒中擺脫出來，深深地吸了兩口氣，決定還是要好好地利用一下這個驚天的消息。

只是……

如果不能和洪竹當面交談，從皇宮內部著手，也根本沒有法子把這件事情的影響發揮到極致，總不可能讓監察院八處再去市井裡散布流言。

永陶長公主與太子有染？范閒可不想冒著皇帝震怒、太后惱羞成怒，清查監察院的風險扔出這些流言，他必須讓皇帝或者太后，親自發現這個宮廷內的醜聞！

他下了決心，一定要好好地安排一個計畫，同時，趕在離京之前，與洪竹二人商定計畫實施的所有細節。

而說到計畫、陰謀這些字眼，擅長狙殺和小手段的范閒並沒有太多信心，他馬上想到了自己最得力的助手，那位白衣飄飄的公子，於是他馬上走出書房，直接穿過後園上了馬車，竟是連范府前宅傳來的宣旨聲音都沒有聽到。

馬車行至監察院那座灰黑方正的建築，范閒急匆匆地跳下車來，皮靴踩在天河大道兩旁堆著的殘雪上，發出哧的一聲。

他一路往院裡走，一路便有迎面撞上的監察院官員滿臉震驚地行禮、讓路。這些官員們看著范閒陰沉的臉色、急匆匆的步伐，心裡都在想，不知道是京裡哪位大人物又要倒楣了。

范閒推門進入密室，並不意外地看見窗邊黑布旁的桌後，坐著一位穿著素色厚衣的年輕官員。在整個監察院裡，不喜歡穿官服，也有資格不穿官服的，就只有如今的四處主辦，監察院全權代理人物，言冰雲，小言公子。

范閒將身上披著的蓮衣扔到椅子上，將門關好，看著窗上的黑布皺了皺眉頭，直接走到窗邊，將那塊黑布扯下來。

外面的天光和殘雪的反光一下子湧入陰沉的房間中，亮堂堂的。光線的驟然加強，讓言冰雲的眼睛被刺了一下，他下意識抬手去擋了擋。

「你又不是陳院長。」范閒皺眉說道：「不用總把自己藏在黑暗裡。」

言冰雲把手放了下來，有些無奈地搖搖頭。這塊黑布擱在這個密室的窗上有好些年了，已經成為監察院最別致的風景，誰敢輕易去動？也只有范閒才會如此不把陳萍萍的意思放在心上。

范閒看著言冰雲有些蒼白的面容、憔悴的神色，不由得搖了搖頭。如今的監察院，陳萍萍不怎麼管，自己也懶得管，一切事情都堆在言冰雲一個人身上，看他這模樣，只怕許多天沒有好好睡一覺，范閒心底湧起淡淡歉意。

他走到窗邊，瞇眼看著遠方的皇城，說道：「院長用這麼一塊黑布遮著，究竟是什麼意思呢？」

言冰雲沒有說話。

范閒看著遠方巍峨的宮城，忽然間對自己來監察院找言冰雲的決定產生了一絲懷疑。那件事涉及皇室尊嚴和慶國的將來，而言冰雲，向來是以朝廷的利益為最高準則。

他回頭看了言冰雲一眼，實在不敢冒這個險。

第二十七章　再見長公主

范閒沉默了很久，終於還是打消了讓言冰雲布置此事的念頭，一方面是他要保證洪竹的安全，另一方面就是，他清楚言冰雲這張冷漠外表下對於慶國朝廷的忠誠，這種險，斷然不能隨便冒。

他看著言冰雲並不怎麼健康的面色，皺了皺眉頭，回身將手指頭搭在言冰雲的腕間，頓了頓。

言冰雲心頭微微吃驚，臉上卻依然是冰霜一片，沒有絲毫反應。

「身體怎麼差成這樣了？」范閒皺眉說道：「聽說你這幾天都沒有回府？」

言冰雲隨手整理桌上的卷宗，應道：「天牢裡關著三十幾名京官，天天都有人上大理寺喊冤，又急著把所有事情整理清楚，兩邊一逼，哪裡還有時間出這院子。」

范閒注意到密室內一片整潔，包括那張大木桌上的卷宗同樣分門別類，擺放得極為整齊，不由得笑了起來。「這間房間比院長在的時候還要清爽一些，看來你確實挺習慣做這個行當。」

言冰雲也覺著有些乏睏，伸著兩隻指頭用力地捏揉著眉心的皮膚，直將那片白皙全捏成了紅色，才讓他的精神恢復了一些。

「回去吧。」范閒看著這幕直搖頭。

言冰雲沒有理會他，又取出一封卷宗開始細細審看，頭微微低著，輕聲說道：「你要打二皇子，打了這麼多人，總要有人處理，你和院長大人都愛偷懶，可是監察院總不能靠一群懶人撐著。」

范閒聽出了一絲埋怨味道，反而笑了起來。

言冰雲似乎很不適應范閒盯著自己辦公，半晌後合上卷宗，抬起頭來說道：「雖然說二皇子在朝中的勢力被你拔光了，但我想提醒大人你一點。」

「什麼事？」

「你只是除去了二皇子身邊的枝葉。」言冰雲平靜說道：「他身下最粗壯的那棵樹，你的斧子並沒有能夠砍進去。」

范閒知道言冰雲說的是葉家，那個遠在定州牧馬、但五天可至京都、家中供奉著一位大宗師的葉家。自從二皇子與葉靈兒成親之後，毫無疑問，二皇子的靠山除了永陶長公主之外，更多了葉家這麼一棵參天大樹。

此次京都夜襲計畫，只是將二皇子在朝中的中堅官員和隨身武力清除乾淨，卻沒有對葉家造成任何損失。只要葉家仍然堅立於定州，二皇子便沒有禁受真正的損害。

范閒嘆了一口氣，有些無奈，他本來是指望用山谷狙殺時繳獲的城弩，把葉家也拖進水裡，但是誰也沒有想到，北齊皇帝的國書私信，遙自萬里之外的問候，卻逼得南慶朝廷就此中斷了調查，讓范閒想去栽贓葉家也沒有辦法。

「葉家的事情以後再說吧。」

言冰雲看了他一眼，皺眉說道：「二皇子的根基在葉家，不過正因為如此，他如今對於長公主的依賴程度就降低了……」

這位范閒最倚靠的頭腦，話有不盡之意，深入范閒之心，他無來由心中一震，聯想到今天得知的那個絕密消息，開始嗅到一絲不一樣的氣味——不論永陶長公主當年明著扶持太子，還是暗中支持二皇子，那位瘋狂而厲害的女人手段，所為的，自然是這兩個姪子日後登基，卻依然能在自己的控制之下。

永陶長公主李雲睿，是一位眼光極其廣闊的厲害人物，她所求不小，如今的二皇子有葉家做靠山，對她的依賴降低，那自然也就說明，日後若是二皇子登基，她如果想隱在幕後操控，難度也會大上許多。

難道……

一念及此，范閒心頭微動，旋即冷笑說道：「太子……是沒有什麼前途了，老二，終究還是要被打下去的。」

言冰雲狐疑地看了他一眼。雖說監察院一向不摻和皇子之爭，可是這條隱形的規矩，自從范閒接手監察院以來，早已逐漸破了，但是范閒憑什麼就認定了聖眷猶在，太后格外疼愛的太子，就沒有一點兒機會？

范閒自然不會向他解釋什麼，皺著眉頭說道：「傳話給蘇文茂和夏棲飛，讓他們兩個人做好準備……收網。」

言冰雲盯著范閒的眼睛說道：「江南事盡在掌握中，可是要一刀砍下去……似乎沒有什麼把握，畢竟京裡在看著……除非京裡的局勢忽然出現什麼大變動。」

范閒笑了起來，知道自己無意間的那句話，讓心思縝密的言冰雲猜到什麼，他和聲解釋：「只是提前準備，京都局勢就算一年間不變，可是明家的事情，陛下也不能再容忍下去了。」

言冰雲聽著是皇帝的意思，才稍減心頭疑惑，問道：「要收到什麼程度？」

范閒沉默片刻，微微有些走神。這一年在江南的繁複安排與風和日麗下隱著的危險，如同一幕幕畫面，像走馬燈似的在他眼前翻轉。內庫三大坊的人頭、海島上遍地的死屍、內庫大宅裡明青達的昏倒、蘇州府的官司、明老太君的意外自縊死亡、明四爺入獄差點被殺，明七爺的突然現世……

明家已經是他手中提著的一隻螞蚱，可是究竟做到什麼程度，還需要范閒點頭。

「那個天下第一富家，比皇宮裡也乾淨不到哪裡去。」范閒在心裡自言自語，對言冰雲輕聲說道：「收到底。你安排錢莊的人做事，另外明園裡的人，是可以殺幾個的。」

聽到錢莊二字，言冰雲知道埋了一年的大棋子終於要動作起來。那個名義上源自沈家與東夷城的錢莊，本來就是言冰雲安排，他自然知道怎樣去對付明家，只是他一直沒有查清楚那個錢莊裡真實銀兩的來源。此時看著范閒，他終於忍不住壓低了聲音說道：「我不理會江南那筆錢到底是從哪裡來的，但是還請大人注意，千萬不要是……北齊的。」

聽到言冰雲一語猜中，范閒又怎會承認，自嘲說道：「不要忘了我母親是誰，除了內庫，總還是要留些碎銀子給我花花。」

言冰雲搖了搖頭，相信了范閒的解釋，畢竟誰都知道葉家當年的底子是何其雄厚。

坐在回府的馬車上，范閒胸中有些失落的感覺，並不是因為自己空跑了一趟監察院，卻不敢讓言冰雲參與到皇宮那件事情中，而是因為他終於確認了，對於言冰雲這些年輕一代的慶國俊彥而言，慶國和皇帝的利益、一統天下的榮光，才是真正至高無上的準則。

言冰雲一直為范閒所做的一切事情，那是因為范閒盡心盡力，無不合乎慶國的利益。而一旦范閒將來如果……真的變成那種角色，他會怎樣看待交情深厚的提司呢？

范閒知道這是必然的事情，畢竟所有人都是生活在自己的時代當中，自己有前世的經驗，所以可以把這天下的國度之別看得淡些，但他不能就此來要求別人。

那是不合理，也不合情的要求。

言冰雲在范閒身邊的角色定義本來就有些模糊，他不是啟年小組的人，卻是范閒的親信，參與了范閒絕大部分行動，尤其是去年在江南的規劃，基本上是他一手做出來的。范閒如今清醒地認識到這點之後，下了決心，關於自己與北齊的交易，那些最深層的核心，還是先不要讓言冰雲觸碰了。

只是監察院此行，卻有個極為重要和急迫的問題沒有解決，如何和洪竹接上頭？范閒坐在馬車上，以肘支頜，皺眉難舒。

不料回了范府，卻聽到一個令他極為意外的旨意，而他馬上敏銳地捕捉到，要向洪竹確認這件事情，今天晚上就是最好的機會。

旨意不是來自皇帝，而是來自那位一直比較沉默的太后。慶國以孝治天下，皇帝更是萬民表率，所以這位太后雖然沉默居多，但沒有任何一個人敢輕視那位垂垂老婦真正的影響力。

太后旨意是在范閒離府的那一刻便到了，特旨傳范閒入宮，不料范閒卻偷偷摸了出去，傳旨的太監只得一直等著。

范閒微微偏頭聽著柳氏在耳邊輕聲的話語，看了一眼那位早已等得焦頭爛額的姚公公，忍不住笑了起來。本來以他的能力想摸進皇宮裡，除非五竹在自己身邊，才有把握瞞過洪四庠的耳目，而如果今天晚上自己就住在宮裡……想和洪竹碰頭，難度就會小很多。而且自己是個男子，肯定不可能住在後宮，只可能在皇城前邊尋個房間，做起事情來，也比較方便。

只是他此時還不明白，太后急著宣自己進宮究竟是為了什麼？

等到和林婉兒牽著手從含光殿裡退出來時，范閒忍不住為難地嘆了一口氣，此時的他才明白，老人家讓自己入宮，居然是為了逼自己和婉兒去廣信宮拜見自己的岳母——永陶長公主！

太后並不希望自己的後代們亂成一團，范閒回京後入宮幾次，一直避著永陶長公主，這個事實，讓太后有些不愉快，她決定用自己手中的權力，彌補一下晚輩們之間的縫隙，趁著林婉兒在宮裡的機會，便將范閒召進宮去。

天時已暮，皇宮裡有些昏暗，林婉兒擔憂地看了一眼范閒的臉色，嘟著嘴說道：「我可不想去廣信宮。」

范閒苦笑著安慰道：「長公主畢竟是妳母親，怎麼說也是要見一面的。」話是這般說著，但他的心跳卻是逐漸加快了起來。

林婉兒認真看著他說道：「我知道你也是不想見母親的，要不然咱們偷偷出宮吧？」

范閒忍不住失笑道：「仔細太后老祖宗打殺了妳我這兩個不懂事的小混蛋。」

前方不遠處，廣信宮的宮門已經開了一角，幾名宮女正低眉順眼地候著這二位的到來。仔細說來，范閒與林婉兒理應是廣信宮的半個主人才是，只是這古怪的世事，早已讓他們與這宮殿的關係，變得有些冰冷與奇異。

范閒溫和笑著看了那幾名宮女一眼，他的眼力極毒，一眼便瞧出這幾位宮女與他初入廣信宮時遇到的那位相似，都有極強的修為。

從宮門一角穿進去，撲面便是一陣微風，風意極寒，范閒想到宮裡的那位女子，便忍不住打了個寒顫。

「依晨過來，讓我瞧瞧。」

永陶長公主李雲睿在殿外就迎著了，語氣雖然強行保持平靜，但范閒還是能聽出來一絲極細微的異樣。他微訝地抬頭望去，只見永陶長公主望著身旁的妻子發怔。

林婉兒咬了咬厚厚的下嘴脣，手掌抓著范閒的手，死死不肯放。

范閒輕柔地拍了拍她的手背，給她足夠的鼓勵。

林婉兒定了定神，走上前去，對著石階上的那位宮裝麗人微微一福，輕聲說道：「見過母親。」

她的聲音極低極細，說不出的不自然。

永陶長公主怔怔地看著自己的親生女兒，本來略有幾分期待的面色驟然平靜了下來，淡淡說道：「最近可好？」

范閒皺了皺眉，有些不自在地咳了一聲，湊到林婉兒身邊，笑著說道：「見過岳母大人。」

永陶長公主看著他，清美絕倫的面容上浮現出一絲詭異的笑意，說道：「你還知道來看本宮？」

不知為何，永陶長公主與林婉兒之間顯得有些冷漠，偏生她對范閒說話卻是十分隨便。也幸得被范閒這麼一打岔，石階上下的氣氛才輕鬆了些。

永陶長公主牽著林婉兒的手，並排站在石階上，她對院中的宮女吩咐了幾聲，便準備往殿裡行去。

范閒半抬著頭，看著石階上的兩個女子，有些好笑地發現，林婉兒和她母親長得確實不太像，只是永陶長公主不知如何保養的，竟還是如此年輕，二人站在一起，不似母女，更像是兩朵姊妹花。

只不過林婉兒雖已嫁為人婦，可依然脫不了三分青澀，而永陶長公主卻早已盛放，經年不凋，如一朵盛顏開放著的牡丹……奪人眼目。

慶信宮裡早已安排了晚宴，沒有什麼外人，就是永陶長公主與他們小倆口。此時在席上略說了會兒話，林婉兒終於放鬆了些，加之母女天性，看著永陶長公主的目光也溫柔了起來。

永陶長公主似乎很高興林婉兒的這個變化，說話的聲音也開始呈現一種真實的柔和，不知道說到什麼時，她竟嘆了一口氣，幽幽說道：「在妳的眼中，我這個母親，只怕是相當差勁……」

林婉兒眼圈一紅，直欲落下淚來。她自幼在宮中吃百宮飯長大，雖然倍受太后疼愛，可是女兒家的，哪有不思念自己母親的道理，此時在母親身邊聽著這等溫柔話語，心中百般情緒交雜，不知如何言語。

范閒坐在下首方看著並排坐著的母女，微微一笑。這對母女，一位是慶國第一美人，一位是自己心目中的第一美人，此時看著，怎能不賞心悅目？但他不得不鬱悶地承認，自己的妻子，確實長得不如丈母娘。

尤其是今日的永陶長公主，美麗容顏、朱唇明眸依舊，如黑瀑般的長髮盤起如舊，較諸往日，卻流露了幾絲難得一見的真實情緒，並不如傳說中的一味嬌怯，這反而越發讓她的絕世美麗生動了起來。

席間兩位女子說話的聲音越來越輕了，也越來越自在了。

他並不意外能看見這種場景，因為他對於人性始終還是有信心的，永陶長公主即便再瘋，但她畢竟也是個母親。

在范閒看來，這位不稱職的母親，與前世那些在洗手間裡生寶寶的腦殘國中女生，沒有什麼兩樣。這麼些年過去了，她總該有些歉疚、有些省悟才是。

身後的宮女為他斟滿了杯中酒，他一杯飲盡，喉間絲絲的辣痛，這五糧液的味道，果然有些醇美無雙，只是……怎教人有些鬱結失落了？

他望著永陶長公主的眼光並無異樣，心中情緒卻開始翻騰，總在想著，這樣一位絕世佳人，為什麼卻走上了這樣一條人生道路？

第二十八章　夜宮裡的寂寞

廣信宮殿外的寒意絲絲縷縷地滲進來，試圖強橫地把這宮殿的名字改成嫦娥姊姊的住所，然則紅燭在側、暖香升騰、酒意烈殺、春意盎然，這種圖謀始終只是種妄想罷了。范閒看著永陶長公主與林婉兒輕柔地說話，臉上的笑容也漸漸多了起來，不再如先前入宮時那般警惕與彆扭。

永陶長公主還是如以前那般美麗、那般誘人，即便范閒明明知道了洪竹所說的那件事情，可是在震驚之外，更多的是對太子的強烈不爽——至少此時看著這位慶國第一美人，年輕的女婿心裡硬是生不出太多反感。

當然，這種情緒本身就是很妙的一件事情。他輕輕擱下酒杯，自嘲一笑，心裡想著，永陶長公主何嘗不是一個可憐人——

可憐之人必有可恨之處。

這位長公主殿下，是太后最疼愛的幼女，皇帝這十年間倚為臂膀的厲害人物，尤其對於范閒來說，這位宮裝麗人柔美的外表下隱藏的更是如毒蛇般的芯子，殺人不見血的液體……

十二歲時，范閒便迎來了永陶長公主的第一波暗殺。等入京之後，雙方更是交手於陰謀與血火之中，無法自拔。只是這幾年裡，范閒的勢力逐漸擴展，永陶長公主的實力卻日漸衰弱，此消彼漲，永陶長公主早已承認了自己的女婿是自己真正值得重視的敵手，然而……

范閒在慶國最直接的兩位衝突者，太子與二皇子，其實都不過是永陶長公主拋出來的卒子。范閒清楚的知道，自己重生至此時，整個天下真正的敵人，便是面前這位宮裝麗人。

永陶長公主是范閒一系最強大的對手，所以這幾年裡，監察院也將所有的情報中心，都集中在信陽和廣信宮裡。范閒了解永陶長公主，甚至比她自己還要更加了解。

這是一種心理學層面上的問題，他能夠敏感地察覺到，永陶長公主對於當年那位女子複雜的眼光，甚至是……對於那位畸形的情感，不如此，不能解釋慶國自葉家覆滅之後古怪的政治格局。

可恨之人，也必有可憐之處。

只是范閒不會對永陶長公主投予一絲憐憫，在這一方面，他比世界上任何人都要冷漠與無情，正如往日說過無數遍的那句話——醉過方知情濃，死後才知命重——他要活下去，誰不想讓他活下去，那就必須死在他的面前。

「江南如何？」

永陶長公主輕舒玉臂，緩緩放下酒杯。時值冬日，宮中雖有竹炭圍爐，但畢竟氣溫高不到哪裡去，永陶長公主穿的宮裝也是冬服，有些厚實，然而便是這樣的服飾，依然遮不住她身體起伏的曲線和那無處不在的魅惑之意。

此時林婉兒已經睡著了，宮女們小心翼翼從後殿出來覆命，然後退出殿去，閉了殿門。范閒眉頭微皺，卻也不會出言攔阻什麼，畢竟永陶長公主是她母親，他不方便說太多話。

「江南挺好的，風景不錯，人物不錯。」范閒笑著應道：「母親大人若有閒趣，什麼時候去杭州看看。」

雖說母親大人四個字說出來格外彆扭，可是他也沒有辦法。

「幾年前就去過，如今風景依舊，人物卻是大不同，有何必要再去？」

永陶長公主離席，一面往殿外行去，一面譏諷說著，這話裡自然是指原屬於她的內庫，如今卻被范閒全部接了過去。

范閒並未離座，微微一窒，半晌後恭敬說道：「生於世間，人物是要看的，風景也是要看的，人物總如花逐水，年年朝朝並不同，風景矗於人間，卻是千秋不變，人之一生短暫，卻能看萬古之變之景，這才是安之以為的緊要事。」

永陶長公主一怔，回頭看著范閒，微微偏頭，臉上露出一絲笑意，說道：「你是想勸本宮什麼？」

「安之不敢。」范閒苦笑應道。

永陶長公主微嘲一笑說道：「這世上你不敢的事情已經很少了，只不過妄圖用言語來弱化本宮心志，實在是一件很愚蠢的事情。」

在太后的面前，李雲睿是一個乖巧得甚至有些愚蠢的女兒；在皇帝的面前，李雲睿是一個早熟得甚至有些變態的助手；在林若甫的面前，李雲睿是一個怯弱得甚至有些做作的佳人；在皇子們的面前，李雲睿是一個溫婉得甚至有些勾魂的婦人；在屬下們的面前，李雲睿是一個一笑百媚生，揮手萬生滅的主子。

只有此時此刻，在廣信宮裡，在自己的好女婿范閒面前，李雲睿什麼都不是，她只是她自己，最純粹的自己，沒有用任何神態、媚態、怯態去做絲毫的遮掩，坦然地用自己的本相面對范閒。

或許這二人都心知肚明，敵人才是最了解自己的人，所以不需要做無用的遮掩。

所以范閒也沒有微羞溫柔笑著，只是很直接地說道：「夫光陰者，百代之過客，天地者，萬物之逆旅，安之不敢勸說您什麼，只是覺著人生苦短，總有大把快樂可以追尋……」

還沒有等他說完，永陶長公主截斷了他的話，冷冷說道：「詩仙是個什麼東西，敵得過一把刀、兩把刀？睜開你的雙眼，看清楚你面前站的是誰。不要總以為說些酸腐不堪的詞，沾沾自喜地賣弄幾句看似有哲理的話，就能夠解決一切問題。」

這話說得尋常，但內裡的那份驕傲與不屑，卻顯得格外尖刻。此時並無外人在場，永陶長公主顯露著她最真實的一面。

「不要總以為女人就是感性勝過一切的動物。」永陶長公主冷漠說道：「你自己寫的東西裡也說過，男人都是一攤爛泥，既然如此，就不要在我面前冒充自己是一方玉石。」

范閒無話可說，只好苦笑聽著。

永陶長公主走到殿門旁，掀開棉簾，站在石階上，看著四周寂靜的皇宮夜色。

范閒自然不好再繼續坐在席上，只好站起身來，跟著走出去，想聽聽這位丈母娘想繼續說些什麼。

「看清楚你面前站的是誰。」

永陶長公主並未回過身來，那道在寒風中略顯單薄的身軀，卻無來由地讓人感覺到一陣心悸，似乎其中蘊藏著無限的瘋狂想法。

「本宮不是海棠朵朵那種蠢丫頭。」她說道：「本以為北邊終於出了位不錯的女子，結果沒料到，依然是個俗物。」

范閒無語，只有苦笑，心想：誰敢和您比？在這樣一個男尊女卑的世界中，似乎也只有這位長公主殿下敢行人所不敢行，敢和男子一爭高下。

在所有的方面都和男子一爭高下。

范閒隱約有些明白了，永陶長公主根本沒有將那些事當成一回事，嗯嗯……是的，就是這樣的，天都快哭了。

他有些尷尬地撓撓頭，面對這樣一位女子，他竟是生出了綁手綁腳的感覺，根本不知如何應對。

「你應該清楚，母后為何宣你進宮，還有今夜的賜宴。」永陶長公主平靜說道：「你我心知肚明，便不再多論，只是多遮掩少許吧，本宮可不想讓母后太過傷心失望。」

范閒一躬及地，誠懇說道：「謹遵命。」

「謹？」永陶長公主的脣角緩緩翹了起來，夜色下隱約可見的那抹紅潤曲線格外動人。「不得不承認，你的能力，超出了本宮最先前的預計，而你……是她的兒子，更讓我有些吃驚，難怪這兩年裡，殺不死你，也撼不動你，陛下寵你，老傢伙們疼你，只是很遺憾……你終究也只是個臭男人。」

范閒笑著說道：「這是荷爾蒙以及分泌的問題。」

「賀而？」永陶長公主微微一怔，那雙迷人的眼睛裡第一次在堅定之外多了絲不確定的疑惑，但她旋即擺脫了范閒刻意的營造，冷冷說道：「你和你那母親一樣，總是有那麼多新鮮詞。」

范閒心頭微動，平和問道：「您見過家母？」

永陶長公主沉默了少許後，說道：「廢話！她當年入京就住在誠王府中，哪裡能沒見過？想不見到也不可能。」

說到此處，永陶長公主的雙眼柔柔地眯了起來，緩緩說道：「本宮很欣賞她，甚至可以說是嫉妒她，然而最後……我卻很瞧不起她。」

范閒皺了眉頭，平靜笑道：「我不認為您有這個資格。」

這句話說得極其大膽，偏生永陶長公主卻絲毫不怒，淡淡說道：「在很多人眼中看來，都是如此，哪怕本宮自幼便輔佐皇兄，為這慶國做了那麼多事情，可是……只要和你母親比起來，沒有人認為我是最好的那個。可是……」

永陶長公主冷漠說道：「我依然瞧不起她。」

不等范閒說話，她忽而有些神經質地笑了起來。「因為最後……她死了。」

范閒心頭微動，不知道自己今天是不是可以確認歷史上最後的那個真相，只是永陶長公主接下來的話讓他有些略略失望。

「而本宮沒有死。」永陶長公主冷冷說道：「誰能預知將來，本宮能不能比她做得更好？」

她回過身來，用那雙柔若月霧的眼眸盯著范閒，輕聲說道：「她終究沒有一統天下，你看本宮能不能做到？」

范閒被這兩道目光注視著，強自保持平靜，沉默許久之後緩緩說道：「評價一個人，其實並不見得是以疆土和史書上的記載為標準。」

他忽然想到那個雨夜裡看到的那封信，有些出神說道：「就像我母親，她沒有幫助我大慶朝一統天下，但誰知道她是不能做到，還是她不屑做呢？」

永陶長公主微微一怔，心防上終於出現一絲鬆懈，略帶一絲不忿說道：「做不到的事情就歸於不屑？如你先前所說，人生不過匆匆數十年，想長久地烙下印記在後人的心中，不依史書，能依什麼？」

「我母親……在史書上沒有留下一個字的記載。」范閑深深看了永陶長公主一眼，說道：「我想您也明白是為什麼。但是並不能因此就否定她在這個世界上的存在，不論是內庫的出產，還是監察院，都在向世間述說著什麼……史書總有一日會被人淡忘，黃紙被掃入垃圾堆中，可是對這個世界的真正改變，卻會一直保留下去。」

永陶長公主聽了這段話後沉默許久，然後輕聲說道：「說得也對，我並沒有讓這個世界產生過某種真正的變化。」她頓了頓，自嘲道：「除了讓這天下國度間的疆域界線不斷地發生變化，慶國的土地不斷地往外擴張。」

「便是打下萬里江山，死後終須一個土饅頭。」

范閑認真說著，雖說永陶長公主先前已經無情地諷刺了他無數遍，可他依然說著這些看似陳腐的句子。

永陶長公主不再看著他，看著皇宮裡的靜景，說道：「你這想法，倒與世間大多數男人不同。有些男子，是因為他們怯懦無能，才會美其名曰看開，雲淡風輕如何……而像你這等已經擁有足夠地位與可能性的男子，卻不想著建功立業、史書留名，著實有些少見……並且無膽。」

范閑笑著應道：「或許安之自知沒有這種能力，似陛下般雄才大略的人物，不是時時刻刻都能看到的。」

說完這句話，他小心地看了永陶長公主一眼。

永陶長公主沒有看他，而是看著皇宮裡的角落，似乎因為范閒話裡的某個人陷入了某種奇怪的情緒中。

「本宮是個權力欲望很強烈的人。」她沉默很久之後，開口說道：「但這並不代表我喜歡權力這種東西，本宮只是需要權力來達成某種願望，而這種願望，你們這些人根本就不可能懂。」

范閒微微低頭。

永陶長公主忽然抬起手來，呵了幾口暖氣，動作像是小姑娘一樣可愛，她微笑說道：「女人，也是可以做事的，本宮一直想證明這一點。為什麼這個世上總是男人在利用女人？為什麼女人不能利用男人？」

這位慶國最美的女人最後對范閒說道：「這一點，是本宮從你母親那裡學到的東西。而我說過，我瞧不起你的母親，就是因為她到了最後，依然……逃不開一般女子被男人利用的下場。」

「你去吧，本宮乏了。」

「這種對話，應該沒有第二次了。」

范閒低頭行禮，眼角餘光瞥見了永陶長公主側面柔和的線條，心裡想著她說的那句話，微微一笑，暗想這可能是千古難以改變的男女戰爭常態，即便是她，何嘗不是被男人利用而不得之後的反動？

永陶長公主平靜地看著他的背影，希望自己今天的話語能夠在范閒心裡種下那株毒花。

她旋即抬起頭，看著皇宮上方的夜空，手指頭微微搓動著，似乎在回憶著什麼，皺著眉頭在想，今天晚上，皇帝哥哥是會在哪個宮裡過夜呢？

沒有憐惜，沒有觸動，沒有反思，范閒很直接地離開廣信宮，在太監提的燈籠照耀下，往著皇宮前城行去。

他的後背有些溼了，不是因為害怕，而是因為某種很複雜的情緒。他不由得想起了第一次入廣信宮為永陶長公主按摩時的情形，那時的他雙指停在麗人秀髮旁的太陽穴上，時刻擔心著被暗殺於宮中。

此時想來，當時的范閒在政治上何其幼稚。

而今時的范閒，當然了解，政治這種東西，黑暗、骯髒、血腥，乃是世間最不可觸碰的禁忌。只是他從一出生開始就與這些東西緊緊相擁，故而他必須比所有人都要做得更徹底，掩藏得更好。

永陶長公主今天晚上很平靜，但范閒清楚，正如同自己臉上的微笑越溫柔，內心裡的殺意愈濃，永陶長公主的的神情愈平靜，便……愈瘋狂。

一路向著前城行去，一路看著身前昏黃的燈籠光芒微微甩動，范閒平靜到甚至有些冷漠地分析今天晚上的所見所聞。至於永陶長公主想種的那粒毒，其實范閒自己早已種上了，只不過一直遮掩得極好而已。

永陶長公主會怎樣瘋狂呢？是如梧州那位老岳父所猜想的？可是范閒依然想不明白，到哪裡去尋找這種機會……他忽然想到，永陶長公主今天晚上居然一字都沒有提及遠在梧州的林若甫。

以范閒對那段舊事的了解來看，永陶長公主未必不是對林若甫無情，今夜這般有些古怪，看來那位女人最近的日子確實有某種變化。

「替代品？」

范閒皺著眉頭，輕聲自言自語著。他和二皇子長得有幾分神似，但很奇怪的是，和皇帝老子長得都不怎麼像，反倒是那位一直稍嫌懦弱的太子，和皇帝容貌依稀相似。

「大人，什麼品？」領路的太監討好問道。

范閒笑了起來，說道：「廢品。」

皇宮裡有專門的地方休息，和內宮離的距離頗遠。

皇帝十幾年前忙於政務時，時常連夜辦理國務，當時的宰相公卿也必須在宮裡候著，往往來不及回府，所以皇帝特旨，騰出了前城的一片區域給這些大臣們休息用。

只是如今慶國正逢太平盛世，又暫時無邊患煩心，宮中早已不如當年那般忙碌，這片地方也安靜了許久。

直到今天范閒住了進來。

並沒有過多久，范閒便已經出了那間宅子，藉著高高城牆的陰影，像隻鬼魂一般悄無聲息地前行。他於宮牆之下抓了一把殘雪，仔細地擦掉手指上的淡淡迷香味道，加快速度，往九棵松方向行去。

在皇宮中單身夜行，確實是極為冒險的事情，但范閒清楚，如果真按照正常思考，於夜深人靜時再出動，其時宮中的防衛力量才最嚴密。

此時雖已入夜，但宮中還是有許多人未曾入睡，出人意料的夜行才比較安全。

他的目的地是皇城一角，靠近九棵松那邊的浣衣坊。這片坊區依舊在皇城範圍內，是最初修築時的浣衣局所在地，只是後來宮中的太監越來越多，沿著浣衣局那處修了不少住所，才逐漸演變成太監們的居住場所。

浣衣坊那處也有通往宮外的門，雖然依然由禁軍、侍衛們把守著，可畢竟那處有太監、宮女混居，門禁較諸一般地方要鬆懈許多，那些冒險送東西給宮中皇妃的大臣們，也往往是經由這個地方。

范閒與漱芳宮的聯繫，基本上也是走這個管道。

不過他今天晚上當然不是要溜出皇宮，而是要去見人。

見洪竹。

浣衣坊四周的建築規劃十分雜亂無章，高高宮牆和內裡朱牆之間，不知道修了多少房屋，密密麻麻的一大片。天上夜光照下來，看上去黑糊糊的，竟像是京都的貧民區一般，與富麗堂皇、威勢逼人的那些貴人宮殿比較起來，顯得那樣的寒酸，卻沒有那種可怕的寂寞味道。

第二十九章　哦，眼淚

慶國皇室對太監們的管理一向極嚴，諸多規矩之中，有一條死令便是絕對不允許太監們在宮外購宅居住。一方面是保證宮城內貴人們的隱私安全，方便禁軍、侍衛們的控制，另一方面也是防止有條件購宅居住的大太監們與朝中大臣勾結。

然而那些有身分的大太監們，手上總是不會缺少銀子，既然不能在外購府買院，便只好在如今居住的地方下工夫。於是乎，在浣衣坊這一片看似貧民區的所在，依然能找到十幾座十分顯眼的豪宅。

大太監們的獨門小院，平靜地傲立於熱鬧紛雜的浣衣坊中。

夜已經深了，洪竹將東宮那裡的事情安排妥當，分別向皇后和太子跪辭，便領著幾個親信的小太監往浣衣坊走。

出了內宮沒多遠，那些心腹小太監不知道從哪裡抬出來一頂竹轎，請他坐上去。

在內宮裡，洪竹沒有擺譜的膽子，可出了內宮，這種該享受的事情他也不會拒絕。只是今夜坐在搖搖晃晃的竹轎上，他的臉色並不怎麼好看，那些有些刺眼的小紅疙瘩在冰冷的寒風裡瑟瑟縮縮，他的心情也有些黯淡。

他強行掩去眼中的那絲惶恐與不安，和身邊的小太監們說了幾句，又罵了幾聲，讓他們一定得把東宮裡那兩位侍候好，心中的恐懼因為罵聲而消除一些，這才讓他稍微覺得有些自在。

入了自家的小院，他咕噥了幾句，便進了屋，坐在炕旁的圈椅上。這把圈椅的樣式和洪四庠在含光殿外晒太陽的圈椅一模一樣，是他專門請人做的。

每每有來院中辦事的太監，看見這張圈椅，都會聯想到洪竹與那位老太監之間的關係，心生警惕與尊敬。

洪竹很得意自己的這一手，坐在椅子上，左手抱著一壺熱茶緩緩啜著，一個十三、四歲的小太監恭恭敬敬地跪下來，替他把鞋脫了，又打來熱水替他燙腳。

感受著那雙小手在木盆裡細細搓著自己的腳，洪竹生出一種很奇怪的感覺，有些滿足、有些得意，又有些難過——他的家族當年也是士紳之家，出過幾位進士，只是被那個官員連家端了，這才讓他後來的人生變成了現今的模樣。如果不是有這麼一件慘劇發生，洪竹心想，以自己的年紀，大概也應該透過春闈，開始走上仕途才對。

每每思及此事，他便不禁黯然，然後憤怒，然後對宮外的范閒生出最誠懇的感激。洪竹不是一個忘恩負義的人，所謂士為知己者死，他一向自認為，雖然胯間沒有那個物事，可自己的心……還是一位士。

他的手指緩緩摩挲著紫砂壺表面的顆粒，心思卻不在這美妙的觸感上，他想著自己冒險告訴范閒的事，不知道這件事情會替自己帶來什麼樣的禍害……他一直害怕著，害怕了很多天，直到范閒回京後，他才稍微覺著有了些底氣。

這麼一件可怕的事情就交給小范大人處理吧，或許他會從中獲得某些好處，自己也算報一下恩，只要……事件不牽連到自己身上就好。

洪竹的手指頭忽然顫抖一下，伸出舌頭潤了潤因為緊張而發乾的嘴脣，嗓音乾澀說道：「你出去吧，我有些乏了，沒事不要來打擾我。」

那位十三、四歲眉眼秀氣的小太監，取出乾抹布替洪竹將腳擦乾淨後，嘻嘻笑道：「公公，要不要去喊秀兒來替您捏捏？」

洪竹聽著這話微微一怔，馬上想到了那名宮女柔軟的身體和香香的溼舌，小腹裡一片熱流湧起，只是卻湧不到那該去的地方，不由得面色微黯，加之又怕這話被屋內那人聽著了，羞怒罵道：「滾！什麼秀兒、醒兒的。」

小太監不知洪竹因何發怒，哭喪著臉出了門，小心翼翼地將院門和房門都關好，自去側廂睡了。

「醒兒……那可是宜貴嬪的親信宮女，你居然都敢打主意。」范閒從裡間走了出來，笑罵道：「看你這小日子過的，比我還舒坦，膽子也是漸大了啊。」

洪竹苦喪著臉說道：「爺別羞我，這膽子是真不大……」他試探著看了一眼范閒，笑著說道：「再說那醒兒姑娘，不是爺的人嗎？」

范閒唬了一跳，低聲斥道：「找死！這種荒唐的話也敢說。」

洪竹陪笑著閉了嘴。

這間小院在浣衣坊西南側，地方清淨，范閒先前就運足真氣傾聽過，四周應該沒有什麼人偷聽，比較安全，說話也比較方便。他害怕洪竹太過心驚於那件事情，所以一開口，先是說了幾句玩笑話。

他坐在炕角邊，屋內的燈火不可能從這個角度把他的影子映射到外面去。

洪竹小心翼翼地看了看四周，壓低聲音說道：「大人，知道您今天留在前城，便猜到了，只是……這裡也不安全，還是趕緊走吧。」

頭。

范閒點點頭，看了他兩眼，低聲問道：「確認？」

洪竹的臉色馬上變了，嘴脣抖了半天，有些害怕地又看了一眼四周，半晌後點了點頭。

「這事悶在心裡，誰也不能說。」范閒雖說知道洪竹不至於蠢成那樣，卻依然擔心地提醒一句，皺著眉頭說道：「哪怕捂爛了，也別多嘴……睡覺的時候，身邊最好別有人……那個秀兒也不行。」

洪竹打了個冷顫，心想他媽的，這也太絕了吧，說夢話這種事誰能控制得住。

其實范閒此時也有些惱火，如何將這個燙手的芋頭變成打人的石頭，中間需要考慮的事情實在太多。他今天晚上夜訪洪竹，主要是要當面確認此事，後續的安排，卻是不能馬上就胡亂做出。

他沉默少許後，低聲說道：「不管接下來會做什麼，但有一點你要記住，首先要把你自己從這件事情裡摘出來……不能讓任何人察覺你和這件事情有關。」

「這是第一條件。」范閒認真說道：「但凡有一絲可能性牽涉到你，那便不動。」

洪竹沉默地點了點頭，他心裡早就清楚，自己把這消息賣給范閒，范閒肯定要利用這個消息，而自己肯定會成為對方行動裡重要的一環——從最開始的時候，他就把自己這條小命交給了范閒，族裡數十條人命的恩情，拚了自己這條命還了，也算不得什麼——他此時聽著范閒對自己安全的在意，心中愈發感動。

屋內的燭火搖晃一下，光影有些迷離。

范閒將洪竹招至身邊，貼在他的耳朵上輕聲說了幾句。洪竹越聽眼睛越亮，然而那抹亮色裡依然有著掩不住的畏懼與驚恐，只是這種畏懼與驚恐，並不能敵得過那將來的回報。

如同朝中的大臣一樣，宮裡的太監們自然也會在暗地裡壓莊家，尤其是像洪竹這種已經爬到某種階層的大太監。

從一年前開始，因為范閒暗中的動作，洪竹已經別無選擇地壓在他的身上，壓在漱芳宮中。

「你我現在聯繫不便，總要尋個法子。」范閒交代完一些事情，皺眉說道：「可又不能經過中間人，還有些細節，我得回去好生琢磨，在我回江南之前，我們必須再見一面。正月裡，你有哪天可以出宮？」

「二十二。」洪竹嚥了一口口水，低頭說道：「娘娘不喜歡去年秋天江南進貢的那種繡色，請旨從東夷城訂了一批，這是個掙油水的買賣，娘娘賞了給我，我那天可以出去。」

范閒點點頭，確認了下次接頭的時間，心裡卻閃過一個念頭，發現皇后對於洪竹這個太監還真是寵愛——他看著洪竹額頭上的那粒痘子，下意識往他的襠下看了一眼，旋即自嘲地無聲笑了起來，在這陰沉沉的宮裡看多了陰穢事，什麼事都忍不住想往下三路去想。不過這不可能，淨身入宮的檢查太嚴格，在慶國的土地上，不可能出現韋小寶那種故事。

范閒不敢在洪竹院裡多待，最後又小心地叮囑幾句，便離開了。

等他離開後很久，洪竹才回過神來，看著空無一人的炕角，看著房內的燈火，心裡迷糊著，這房門、院門都沒開，范閒是怎麼走了的呢？

「嘿，還真是神了。」

洪竹一拍大腿，暗自讚嘆。這些天來一直壓在他心頭的那塊大石，不知為何，在范閒到來後，突然變得輕了許多，也許是他將這個天大的祕密告訴了另一個人，分去了一半；也許是他覺著像范閒這種神仙般的人物，一定能夠處理好這件事情。

他對范閒的信心很足，覺得自己今天終於可以睡個好覺了，滿臉輕鬆地吹熄燈火，脫了衣裳，鑽進厚厚的被子裡，雖然被子裡少了秀兒那具青春美好的胴體，洪竹依然感覺十分安樂。

然而范閒對洪竹的信心卻不是十分充分。

對於控制洪竹的手段有三，他一方面是幫洪竹家族復仇，另一方面給洪竹在膠州的兄長無數好處，但真正用來羈絆洪竹的，還是一個情字。這世上，人與人都是不一樣的，有的人可以用金錢收買，有的人在美女面前沒有絲毫抵抗能力，而范閒確認，洪竹是一個很特殊的小太監，頗有篤誠之風、任俠之氣，不然不會因為報恩而甘願成為自己手中的釘子，也不可能偶爾討好了洪四庠……

可是，人的性格、品行總是會隨著他身處的環境而改變，如今洪竹早已不是那個在山野裡逃命的苦孩子，也不再是宮中任人欺負的小太監，他是東宮的太監首領，又深得皇后寵信、皇帝喜愛，宮中太監、宮女們的討好——居移氣，養移體，虛榮可銷骨，利欲能薰心，誰知道日後他會不會禁受不住利益的誘惑，悄無聲息地倒向另一邊？

沒有人知道洪竹是他的人，所以別的派系接納起他來，會十分容易。如果是玩無間，范閒當然高興於這種狀態，可如果洪竹真的如何，他也沒有什麼辦法。

好在有了這樣一個祕密。范閒很感謝這個祕密，不論以後能不能為自己帶來什麼好處，至少這個共同的祕密，可以讓洪竹再也無法離開自己，至少在永陶長公主和太子垮臺之前。

回到了皇城前角的居所，一片黑暗中，范閒小心翼翼地確認了自己離開時設的小機關沒有被人破壞，看來沒有人在這短短的時辰來打擾自己。他伸出手指勾去那根黑髮，入內在那兩名甜甜睡著的太監鼻端抹了些什麼。

然後他坐到床上，從懷裡取出路上順手摸的一瓶御酒，往床邊灑了少許，坐著發了會兒愣，便倒頭睡去。

坐在馬車上，范閒忍不住回頭看了一眼那厚厚的朱紅宮牆，下意識想離這座皇宮越遠越好。他入宮的次數太多了，但每一次入宮，都像是第一次入宮拜訪諸位娘娘時一般，能感覺到那股涼颼颼的味道。

無關天氣，只是涼……薄涼。

他很討厭皇宮裡的這個味道，所以他很討厭一直待在皇宮裡。他很同情那位一直被關在皇宮裡的皇帝老子，同理，他確實不願意當皇帝，這不是矯情，而是實在話。

前世某個論壇上的帖子曾經敘述過皇帝這種職業的非人痛苦，所以范閒想保有自己的自主擇業權，這大概就是他和陳萍萍之間最大的矛盾衝突吧。

腰纏十萬貫，騎馬下江南，背負天子劍，遙控世間權，這種日子或許不錯。

四大宗師裡，其實就屬葉流雲的生活最愜意，只是他還需要君山會的銀子和無微不至的服務。

可范閒不需要。

沉浸在美好的想像之中，范閒偏頭看了一眼妻子，愛憐地輕輕撫摸著她頭上的髮絲，說道：「再過幾年就天下太平了。」

「幾年？」林婉兒牽動著自己的脣角，牽強一笑說道：「希望如此。」

「你和母親談得怎麼樣了？」林婉兒望著車窗外的京都街景，忽然間問了這句話。

范閒微微一怔，溫和說道：「小聊了一會兒，也沒有什麼實質性的東西，妳昨兒看著乏得厲害，那麼早便睡了，我也不好多待。」

「我是裝睡。」林婉兒平靜說道：「如果我不睡，你們兩個人也不方便說什麼。」

范閒沉默許久，他這才明白，妻子是給自己與母親一個談判的機會，一個看看能不能妥協的機會，只是……雙方手裡的血已經太多，很難洗乾淨後進行第二次握手。

感受著身旁夫君的沉默，林婉兒忽而覺得精神有些不濟，身子有些乏力，輕聲說道：「這可怎麼辦呢？」

范閒沉默著將妻子溫柔地攬入懷中，不知如何言語。

林婉兒沒有拒絕他的懷抱，偏頭靠在他的胸膛上，眉宇間有一抹淡漠與絕望一現即隱，眼淚開始滑落下來，如珍珠般，接連串成一線，打溼了范閒的衣裳。

范閒不是沒有考慮過怎麼辦的問題，只是勢早已成，他可以嘗試著打掉二皇子的雄心，卻根本沒有一絲奢望能夠說服永陶長公主退出這天下的大舞臺。

不是你死，便是我亡的鬥爭。

而身處其間的林婉兒，自然是最可憐的人，范閒明明知道這一點，卻無法改變什麼，他緊緊抱著懷中的妻子，不知為何，心頭也開始酸楚起來。

在一年前，林婉兒就曾經提醒過他，說不定永陶長公主便會重新與太子聯起手。此時回想過往，范閒不由得不嘆服於妻子敏銳的直覺，知道林婉兒不是不明白慶國太平盛世下的洶湧暗流，而她夾在其間，只能沉默。

一直沉默，沉默得似乎不見了。

正因如此，范閒對妻子愈發地愧疚與抱歉，因為他無法說什麼，甚至連一聲承諾都不可能給予。

懷中的妻子在無聲地哭泣。

范閒輕輕用大拇指擦去她臉上的淚水。

抬頭看著窗外的街景，他心裡想著，就算一個人擁有兩次生命，可是依然有很多事情無法改變，有很多願望無法達成。

葉輕眉如此，自己也是如此。

第三十章　稻草的根在哪兒？

這是范閒入京三年來，第一次完全獨自一人謀劃一件事情，沒有老頭子們的幫忙，沒有言冰雲的謀劃，但他依然可以運用監察院的龐大情報系統和積年累月保存下來的巨大卷宗資源，開始從皇宮外面，往皇宮裡面伸去陰謀的觸角。

壓力很大，但他必須學會承受這種壓力，在籌備此事的過程當中，他不是沒有考慮過和父親還有陳萍萍說出實情，只是這兩位長輩的心思實在難以琢磨，誰也不知道他們對皇帝的忠誠到了哪種程度，更不清楚這樣一個肯定會讓皇族大亂的陰謀，會不會被兩位長輩因為某種原因強行壓制下來。

所以他選擇了一個人在黑夜裡前行。

監察院的情報源源不斷地送到他的書房中，為了防止引起有心人的側目，范閒用的名義很巧妙，所小心觸碰的，也只是周邊消息，然後轉了幾道手，送往城中那個偏僻安靜的小院中。

他不敢在書房裡沉默太久，從而露出些許痕跡，還是如往常一樣孝順著父親，在園中逍遙著，中途還去任少安府上作了一次客，只是今年辛其物並沒有如往年那般邀請他。

范閒心裡明白，辛其物畢竟是太子近人，在這種當口，在太子漸漸從沉默中醒來，用自己良好的表現、表演瞞過宮裡所有人的當口，辛其物肯定受到了東宮的示意，不再試圖拉攏自己，只是這種轉變也不顯得突然。辛其物尋了個不錯的藉口，並且還親自上門送上一份厚禮。

數日之後，范閒終於將這件事情的頭尾想得比較清楚，在腦子裡過了一遍計畫後，站在事後調查者的立場上，用審慎的目光審視著腦中的那些線索，確認皇族由上至下的調查，很難將洪竹扯進去，更牽連不到自己的身上，這才稍微覺得輕鬆了些。

大年初七，在府中被悶壞的范思轍纏著自家哥哥要出去逛逛。范閒一瞪眼，駁了回去。「你當你還是范府二少爺？現在是院裡在瞞著你的行蹤……但肯定宮裡早清楚了你在哪裡……現在刑部沒人來捉你，是宮裡給父親和我這個哥哥面子，你這麼腆著一張胖臉出去招搖，宮裡的臉面往哪兒擱？馬上就會有人來逮你！」

范思轍一愣，心想兄長今兒說話怎麼這般刻薄，但他這一年裡在北齊做事，依舊保留當年的經商陰險天才，又脫了些許浮誇之氣，馬上看出來兄長有心事，心情比較沉重，小意說道：「哥，出什麼事了？一世人，兩兄弟，有啥話說出來，看我能不能幫你？」

范閒忽然想到隨著范思轍南下的那幾名北齊高手，如今被安排在城外田莊裡，心頭微動，但馬上拋去了那些想法。連陳萍萍和父親他都不敢驚動，更何況自己這個寶貝弟弟，只是被范思轍瞧出了心事，總要有個遮掩。

他微微頓了頓後說道：「末十兒那天，大皇子王府開門迎客，我也要去。」

「末十兒？」范思轍抿了抿嘴，嘻嘻笑著說道：「哥，那可是大日子，看來大皇子真是很看重你啊……居然挑這麼一天請你。」

范閒冷笑一聲。「只怕是王妃的意思……我愁的是什麼？我說要帶弘成去，結果昨兒個王府來人提醒了一聲，末十兒那天，咱們那位二皇子也要去。」

范思轍倒吸一口冷氣。「天老爺啊……哥哥你把二皇子打成了一攤爛泥，這又要去坐在一張桌子吃飯，當心那娘兒們來陰的。」

范閒皺了皺眉頭，說道：「那倒不至於……誰敢在大皇子府上殺人？只不過……覺著有些不好應付。」

范思轍低下頭去，馬上想明白了哥哥憂慮什麼。大皇子選在末十兒請客，請的又是哥哥和二皇子，想來是那位大皇子還存著想讓他兩個「弟弟」重新言和的念頭，哥哥不可能不給大皇子面子，可是……更不可能對二皇子鬆手，難怪如此為難。

他自以為想清楚了兄長心事沉重的原因，搖頭說道：「吃便吃去，反正什麼話都不接，大皇子拿你也沒轍。」

范閒笑了。「也是這個道理。」他看了弟弟兩眼，忽然說道：「真要出去？那可不能下車，只能在車上看看。」

范思轍大喜過望，可憐兮兮看著他。自北齊歸國後，他便一直被關在府裡，就連大年初一的祭祖也只能在車廂裡磕幾個頭，早把他憋壞了，聽著兄長有令，連連點頭。

車遊京都間，雪粒如柳絮般又輕輕揚揚地飄了下來。

范氏兄弟在京都繁華街道上逛了兩圈，中間去了一趟澹泊書局，了解一下最近的情況。二位東家來了，慶餘堂那位頂替七葉的掌櫃趕緊上車匯報，只是聽取匯報是其次，范思轍只是想看看這個當年自己起家時的小書局而已。

離開澹泊書局，又去了抱月樓。

馬車停在抱月樓側方隱蔽的後門外，范思轍斜仰著臉，看著這棟三層的樓子，小小年紀，臉上卻滿是老者的喟嘆。先前看著澹泊書局，已經讓他頗有感慨，此時看著這間改變了自己一生命運的妓院，腦子裡那些複雜感覺一下子湧了上來。

范閒掀開車簾走下去，說道：「來吧。」

范思轍大喜，什麼話也不說，跟著他下了車。

後門處早有人迎著，一行人悄悄地進了後院，沿著那座清淨的樓梯直接上了三樓，坐在一直空著的那個房間裡。

范思轍興奮地扭頭四處張望，手掌不時摸一摸他親手布置的仿北魏樣式的古色家具，滿臉不捨與激動。

范閒笑著看了他一眼，心裡並不擔心弟弟的安全，在京都中，只要他跟著自己一起出來，沒有誰敢強行做些什麼。只是看著范思轍的神情，他的情緒忽然間生出了些許觸動……像思轍和老三這種傢伙，其實如果要以善惡來論，只怕都是要被剮千刀的角色，而自己卻一直堅定地站在他們的身後。

他自嘲笑著心想，自己還真不是什麼好人。

廂房裡沒有別人，只有桑文與石清兒親自服侍，略飲了一杯熱茶後，范閒對桑文使了個眼色，兩個人便走到後方隱著的密室裡。

范思轍也不覺得奇怪，看都沒有看二人一眼，只是繼續與石清兒講著閒話，話裡行間，對於自己離開慶國後，抱月樓的經營狀況十分關心。等他聽到石清兒轉述了范閒對抱月樓的些微革新，以及樓中姑娘們的契約情況後，他才張大了嘴，倒吸一口涼氣，望著密室的眼光都變得不一樣了。

范思轍對兄長真是打心眼裡的佩服，這麼一改，看似樓子吃了些虧，實則卻是收攏了人心，而且減少了太多不必要的黑暗支出。

他搖著胖臉，暗中讚嘆道：「我只會賺銀子，哥哥卻會賺人心。」

范閒要的就是自己屬下的忠心，這抱月樓在吸取權貴銀子之外的重要用途便是情報收集，而這種工作，就只能由對自己忠心耿耿的桑文負責。

「最近妳有沒有去陳園？」范閒望著溫婉的女子，似乎無意問道。

桑文搖了搖頭。「沒有。」

范閒點點頭，桑文是自己的直接下屬，只要陳萍萍不說話，院裡的規章與相應工作流程便不可能干擾到她的行動。

「我要的東西準備得怎麼樣了？」

桑文取出一個密封著的牛皮紙袋，遞了過去，說道：「關於繡局的情報很好到手，只是……您要查的那件事情，不好著手。」

她苦笑著說道：「太醫院的醫官們都是些老頭子，哪裡會來逛青樓？如果真要查太醫院，我看還是從院裡著手比較方便。」

范閒搖頭說道：「我事先就說過，這件事情是私事，絕對不能透過院裡……另外就是，太醫們都是老頭子，可是他們的徒弟呢？那可都是年輕人。」

桑文的嘴唇有些寬闊，但並不如何難看，與她溫婉的臉襯起來反而別有一番感覺。她張著嘴，苦澀說道：「那些太醫院的學生俸祿太少，沒有出師便不能單獨診問，便是京都各府上都不准去……要他們來抱月樓實在是困難。」

范閒從牛皮紙袋裡取出卷宗，瞇著眼睛細細看著，憑藉著自己那超乎世人多矣的記憶力，將卷宗上的大部分關鍵內容記了下來，便遞了回去。

桑文取出一個黃銅盆，將卷宗和牛皮紙袋放在盆裡細細燒了，全部燒成灰燼後才站起身來。

范閒消化一下腦中的情報，閉著眼睛搖了搖頭，說道：「妳這邊就到這裡了。」

桑文微微一福，說道：「是。」

范閒帶著范思轍離開抱月樓，只是他卻沒有留在府中，送范思轍回去後，他又坐上了那輛黑色的馬車。

他在馬車中思考，不論是監察院方面獲取的周邊情報，還是抱月樓這裡掌握的隻言片語，都只得出一個相對比較模糊的定論。

太子的變化，確實是從半年前開始的。那時候范閒遠在江南，根本不知道京都平靜的表面下發生了什麼事情，但是……毫無疑問，一直困擾著太子，讓他的精神狀態顯得有些自卑懦弱的花柳病被人治好了，這件事情讓知曉內情的太醫院集體陷入了狂歡中，都認為是天神垂恩，賜福給慶國。

也就是從那時候起，太子因為身體康復的原因，整個人開始散發出一種叫做自信的光彩，並且更加的平靜，於平靜之中展露出日後一位帝王所應有的沉穩。

太后很喜歡這種轉變，皇帝似乎也有些意外之喜。

從洪竹那裡得到確認之後，范閒就陷入了沉思中，從心理層面上，他能推斷出某些事情，可是……永陶長公主可能只是將太子當作某種替代品，甚至將他當成小白兔般的寵物。但是太子呢？就算他是被動方，可是他從哪裡來的膽子？

不論是以前那位太子的怯懦自矜，還是如今這位太子的沉穩自持，都應該沒有這種膽子去做出這麼荒唐的事情。雖然從政治上來講是有好處的，可是太子依然不像是有這種膽量的人，因為他不夠瘋。

所以在與洪竹商定之前，范閒首先做的，就是調查這件事情的起因，他覺得實在有些古怪。

馬車一顛一顛，范閒的眉頭皺得老緊，身為費介傳人的他，對於藥物這種東西太熟悉不過了，所以在大致了解整個事態之後，他下意識將懷疑的目光放到了……藥上。

藥。

在這個世界上，花柳雖然不是不癒之症，可也是會讓人纏綿病榻，十分難熬的麻煩事，不然太子也不會痛苦了這麼多年，太醫院暗地裡困擾了這麼多年。是什麼藥，能在這麼短的時間內，將太子治好？又是什麼樣的藥，可以讓太子的膽子大了這麼多？

所以他安排桑文查這一路的線索，當然用的是別的理由。然而查來查去，卻發現這條線索的後方竟是一團迷霧，抱月樓的情報力量有限，而監察院那邊的輔助調查也沒有絲毫進展。

范閒開始感覺到一絲危險，似乎自己背後被一道冰冷的目光注視著，這是不是一個圈套？會不會是有人布了一個局，卻讓自己來揭破這些事情？

如果繼續深挖下去，他擔心會驚動那個隱在幕後的厲害人物，所以他斬釘截鐵地中斷了對藥的追查，轉而回到自己應該走的路上。

因為他想明白了一點，自己與洪竹的關係沒有人知道，既然如此，應該沒有人會想到來利用這一層關係。如果真有另一隻手在試圖操控這個事件，那麼與自己的目的是一致的，只要事發時不牽扯到自己身上，那隻手就不可能利用到自己。

藥是關鍵，但又不是關鍵，關鍵的還是太子的心，藥或許能起到一定的推波助瀾的作用，但是這種行事的手法實在罕見得厲害。范閒猜忖著，如果那藥真的有問題，那會是誰做的呢？

轉瞬間，幾個人名馬上浮現在他的腦中，有動機做這種事情的，不外乎是時刻恨不得把永陶長公主和太子掀落馬下的自己，還有那位有了葉家之助、卻開始隱約感覺到太子要搶走他在永陶長公主心中地位的二皇子。

甚至有可能是……皇帝。

馬車中的范閒悚然一驚，下意識搖了搖頭。雖然他對皇帝一直有所防範，可是皇帝對他著實不差，不像是這種人。而且不說皇帝本身對永陶長公主就多有歉意，便是他想打掃庭院，又哪裡屑於用這種滿天灰塵的手段。

當然，第一個湧上范閒心頭的名字，其實是陳萍萍。因為從藥，他很自然地想到了費介，可是什麼都查不到，他不敢冒險去查，自然無法確認什麼，只好收手。

馬車行至一間偏僻宅院，正是當年王啟年用幾百兩銀子買的那間，范閒逕自走進去，在最裡間的房間搬了張椅子坐下來，沉默地看著對面那個枯乾小老頭。

王啟年苦著臉說道：「子越在外面辭行，他明天就去北齊。沐鐵那傢伙不敢接一處……」

范閒揮手止住，直接說道：「你知道我要聽的不是這些事情。」

「您去找言大人也好啊。」王啟年哭喪著臉說道：「下官又不擅長這個……再說……這可是滅九族的大罪啊。」

范閒瞪了他一眼，說道：「何罪之有？又不是我們搞的破事。」

王啟年害怕地看了他一眼，心想，就算不是滅九族，可是自己知道了那件事，如果讓宮裡的人知道了，自己這個監察院雙翼就算再能飛……只怕也是逃不過死路一條。

范閒溫和一笑，拍了拍他瘦削的肩膀，說道：「這說明什麼？這說明你是我最最信任的人……再說了，我的事你都清楚，隨便哪件都是掉腦袋的事，還怕多這一件？」

王啟年忽然很後悔，從北齊回來後，自己就應該按照提司大人和院長的意思，馬上接手一處，而不是又回到提司大人身邊重掌啟年小組，那樣的話，自己一定看不到那個瞎了眼都不該看到的箱子，一定聽不到那個聾了耳都不該聽到的祕聞。

「有人在查。」陳園淡雪中，坐在輪椅上的陳萍萍披著一件厚厚的裘氅，看著園子裡的池塘水面上漸漸凝結的冰渣，微笑說道：「查得很巧妙，藏得很深，還不能確認是什麼人。」

費介看了他一眼，搖頭說道：「離預定的時間還有三個月，希望不要出麻煩。」

「不知道瘋姑娘是不是察覺到了什麼。」陳萍萍嘆了口氣。「不過小姐說過，駱駝真正的死亡，只需要壓上最後一根稻草……我活不了幾年了，這根草必須趕緊放上去。」

第三十一章　萬物有法

費介沉默地看著輪椅上的陳萍萍，知道陳萍萍對自己的身體有足夠清醒的認知，以至於他想安慰些什麼話，也說不出口來。

監察院是當年慶國新生事物中最黑暗的一部分，真正能夠了解大部分歷史、察知陳萍萍心意的，在這個世界上，就只剩下了這位用毒的大宗師一人。

「年中。」陳萍萍加重語氣，著重說了一下時間。「你離開京都後就不要回來了，我知道你這輩子全天下都去過，就是希望有一天可以坐海船去那些洋人的地方，去看看他們的藥物是怎麼做出來的。既然你有這個願望……還是早些去吧。」

費介暫時沒有說話，他心裡清楚，以自己曾經在軍中發揮過的作用，宮裡那件事情根本不可能影響到自己，而院長大人會催促自己離開慶國，坐上海船，是想在事情大爆發之前，讓自己去完成人生的理想，讓自己脫離那件事情。

他雖然老了，可依然是有理想的。

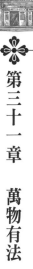

「本來早就應該去了。」費介笑著說道：「只是收了個學生，總是有些記掛。」

「去吧。」陳萍萍很誠懇地說道：「人生一世，喜歡做什麼就要去做，不然等到老了、跛了，便是想走也走不動了。我雖不信神廟所言報應，但你這一生，手下不知殺死了多少人，總會惹人注意……三個用毒的老傢伙，肖恩已經死了，聽說東夷城裡那位也忽然得了怪病，就剩下你一個，你可得活下去。」

費介沉默半晌後說道：「聽您的，年中我就去東夷城出海。」

陳萍萍看了他一眼，有些疲憊地笑了笑。「為什麼不肯從泉州走？」

「一是那個地方有以前的味道，我不喜歡回憶過往。」費介說道：「二，既然是要單獨出海，我不想讓陛下或者范閒知曉我的去向。」

陳萍萍點了點頭。

費介是監察院裡一個很特殊的角色，三處的職事在很多年前就已經辭了，如今應該算做是院裡的供奉一類。三處如今的主辦是他的晚輩，提司范閒是他的學生，在這麼多年裡，他都是陳萍萍的臂膀夥伴與好友，所以他在院裡很超然。

雖說那個方正的建築地下室裡，依然為他保留了一間負責藥物試研的空房，但他很少去那裡。他日常配製藥物，薰焙毒劑的工作，都是放在京都一角的某個院子裡。

這個院子是一個獨自的研究部門，一應經費當然是由監察院撥劃，而相應的下人與學徒，也都有監察院官員的身分。

一代用毒大師的研究成果，自然相當珍貴，不論是軍方需要的箭毒，還是王公貴族後院裡爭風吃醋殺人滅口需要的毒劑，都是人們流口水的東西。

然而這個院子的防備並不如何森嚴。因為費介的凶名、毒名在外，包括北齊、東夷的敵人，以及慶國內部的權貴們，都沒有那個膽量去院中扮小偷，誰知道費介在院子裡養了什麼毒蟲，撒了什麼毒粉。

服侍費介的學徒與下人們自然不擔心這個，身上都佩帶著解毒丸子，就算誤服之後，也不會有生命上的危險。

不過費介這個院子裡的人，經常有經濟上的危險。因為研製毒物，採購世間難見的原料總是需要大筆資金，而前些年內庫所出不足，監察院有時調撥資金不及，費介在做試驗的時候，卻不肯等待，於是學徒們的月餉經常被扣，而事後費介往往又忘了補發，學徒們又不敢張嘴去要……所以，他們的生活過得並不如意。

貓有貓路，鼠有鼠道，只要是為慶國服務的龐大機構中一員，人們總是會找到各式各樣的辦法去賺外快，去充實自己的荷包。

院裡的學徒們也不例外，他們所倚仗的，就是自己對毒物的了解。雖然他們不敢進那間小室，將費介珍視的成果拿出去賣掉，可是一些並不怎麼起眼的小玩意，卻成了他們的斂財之道。在這十來年裡，遍布天下的殺手、正妻、二奶們，都透過不同的管道，分享著監察院的毒物。

同時，金錢也往這裡匯來。

只是賣毒的危險性太大，誰也不知道這毒藥會賣到什麼地方去。所以後來學徒們開始偷費介的藥方子出去賣。一開始時，生意並不怎麼好，因為沒有多少人敢用費介開出來的藥，直到范閒以費介親傳弟子的身分，在皇宮裡自療己傷，後來范若若承襲了兄長技藝，開始到太醫院講課……費介治病的本事，才真正得到了市場的承認。

賣藥好，安全，無後患。

在五、六個月前，費介身邊的一位學徒便曾經賣出去一個藥方，而且這個藥方為他帶來了極大的金錢好處。他把這方子賣給了京都出名的回春堂，而且賣的時候格外小心，沒有在方子上洩漏半點兒線索，也沒有露出面容給對方看到，只是一手交錢、一手交貨而已。

在四個月前，這名學徒忽然患了重病，或許是長年接觸毒物，而被感染了，幾番治療無效，在床上咳血死去。

而在那名學徒死之前，回春堂就已經憑藉那個藥方，成功地研製出第一粒藥丸。在某個實驗品的身上確認了療效後，回春堂的老掌櫃極其英明地將這種藥的存在，變成了回春堂最大的祕密，卻根本沒有發現那個藥的副作用。

他知道京裡很多王公貴族需要這種藥，這是回春堂在京都大展手腳的憑恃。那位老掌櫃當然不會傻到讓藥方洩漏出去，而只是透過隱密的關係，送了一顆給背後的東家。

回春堂的幕後東家是太常寺一位六品主事，這位主事一向極為小心，沒有將自己與回春堂的關係透露出去。當他確認了這個藥的效用之後，一股由內而外的激動頓時占據了他的容顏。

太常寺負責皇室宗室的相應事宜，在宮中走動極勤，當然隱隱知道東宮太子這些年的所謂隱疾。這位主事，隱隱看到了自己飛黃騰達的可能性，然而……卻又不甘心僅僅做一位上藥者。

所以他拐著彎尋到另一位宗親的府上，送上藥去，當然沒有言明是自家的藥堂研製出來的成果，只說是幾番苦苦追尋，終於在東夷城的洋貨裡找到這個藥。

那名宗親聽他一說，眼前一亮。

太常寺主事自然要說自己並沒有藥方，需要不斷地去尋找。

他心裡盤算得很清楚，只要這藥一直在自己手中，東宮裡的那位貴人就會一直需要自己，那自己如今的前程、將來的前程自然會遠大起來。

那位宗親心知肚明這位太常寺主事心裡想的是什麼，卻也不點破，捋鬚微笑數句、讚揚數句，只說這藥自己會吃，打死也不肯說藥會送入宮中。

彼此心知肚明。

從此，回春堂由老掌櫃「親自研製煉製」的妙丹，經由「努力尋找」的太常寺主事努力，送到了「需要藥物補充體力」的宗親府上，再經由隱密的管道送入了皇宮中。

伴著茶水，送入了太子薄薄的嘴脣裡。

十日一粒，未曾中斷過。

這一切事情都做得很隱密，就算有人查起來，也隨時會在某條線上斷掉。然而這條線上的所有人都不清楚，從一開始，這條線上的所有關係、所有可能性，都是被人算好了的。他們自以為隱密，自以為萬事皆控在手，豈不知，他們自己其實都是被人控制著的卒子。

在小院裡，范閒扔下陷入苦思之中的王啟年，走到井邊。鄧子越一直在外候命，見他此時得空了，趕緊上來稟報，臉上很自然地流露出幾絲不捨與小小緊張。

他明日便要遠赴北齊，接替王啟年北方密諜大頭目的職司，這個職司雖然名義上是在四處的管轄下，但一直以來，都是直接向陳萍萍或者范閒負責，是個極為重要的位置。言冰雲之後就是王啟年，王啟年之後便是他，他心裡清楚，自己的能力不在這方面，只怕在北方行事較之前面兩位大人有不小的差距，所以他很誠懇地向范閒請示此行應該注意的事項。

「全天下人都知道你是我的親信。」范閒叮囑道：「這個瞞不過北齊人，也不需要瞞北齊人……只是你不像王啟年一樣，可以隨時甩掉身後的錦衣衛，所以你要比他更小心。」

他頓了頓說道：「所以你要習慣扮演一位外交官員的角色，做間諜有很多種，小言公子當年是暗諜，王啟年是明暗參半，你則只能做明諜……沒有特殊情況，不要動用北方的網路，相關文書來往，用密信經郵路便好。你足夠細心，有很多情報其實不需要暗中打聽，只需要多參加一些宴會，與北齊的貴族們多聊聊天，便可以察覺的。」

鄧子越微微一怔，范閒這個新鮮的說法，頓時在他的腦子裡開啟另一扇門。間諜……不去偷聽也成嗎？

「現如今，兩國是蜜月關係。」范閒微笑說道：「一切以此為宗旨，不要把北齊人的面子削得太狠。」

鄧子越點點頭，問道：「那北邊的網路怎麼梳理？我的身分太明，您先前也說了，我不大好去接觸。」

「林文還是林靜？現在應該還在上京城裡，他是老人了，會向你交代注意事項。」范閒想了想後說道：「第一級我已經私下與你說過了，只是那個地方你不要去……如果有什麼交代，你去找思轍，他手下有經商的網路，傳遞消息到第一級比較方便。」

鄧子越知道那個第一級便是范閒前些天私底下說過的油鋪，心想這個安排倒也妥當，點了點頭。

「有南下給我的私人消息，從夏明記走。」范閒想了想，又說道：「馬上抱月樓在上京的分號也要開了，到時候，我會交代他們聯繫你。」

鄧子越心想大人已經安排妥了，自己確實不需要太花心思。

范閒看著他那張平靜的臉，心裡卻湧起淡淡歉意。讓鄧子越這麼亮明身分去北齊，其實為的就是讓他不方便接觸北齊的諜網，而讓弟弟有機會在裡面伸個手，同時再讓抱月樓夾雜進去。

鄧子越不曾懷疑過范閒的心思，而范閒卻存著一個有些荒唐的念頭，看能不能把慶國的北齊密諜網路，全部變成自家的耳目。

這個網路對於范思轍的生意，對於自己與北齊方面的交易來講，實在是太重要了。

他輕輕咳了兩聲，又說道：「此次北行我撥兩百黑騎送你過滄州，那邊自然有北齊的人接著，除了朝廷的事情之外，最緊要的，你得替把我這傢伙活生生地帶進上京城，入了上京城之後，不要找別人，直接去天一道大廟找海棠朵朵，後面的事情聽她安排就是。」

范閒抬頭看了院角那個赤裸著上身在砍柴的年輕人一眼，那名年輕人砍柴砍得虎虎生風，只是眉眼間猶存青澀，不知多大年紀。

鄧子越順著他的眼光看過去，皺眉說道：「海棠姑娘自然可以安排，只是……北齊人知道後會不會有什麼想法？」

范閒面色平靜說道：「北齊人的想法和我們沒關係，我只是把人送過去而已。」

鄧子越猶豫少許後，試探著說道：「可是把他送還給司理理……以後怎麼控制？」

他是范閒的親信，當然知道當年范閒硬生生從陳萍萍那裡把這年輕人搶過來的故事，而且也清楚，這個不起眼的年輕人，這個被關在小院裡快兩年的年輕人，其實便是如今北齊貴妃娘娘司理理的親弟弟。

「控制分很多種，我現在不需要這種方式，所以乾脆給個大方，大家彼此間合作起來也舒服些。」范閒笑著說道，心裡卻在想著，自己與北齊間的利益早已絞在一起，一個人質在與不在，其實差別並不太大。司理理的弟弟，早已喪失了當年的重要性。

鄧子越再無異議。

范閒揮手將那個年輕人召過來，看著年輕人臉上猶未磨平的不平與恨意，溫和說道：「你馬上就要去上京了，有沒有什麼東西要置辦給你姊姊的？」

那名年輕人往地上呸了一口唾沫。

范閒與鄧子越都笑了起來。范閒望著他搖頭說道：「去上京之後，把脾氣改改……我可不希望你給你姊姊添麻煩，另外，不要怪我關你兩年……你也知道你的身世問題，如果不是把你關著，只怕你早就死了……嗯，到上京見著你姊姊後，記得代我向她問好。」

忽然間，他想到了兩年前那一路與司理理的同車前行，神思微微恍惚，旋即平靜下來說道：「替我說聲謝謝。」

那名年輕人有些聽不明白，撓了撓頭。他只見過范閒幾面，而且一直被關在院中，也不知道外間的傳聞，但也清楚，這名年輕的權貴人物，一定是慶國裡的重要大臣，只是年紀似乎太小了些……他有些意外，這名姓范的權貴人物似乎與很久沒見的姊姊十分相熟，有交情似的。

聽此人這般說，難道自己還真應該感激他？年輕人再次撓了撓頭。

天色入暮時，范閒與王啟年離開了這間院子，上了馬車。在馬車上，范閒眼視前方，促狹笑道：「老王，你家也在這邊，怎麼一直不肯請我去坐坐？」

王啟年看著他臉上的笑容，心頭一苦，想到自己偷看他與海棠朵朵的情書時，他在最後的那句威脅，顫著聲音說道：「大人，我女兒還小……再過幾年吧。」

范閒一愣，險些一口血噴出來，惱火地瞪了他一眼，心想他這模樣還能生出如何水靈的女兒來？

只是笑話罷了，只是王啟年憂心忡忡之下，做捧哏的功夫明顯下降了很多。

馬車停在王啟年家的後門，車中已經沒有人，然而府中也沒有人。

兩名面容普通、穿著粗布棉襖的百姓，此時出現在南城某間宗親府對面的巷口中。兩個人袖著手，半蹲在地上閒聊，只是聊天的內容似乎並不怎麼悠閒。

「就是這家了，皇后的親戚死得差不多了，這是個極遠的親戚。」

「知道了又有什麼用？」

「如果是送藥進去，那一定有規律可循，我要知道，宮中那人多久需要一次藥。」扮成百姓的范閒往地上吐了一口痰，說道：「這藥雖不能壯陽，但可以壯膽，那位爺的膽子就是靠這藥提著的。想要抓姦，你就得摸清楚這姦的時辰規律……」

第三十二章　不速則達

范閒當然沒有辦法扮成不愛衛生的百姓在宗親府前一守十八天，他只是與王啟年來證實隱著的那條線確實如他們所算，他們並沒有順著這條線往下查的想法。

而且他心裡清楚，今天是初七，二十二日與洪竹確認，自己二月初便要離開京都再赴江南……中間的時間實在是太少，根本沒有辦法真的抓住什麼規律，唯一可以倚仗的就是王啟年那一手神鬼莫測的跟蹤功夫。

確認了目標之後，二人離開了宗親府門口，回到那片老城的院子後門。范閒雖然極有興趣去看看王啟年的日常生活，但這段日子實在有些緊張，他沒有太多的時間去享受人生，揮揮手便上了馬車。

他的一應裝備都留在這輛黑色的馬車上，脫下外面的衣服，檢查完袖弩與藥包，這才取出一個梳妝盒子，仔仔細細地往臉上塗抹著，又用監察院的特製膠水，將自己的眉角往下黏了黏。

他的眼距與眉相立即變了，又在頷下加了個不起眼的小痣，翩翩佳公子頓時變成了不怎麼起眼的路人。

馬車停在西城荷池坊的外面，而范閒卻早已下了馬車，匯入了西城複雜的人群中。

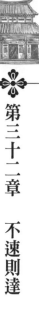

京都西城的面積並不大，相較其他諸城而言，不夠富庶、不夠清淨、不夠貴氣，尤其是荷池坊這一帶是一整片貧民區，此地居住的人們一天到晚考慮的首要是活下去的問題。家裡庫房有糧食，人們才會考慮禮節、道德之類的東西，所以坊中的人們並不因為荷池坊的名字，就會多幾分傲立濁世的氣節，反而龍蛇混雜，什麼不能見光的買賣都有。

路人范閒用衣後的雨帽遮著落下的小雪花，滿臉陰沉地踩著街巷中的泥巴，往荷池坊深處走著。他這表情在荷池坊中並不顯得多麼引人注目，街旁的百姓和商鋪裡的掌櫃們看都懶得多看他一眼。

坊中這種滿臉陰沉、像是死了爹一樣的人物太多了，因為這裡道上的兄弟們太多了，不是每天去收帳都能收回來的，不是每次京都府逮人，他們都能跑掉的。道上兄弟們仗義凶狠，道上兄弟們的情緒也很暴躁，所以情緒低落下來也很正常。

穿過一條伸出破爛雨簷的窄巷，范閒又陷入了那些站街妓女的包圍中，好在此時天色尚早，敬業的妓女們雖然出來站著，但臉上劣質的脂粉和不停的呵欠說明了她們戰鬥力的低下，范閒才得以輕身而出，鑽進一棟背街的小木樓，尋到了自己的目的地。

木樓裡充斥著一股難聞的味道，范閒甫一進門，便忍不住揉了揉鼻子，但他沒有掀開頭上的帽子，直接坐到床邊，從懷中取出一個信物，遞給床上那個警惕的癱子。

癱子的手還能動，滿臉緊張地注視著這個不速之客，接過信物後仔細看了半天，才壓低聲音說道：「既然是自己人，怎麼這麼冒失就上來了？」

范閒沒有時間和他扯這些，直接說道：「最近裡面有什麼好東西出來？」

那個癱子的臉色變了變，不知道眼前這個可惡的傢伙到底是幫裡什麼人，居然會如此直接地問出來，但對方既然知道了這件要腦袋的事情，肯定是幫主的親信之類了。

他在滿是臭氣的被子裡摸了半天，摸出無數盒子。范閒一個一個掀開仔細看著，臉上依舊是那種死氣沉沉的表情，看得出來相當不滿意。

癱子看著他的臉色，搖了搖頭，在自己頸下的瓷枕裡掏了半天，終於掏出半塊玉玦遞過去。

范閒接過玉玦細細端詳一番，這玉的質地上佳，溫瑩一片，實在是個好東西，而且上面雕的制式雲紋明顯是皇家用器。

他滿意地點點頭。「不錯，這種好東西，越多越好。」

那名癱子得意地笑了笑。范閒心裡也笑了笑，他當然清楚面前這癱子並不像表面上這麼可憐。

京都乃天下風流財富匯聚之地，尤其是皇宮，從古至今，天下萬民供養皇帝以及諸位貴人，而服侍皇帝與貴人們的太監、宮女們又會偷偷摸摸將這些東西偷出來，反哺天下子民中黑暗的那些成員。

皇宮如此，各大府中也是如此，而且太多見不得光的銀錢珠寶需要洗清，換成各州郡裡的田契，而做這種事情的，自然只能是底層的那些專業人士。

黑道就是這種專業人士，所以全天下真正有些實力的幫派，都會在京都留個小分號。這些江湖人士不敢與朝廷作對，但做做朝廷的下水道，掙些零碎銀子花花卻不會客氣。

說來也很奇妙，正因為這些江湖人異常安分，所以京都至今也沒有什麼叫得響的道上名號。而河洛幫，是這些負責接手皇宮贓物的幫派中很不起眼的一個。范閒在杭州時與夏棲飛多有交談，對於這些暗中的勢力有所了解，才知道，原來河洛幫竟然在宮中有一條固定的通道，不由得有些肅然起敬，也才會有今天的荷池坊一行。

這個癱子，就是專門負責河洛幫在京都銷贓第一環節的事宜，這些人做的是滿門抄斬的事情，自然十分小心，一環一環並不相連，接貨的人時常變化，這才給了范閒一個可乘之機。

至於那塊信物，自然是監察院很多年前就備好的。

那癱子看著他滿意的笑容，得意說道：「據說這是先帝爺賜給太后娘家的一塊，只不過後來出事了，不知怎的，現在又回到了東宮裡，這可花了不少的氣力。」

范閒心頭一動，笑道：「貴人們哪裡在意這些小東西，隨意擱在庫房裡，不過個幾十年也想不起來。」

癱子感嘆說道：「是啊，這塊玉如果放到江南去賣，轉手再去江北買地，只怕可以買上千畝。」

范閒不想陪著他感慨了，說道：「第一次交接，不懂規矩。」

他說得很直接，反而那名癱子沒有起什麼疑心，從被子裡取出一本帳薄，指著上面寫的甲等酒的空格處，說道：「在這兒。」

范閒笑道：「你這癱子，被子裡倒是能藏東西。」

癱子咕噥了幾句，似乎是在回憶過往，自己跟著幫主打殺四方，被人一錘打癱，幫主可憐他，才讓他到京都來主持這些事情。

范閒並不了解太多河洛幫的故事，自然不敢搭腔，在帳薄上面用改變過的字跡簽好後，從懷中取出一張銀票遞過去，說道：「頭期是三成吧，你可別多收我的。」

癱子看著那一千兩的銀票點點頭。「差不多，雖然這玉肯定不只這個價，但畢竟是犯忌諱的東西，也只能折著賣。」

辦完了這一切，范閒將玉玦仔細地收好，不再多說什麼，走出了這個陰暗的房間。

行走在荷池坊汙泥一片的街道上，天空依然陰沉著，而范閒被那件事情折騰得陰鬱已久的心情卻放鬆了起來。他已經想明白了整件事情應該如何操持，雖然這個計畫確實有些繁複周迴得令人厭煩，但范閒也沒有辦法，為了保障洪竹的安全，為了讓自己一直隱在幕後，總是需要這麼百轉千迴地去接近真相，去揭發真相。

如今計謀在胸，雖然不知道會不會出什麼問題，但總比前些天面對著一盆紅燒肘子，卻找不到下嘴的地方要好太多。

一應流程都想清楚了，剩下的只是需要洪竹去操辦，當然，還需要皇帝真的如范閒預料那般敏感多疑並且充滿了想像力與智慧。

正如永陶長公主與范閒一直以為的那樣，慶國皇帝確實是個敏感多疑的人，而長久站在政治頂端的人物，對於一切陰謀總是會往最壞的地方去想像，去發揮自己的智慧。所以范閒越想越放鬆，越覺得皇帝老子這次要被自己好好地玩一把。

能夠陰人，而不讓自己陷入其中，范閒十分難得地生出幾絲得意來。雖然他如今是九品高手，大權在握的權貴人物，可他一直保持著心神的恬靜，只是今天這份得意卻是怎麼也抑制不住。

大概是因為……從入監察院以來，他在陰謀這方面總是很弱的緣故，以往有言冰雲幫襯著，所以看不出來什麼問題，但像是膠州一事後，陳萍萍在信裡把他罵了個狗血淋頭，對於他的構築陰謀能力十分不屑——所以今天范閒真的很得意，越想越得意。

得意之時，便在荷池坊的出口牌坊下看見了一位失意之人。

范閒看著牌坊下那個擺著藍布案、頂著小雪高聲吆喝生意的人，不由得呆了起來，停了腳步，躲在人群後細細地看了幾眼。

那是一個訟師，正在藍布案後聲嘶力竭地招徠著生意，臉色有些蒼白，似乎身體出了什麼問題，以至於他的聲音都顯得有些後繼乏力。

范閒微微低頭，讓雨帽遮住了自己大半張臉，瞇著眼睛看著那張臉，心裡生出一股莫名的感覺。

那名訟師的生意很不好，不要說打官司的人上前詢問，便是連請他代寫訟狀的人都沒有一個；而且有些似乎隱約知道內情的百姓，更是遠遠躲著那張藍布案在走，似乎生怕沾上了什麼晦氣。

范閒皺了皺眉頭，然後離開了荷池坊。

大約半個時辰之後，就在一家很尋常的酒樓雅間裡，范閒滿臉微笑，將手邊的一盤菜推到對面，說道：「慢慢吃，慢慢聊，為什麼你現在成這樣了？」

坐在他對面的正是荷池坊的那個訟師，也正是當年在京都與范閒打第一場官司，後來又被范閒綁到江南去，替他在明家官司裡出了大力的重要人物——宋世仁。

宋世仁有個匪號叫「富嘴」，又號稱天下第一狀師，向來行走官衙，何至於淪落到如今沿街擺攤的地步？范閒當時在街上看著就覺著震驚，稍後才讓自己的屬下去將他請了過來，只是也不敢去抱月樓。

他瞇眼看著滿臉頹喪的訟師，心裡雖然猜到了什麼，但依然忍不住開口問起對方的近況。

宋世仁沒有吃菜，只是滋溜一聲喝了口白酒，深深地望了范閒兩眼，旋即嘆了一聲，苦笑三聲，卻無一言一語。

「說吧，是不是和我有關？」范閒問道。

宋世仁再嘆一口氣，沉默半晌後說道：「大人既然猜到，我也就不怕獻醜了，從江南回來之後，同仁、街坊還有那些大人們知道我在江南的風光，倒也將我高看了兩眼，又知道我是替大人您做事，更是個個對我點頭哈腰……只是後來卻是風聲為之一變，不知道為什麼，不但沒有人敢請我打官司，便是平素裡交好的友人也紛紛離我遠去。」

「不知道為什麼？」范閒嘆息說道：「你我都知道是為什麼。」

宋世仁苦笑道：「即便知道，難道又敢四處喊冤去？」

范閒沉默了下來，聽著宋世仁滿懷哀涼的述說，才知道原來後幾個月裡，這位當初的天下第一訟師竟過得如此悽慘。

不只是掙不到銀子的問題，而且似乎在一瞬間，整個慶國的官僚機構都開始針對宋世仁，京都府、刑部，甚至是禮部和太常寺都來找他的麻煩，各式各樣的藉口用了不少，反正是將他的家產如風吹雨打一般盡數剝去——宋世仁再如何能言善辯，又怎麼敵得過堂堂朝廷不講道理的搞法；而且他往日裡熟識的權貴人物如今更是一聲不吭，似乎很害怕整治宋世仁的幕後之人。

如今的宋世仁只能帶著家人，租住在荷池坊這種地方，生活可謂淒涼不堪。

范閒與他對視一眼，同時搖了搖頭，二人彼此心知肚明，這一切的原因是什麼。

宋世仁替范閒在江南打了明家官司，且不說幫了范閒多少，關鍵是透過宋世仁的嘴，將范閒擬的嫡長子繼承權天然不受侵犯……這條慶律未見卻深入人心的神聖規則打得七零八落。

這便是犯了宮中的大忌諱，那位太后輕輕說句話，自然有無數的人想辦法讓宋世仁閉嘴。

這是一個很深刻的教訓。

「至少人沒有事。」宋世仁有些後怕地摸著脖子，說道：「能活下來，就已經是上蒼可憐了。」

范閒心裡明白，宋世仁沒有被人殺了，完全是宮裡的貴人們還給了自己幾分薄面，他不由得自嘲說道：「即便沒人敢幫你……你為什麼不來找我？這件事說到底也是我害得你，你來找我幫忙，我總要盡些心的。」

宋世仁苦笑道：「替大人打了個官司，便險些家破人亡，哪裡還敢去替大人添麻煩。」

范閒知道此人心口不一，只怕是害怕求上自己門，反而會添了更多的禍患。他看著宋世仁笑了笑，說道：「不要擔心什麼。」

他從懷中掏出銀票，遞了過去。宋世仁抬眼看著最上面那張寫了個很嚇人的份額，不由得唬了一跳。雖說他也是見過世面的人，但是一出手便是這麼多銀子，實在是讓他有些不敢接過去。

范閒說道：「我會馬上安排你全家出京，安全問題不需要擔心，這些錢你先拿著用，算是我對你的一個補償。」

宋世仁沉默了半天沒有接話。

范閒看了他兩眼，說道：「放心吧，本官要殺你脫災，早在江南就砍了，你知道我向來不憚於殺幾個人的……你要明白我的性情，但凡有人幫過我，我一定會護著他，給他足夠的補償。」

「宮裡的怨氣過兩天就淡了。」范閒意有所指說道：「到時候，只要我護著你，誰還敢來動你？」

正月初十，慶國民間又稱末十兒，算是年節裡比較重要的一天，雖然不像初七時那般萬人出遊，但是大街上也是熱鬧。

擬定了所有事情的范閒，顯得特別輕鬆，帶著林婉兒坐著馬車，在京都裡逛了半天，才在她和藤子京的不停催促下改了路線，直接駛往了離皇城並不遙遠的和親王府。

和親王府的大門今日大開，來的賓客卻不多，大皇子此時正站在石階上等著范府的馬車。

馬車停在府門口，大皇子望著范閒冷笑道：「這麼晚才來，待會兒可別先溜。」

第三十三章　破冰如玉

京都的雪止了又下，不似北齊上京城雪勢的灑脫乾脆，又不似澹州那般絕無雨雪煩心，偏如江南的春雨一樣纏綿得令人煩惱。范閒有些惱火地伸手拂去髮上的雪粒，看著王府門口的大皇子說道：「吃個飯，何至於這般緊張？」

其實大皇子沒有說錯，如果帖上的落款沒有北齊大公主的名頭，范閒甭說會不會提前溜，便是來不來也是不一定的事情。

范閒有些痛苦地想著：你們皇族兄弟聚會，把我這個歸宗的范家子弟喊來幹麼？

他是真不想來，一是不願意在局勢不明的情況下看見二皇子兩口子，二來自己正想著那些陰險事，如果太子這個被自己陰的對象繼續溫和地與自己交談，自己該怎麼辦？

沒有他說話的分，他的妻子已經眉開眼笑地站在大皇子面前，嘻嘻笑著說了幾句，然後二人並肩往和親王府裡走去。

范閒看著這幕兄妹情深，心想這哥哥可不是堂哥哥，心中酸意微起，哪裡還有不進府的可能？

和親王府，范閒來過的次數並不多，一跟進府自然有人伺候著坐下，范閒往四周看了看，沒有瞧見旁的人，便把心放了下來。

那邊，林婉兒正在與久未見面的大皇子熱切地說著什麼事情，范閒一個人坐在廳內無聊，也懶得去插話，半閉著眼睛養神，只是身旁的話總在往他的耳朵裡鑽，一時是林婉兒在調笑大皇子婚後的模樣，一時是大皇子在問林婉兒在江南過得可還習慣，范閒有沒有欺負她，江南的景色如何？杭州會究竟是個什麼衙門？

等林婉兒向大皇子解釋清楚，杭州會和衙門沒有什麼關聯後，范閒已經忍不住打起呵欠來，心裡覺著無聊，想這一對兄妹假假也是皇族裡的重要人物，一人還是曾經領軍殺人的大將軍，怎麼聊起天來，和藤子京媳婦那些三姑六婆差不多？

正暗自腹誹著，忽然感覺到身後一陣微風吹來。他警惕地睜開眼睛，回身望去，只見一位身著華麗服飾的年輕美婦掀簾而入。

范閒微微一怔，盯了一眼那女子雲鬢之上插著的一朵珠花，笑了起來，說道：「見過王妃。」

來者正是北齊大公主，如今的和親王妃。這位異國貴人當年嫁入南慶，范閒便是當路的使節，二人一路千里同行，自然也比旁人多了幾分熟稔。

只是自從大皇子與她成婚之後，范閒與她自然不方便保持聯繫，便是彼此暗中的某些應承也基本上沒有什麼實踐的餘地，多時不見，竟覺著有些陌生，初一見禮之後，范閒便不知道應該再說些什麼。

林婉兒見大王妃出來了，也趕緊站起身來行了禮，卻硬被這位大王妃逼著她按民間規矩叫了聲嫂子。

大王妃相貌端莊，尤其是眉梢、眼角裡透著一股大氣，讓人看著可親可喜，只是此時那對寧靜眼光一轉便又盯住了范閒，透出一絲異色。「多日不見小公爺，不知小公爺近來可好？」

范閒與她面對著，早已看出這女子柔和眼神裡的那絲嗔怒，再加上連著兩句小公爺轟了過來，當然心知肚明對方有氣。只是他清楚，大王妃的怨氣自然與男女之事無關，也不是真的怨自己送親回國之後便少見面交流，只怕還是那羊蔥巷的事情……發了！

他下意識看了一眼大皇子的臉色，發現那廝居然還能強作鎮靜，也只好掩了尷尬笑道：「大公主這話說的……還是如往日叫我范閒的好，要不……叫妹夫？」

這笑話雖然不好笑，但是范閒言語間的稱呼非常有講究，他依然敬稱對方為公主，這用的是舊日稱呼，一來讓對方想想當日的舊情，二來他知道，大王妃聽著這聲稱呼一定會心氣順許多。

北齊大公主雖然嫁的是南慶大皇子，並不怎麼辱沒身分，但畢竟是遠嫁異國，而且當時成婚的背景是兩國戰爭以南慶勝利而結束，所以這門婚事對於北齊人，尤其是大公主自身來說顯得有些不大光彩。

更何況大皇子封的是和親王，和親和親，是什麼意思？每每想到大皇子的王號，范閒都忍不住想笑，心想皇帝老子果然是個很陰酸記仇的傢伙，北齊大公主只怕恨死了和親王妃的名字。

果不其然，大王妃聽著大公主三字便怔了怔，她在南慶生活了近兩年，嫁了個不錯的男子，過著不錯的生活，可是……畢竟身在異鄉，她雖然嚴禁府中下人以全稱敬稱自己，但是也許久沒有人叫過她公主了。

大王妃的眼色頓時柔和了起來，看著范閒微微一笑，暫時放棄找他麻煩的想法。

林婉兒和大皇子都是聰明人，當然聽出先前兩句話裡，范閒與大王妃就進行了某種程度上的試探，不由得面面相覷，忍不住搖了搖頭，覺得這兩位真累。

四人落坐閒話不過數句，范閒便忍不住扭頭看了一眼大門的方向，搖頭說道：「我便說今天來早了，婉兒非要催我。」

「人都齊了，就等你。」大皇子看了他一眼，說道：「你這新進公爺的面子大，讓兩個王爺等你。」

范閒微微一怔。

「太子殿下今天不會來。」大皇子解釋了一下，說道太子已經送了份重禮過來，而二皇子、葉靈兒與李弘成兄妹二人此時早已坐到了後園。

太子不來讓范閒的心裡輕鬆不少，他也清楚這是很正常的事情。太子的身分不同，乃是國之儲君，雖然這兩年的位置看似有些動搖，可位次依然高於諸皇子之上，皇族家庭聚會，請肯定是要請他的，但是他也不方便過來。

林婉兒驚訝說道：「二哥他們都到了，那我們還坐在這兒幹麼？」

這不是問了蠢話，而是刻意削弱大皇子說出那話時，對廳內氣氛造成的不良影響。大皇子聽著林婉兒說話，笑道：「我們這就過去吧。」

然後他看了范閒一眼。

范閒苦笑一聲，心想來都來了，難道他還怕自己玩一齣大鬧王府，痛打二皇子？一面想著，一面起身攙著林婉兒往後園裡走。

大皇子夫妻二人同時搖了搖頭，心想范閒這廝還真是沒有作客的自覺，也跟著往後園行去。只是出廳時，大王妃想到了范閒與自家王爺私底下的勾當，忍不住皺了皺眉頭，一旁的大皇子嘆了口氣，心頭顫了一顫。

這座王府是前年時節奉旨欽造，主要為的就是兩國聯姻所用，為了體現慶國臉面，王府修得是毫不節約，專門豪奢，占地極為廣闊，一行人往園裡走了許久，才遠遠看著一個臨湖的花廳，裡面隱隱傳出說話的聲音。

湖並不大，今日天氣比昨日稍好，水面之上的薄冰片片破碎，卻沒有法子蕩開，隨著湖水一起一伏，反射著天上層雲裡的淡淡灰光，看上去就像是無數片寶石一樣。

而那花廳也格外精巧，臨湖的三面黑木窗格密封得極好，裡面又懸著擋風的棉簾，偏在正中間約莫半人高的位置，開了一道細狹的口子，上面鑲著內庫出產的上等玻璃。

如此設計，既可以讓湖上的寒風干擾不到年輕貴人們的興致，又可以透著窗戶欣賞一下冬日裡的美景，頗見心思。

范閒望著便笑了起來。「我喜歡這個地方。」

「喜歡以後就多來，又不是外人。」大皇子看著前面，不知道這外人二字有沒有更深的意思，說道：「這府裡最初還要堂皇些，只是我不喜歡，好在王妃有巧思，修改了許多，早已不是當初的模樣，你若真的喜歡，就得去拜拜她。」

范閒回頭看了大王妃一眼，笑著沒說什麼。

大皇子略微有些驕傲說道：「旁人說我懼內也好，如何也罷，反正她喜歡什麼，我總要給她弄了來，便說這沿著花廳的一圈玻璃，便花了我不少銀子……」

大王妃聽著這話心裡喜歡，在范閒夫妻面前又有些掛不住臉，悄悄剜了他一眼。

大皇子呵呵笑著轉了話題：「說到這玻璃，還真是貴，說起來，你如今也是內庫的大頭目，以後再要換玻璃，你可得賣我便宜點兒。」

范閒求饒道：「我說殿下，你就饒了我吧，堂堂一位大將軍王，眼裡還把這點兒玻璃放眼裡？甭說便宜這種話，以後你要內庫裡什麼東西，寫封信過來，我給你置辦。」

大皇子反而不喜，搖頭說道：「內庫要緊，你替朝廷掙銀子都要花在河工邊患上，可不敢在這裡吃好處。」

范閒知道大皇子就是如此忠耿的人物，也不意外，笑著說道：「只是你拿玻璃來討好大公主，只怕以後可就要花大錢了。」

大皇子訝異道：「如何說？難道我這院子裡用的玻璃還少了？」

大王妃在一旁掩嘴笑著也不說話。

范閒嘲笑說道：「大公主自幼可是生長在北齊皇宮裡……你是沒去那皇宮逛過，大殿的頂上一溜用的全是玻璃，天光可以透進去，映到青石玉臺和臺旁的清水白魚。」

大皇子大吃一驚，嘆道：「以往只是聽說，心想著不可能如此誇張，王妃也未曾與我聊過……難道竟是真的？」他嘖嘖嘆著，心裡生出了別的念頭，暗想北齊皇室奢華如此，難怪國力日漸衰弱，不堪一擊，只是這話當著自己妻子的面卻是不大方便說，只好嚥了下去。

范閒先前說了那句話，自己也陷入了北齊之行的回憶中，他是極願意欣賞壯觀或者美麗到了極點的東西，所以對於上京城的印象一直極好……當然，那城裡的姑娘也不錯，脣角不自主地便泛起一絲怪怪的笑容。

大王妃此時也開始想念故國的風光。

林婉兒看著范閒脣角的笑容，忍不住抿了抿嘴，哼了一聲。

便這樣，眾人各有心思地入了花廳，廳中二男一女三人早已迎了過來，正是二皇子與李弘成兄妹。

柔嘉郡主親熱地喊著婉兒姊姊，林婉兒親熱地喊了聲二哥，李弘成親熱地喊了聲安之，幾人就著湖景與南方送來的貢果閒聊了起來，聊得十分安然自在，就像是這幾年裡京都並沒有發生那些事情一般，就像是范閒與二皇子真真是親到不能再親的兩兄弟。

這便是皇族子弟天生的一種能力了吧？

范閒一面在心中喟嘆著，一面聽著眾人說話，他知道大皇子今天設宴的真實用意是什麼，而且他也擔心李弘成會再次踏上二皇子的那艘船……只是像這種偽裝真實面目的談話雖然他也很擅長，但他依然不像自幼活在皇室中的諸位那般能適應。

他告了個饒，尿遁而去。

便在離花廳不遠的一處小院角落旁，被僕人帶到這裡來的范閒面色一驚，看著從裡面出來的那位姑娘，那位眼睛亮若玉石、沒有一絲雜質的姑娘。

范閒揮手讓那僕人離開，看著滿臉驚愕、手還放在裙襦腰間的葉靈兒，又好笑又好氣說道：「姑娘家，也不注意一下儀容，不知道在裡間整理好了再出來？讓下人瞧著像什麼話。」

葉靈兒掩嘴一笑，說道：「我就這模樣，師父……」

話一出口，二人同時愣了起來，陷入了沉默。他們此時才想起，這一年不見，葉靈兒早已嫁人，貴為王妃，不再是當年那個纏著范閒打架的刁蠻小姑娘，而范閒……還能是她的師父嗎？

第三十四章　皇族中的另類

「陪我走走。」范閒一伸右臂，做了個請的姿勢。

葉靈兒怔怔看著他的臉，旋即笑了起來，回頭望了一眼那院角的房間，戲弄笑道：「怎麼這時又不急了？」

范閒哈哈大笑。「只是尿遁而已。」

葉靈兒向前幾步，與他並肩走著，偏著腦袋，用那雙水汪汪的眼睛看著他，好奇問道：「師父，花廳裡的談話就這麼讓你不自在？」

又聽到了師父二字，范閒心頭無來由地一暖，怔了怔後，臉上浮現出溫和的笑意，應道：「妳也知道我，不是很習慣那種場合。」

「在江南過得怎麼樣呢？」葉靈兒縮著肩頭，跟在他的身旁，說道：「知道師父回來的路上出了事，本來應該去看你，可是……」

不是欲言又止，是很無奈地住了嘴。整個慶國都在猜測山谷狙殺的真相，想殺死范閒的真凶是誰，而很多人曾經將懷疑的目光投注到二皇子身上。葉靈兒知道范閒遇刺之後，當然難免震驚與擔心，甚至曾經私下詢問過自己的夫君，雖然得到了二皇子的保證——山谷的事與他無關——可是以如今的局勢，以葉靈兒王妃的身分，確實不大方便去范府探望。

范閒笑了笑，很自然地拍了拍她肩膀，說道：「我這人皮實，哪這麼容易出事？」伸出去的手忽然僵住了，范閒將手收回來，自嘲笑了一下，對方如今可是嫁為王妃，自己說話、做事都要有個分寸才是。

二人一邊閒聊著別後情形，一邊沿著王府冬林的道路往湖邊行去，范閒輕聲說道：「婉兒也有些日子沒見妳了，前些天一直在唸叨。」

林婉兒與葉靈兒在嫁人之前，是閨閣裡最好的朋友，只是如今分別嫁給了慶國年輕一代裡最不能兩立的二人，不免有著極大的困擾。

葉靈兒難過說道：「我也想她。」

「平時沒事就來府上玩。」范閒溫和說道：「要是妳不方便出府，我送她去王府看妳。」

葉靈兒嘆了口氣，在一株光禿禿的冬樹邊站住，望著范閒幽幽問道：「師父，我是真不理解你們這些男子，包括他也一樣，說的話都這麼相似……讓聽著的人總以為，你們之間從來沒有什麼事情一般。」

這話中的那個「他」，自然說的是二皇子。

范閒笑了笑，說道：「男人間打生打死，和妳們這些姑娘家的情誼有什麼關係？」

「沒關係？」葉靈兒的性情直爽，仰著臉說道：「難道讓我和婉兒姊姊當中一個變成寡婦後，還能像以前一樣自在說話？」

范閒怔住了，半晌後苦笑說道：「那依妳的意思如何？」

葉靈兒沉默地站在樹旁，許久之後嘆了口氣，她心裡清楚，有很多事情是不能依由自己的心意而改變的。身為葉家的女兒，在嫁人之前的日子裡，她可以穿著那身紅如火的衣裳縱馬於長街，讓整個京都的百姓都熟悉她的面容，根本不在乎御史們會說些什麼，父親會怒些什麼……因為她是葉靈兒，可是葉靈兒對於整個慶國來說，又算什麼呢？

「我在江南看見妳叔祖了。」范閒微笑著轉了話題，叮囑道：「不過這件事情並沒有太多人知道，所以妳也不要往外面傳去。」

「知道了。」葉靈兒略有些吃驚。「那老頭跑江南去幹什麼？」

這下子輪到范閒吃驚。「妳叔祖怎麼說也是位大宗師，妳就這麼喊著？」

葉靈兒癟嘴說道：「他年年在外面晃著，偶爾回家也不帶什麼好東西……我喊他老頭，他能有什麼意見？」

范閒笑了笑，卻透過葉靈兒的這番話確認了葉流雲與葉家之間的親密程度，以及葉流雲名義上在周遊世界，但回家的次數肯定並不少，不然年紀小小的葉靈兒不至於喊得如此親熱。

「嫁人之後，功夫有沒有扔下？」范閒輕聲問道。

葉靈兒呵呵一笑，不知道范閒是不是準備考校自己，只是如今的情況下，范閒依然沒有為了避諱什麼而與自己保持距離，這一點讓她心情有些不錯，雙眼裡透露出躍躍欲試。

范閒假裝沒有看見這個眼神，自顧自地離開那棵孤零零的冬樹，向著前面的湖邊走去。二人此時已經繞了一個大圈，來到寒湖的另一端，隱約可見不遠處被冬樹遮著的花廳一角。

背後嗖的一聲傳來一道寒風，極其快速陰險地向著范閒的耳後刺下去！

范閒未曾回頭，右肩一聳，體內的霸道真氣沿著那些愈發寬闊的經脈湧了起來，湧入他的右臂中，將他的右臂催發得自然一振！

手掌向後一揮，五根細長的手指化作了五根殘枝，化出數道殘影，快速無比，又清晰無比地依次點在腦後的那道寒風上。

啪啪數聲脆響，那道寒風裡的物事無來由地被打得頹然落下。

然而葉靈兒的反應極快，直直的一拳擊向范閒的後腦杓。

范閒也不敢托大，腳尖一轉，整個人轉了過來，雙掌自然一翻，擋在前方……就如同在自己的面前忽然間豎起兩塊大門板，將葉靈兒的拳風完全擋在門外！

緊接著，他腳下一頓，膝蓋微彎，將下面那無聲無息的一腳硬生生拐了下來。

噗噗數聲起，戰鬥便宣告結束。

范閒與葉靈兒站在湖邊，拳掌相交，下面的腿也拐在一處……這姿勢看著有些曖昧，范閒感受著膝邊傳來的彈性觸感，很自然地心中微蕩，生出了一些別的感覺。

他咳了兩聲，與葉靈兒分開，笑著說道：「還是太慢了。」

葉靈兒有些不服氣地收回並未出鞘的小刀，說道：「那是你太快了。」

范閒的眼光無意下垂，看著葉靈兒腳上那雙繡花為面的可愛小棉靴，想像著自己如果先前動作慢一些，讓這隻小腳踹上自己小腹，想必一定不怎麼好受。

「以後不要用這種招數，會斷人子孫的。」他調笑說道。

葉靈兒哼了一聲後說道：「是師父說過，所謂小手段，就是不要臉三字而已……難怪這一腳踹不到你，我才想明白，你最喜歡做這些陰險手段，當然能猜到我的下一步。」

范閒無言以對。先前二人一番交手，葉靈兒用的是范閒的小手段，范閒用的卻是葉家的大劈棺，也就是葉流雲的流雲散手簡化版，雖說葉靈兒在女子中也算是難得的七品高手，但在他的面前自然是沒有什麼發揮餘地。

葉靈兒忽然不解問道：「師父，我那背後一刺雖然是虛招，但你為什麼敢用散手直接彈開？」

范閒看了她一眼，沒好氣笑道：「既然是試招，妳當然不會用什麼餵毒的利器，我怕什麼……還有，就是妳的小手段依然不夠狠辣啊，最後拳掌被制，頭上髮釵也是可以拿來殺人的。」

葉靈兒瞪了他一眼說道：「那不就得全散了？這是在大殿下府中，我到哪裡找丫頭來替我梳頭？」

范閒哈哈大笑道：「那還剩著張嘴……可以咬人的。」

「難道我拜的師父是隻大狗？」葉靈兒有些惱火，不依說道：「做師父的，也不知道讓著點兒。」

范閒看著倔強不服氣的姑娘家，不由得想到了兩年前在京都的長街上，自己一拳頭打壞了她的鼻子，讓她蹲在地上哭泣時的情形，開心地笑了起來。片刻後，他忽然開口說道：「以後還是不要叫師父了，我雖然沒有什麼意見，但畢竟妳現在是王妃。」

葉靈兒與范閒師徒相稱的事情，其實京都裡的權貴們都十分清楚，只當是小孩子間的胡鬧，並不怎麼在意，便是葉重本人也從來沒有提反對意見，只是如今情勢不同，加之葉靈兒身分更加尊貴，范閒有這個提議，也是理所當然的事情。

偏生葉靈兒不喜，賭氣說道：「我便叫了又如何？如果不成，那你叫我師父好了，反正這葉家散手按理講，也不能傳給外人。」

范閒一窒，苦笑了起來，知道葉靈兒說的是真話，自己從她身上學會了大劈棺，實在是占了對方很大的便宜，再也說不出什麼拉遠距離的話。

二人沿著湖畔行走，葉靈兒自從成為王妃以後，哪裡還有機會四處拋頭露面，與人打架為樂？今天與范閒偶然一交手，雖只有片刻，卻也是興奮異常。

好不容易平息下情緒，她平靜半晌後，忽然說道：「師父，我爹也回京了。」

范閒一怔，明白她是在提醒自己什麼。

「老軍部的那些人現在都很討厭你。」葉靈兒似笑非笑望著他。

范閒搖頭苦笑，不論自己的權力再如何強悍，但只要軍方依然站在自己的對立面，葉家、秦家這些人還活著，自己就不可能對二皇子造成根本性的打擊，也不可能完全消除二皇子搶龍椅的強烈願望。葉重回京只是述職，但他，以及他背後的葉流雲，因為葉靈兒的關係，已經變成了二皇子的支柱……

「好不容易消停幾天，我可不想從妳嘴裡再聽到什麼壞消息。」

葉靈兒沉默片刻後，認真說道：「師父，無論如何，我總是葉家的姑娘，我會站在父親和他那一邊。」

范閒頓了頓，思慮良久後極其認真說道：「這是很應該的，相信我，我說的是真心話。」

葉靈兒眼中流露出一絲難過，知道范閒說的話發自內心，也更加清楚，彼此之間的立場總是難以軟化。

「妳看，這湖面上的冰總會融化的。」范閒忽然笑著說道：「這人世間的事，誰說就那麼一定？」

葉靈兒展顏一笑，眸子裡散發著如玉石一般的清淨光彩，重重地點了點頭。

湖對面不遠處便是開著窗戶的花廳，可以看見那幾人正在裡面聊著天。范閒指著那方，對身邊的葉靈兒調笑說道：「我們在湖這面逛……實在是有些不合體統，如果讓那花廳裡的人瞧見了，說不定會胡說些什麼。」

慶國雖然民風開放，可是男女單獨相處，總是有些不大妥當，葉靈兒面色微窘。

范閒繼續調戲道：「妳說老二這時候會不會肚子裡已經氣炸了，結果臉上還要保持著那微羞鎮定的笑容？」

「不要忘了，你也天天那麼鬼裡鬼氣地笑！」葉靈兒大惱，說道：「還有，你先考慮一下婉兒姊姊在想什麼吧。」

「婉兒人好啊。」范閒嘆息道：「她一向催著我多找幾個姊姊妹妹陪她……」

此言一出，范閒暗道糟糕，這調戲已經超出了師徒間的分寸，曖昧明瞭之餘多了些孟浪勁頭，對方可不是以前的黃花閨女，而是已經嫁為人婦的王妃。

果不其然，葉靈兒怔了怔後才明白他在說什麼，大驚之後大怒，捏著拳頭便向他腦袋上錘過來。

范閒知道是自己習慣性地流氓習氣發作，心中大愧，哪裡敢還手，化作一隻喪家之犬，惶然沿著湖邊奔逃，想要躲進那間花廳裡去。

花廳之中，半人高的那連扇窄窗開著，湖面上的寒風吹拂進來，卻被火籠化作了清新可人的春天氣息。廳內的皇族男女們本是有一搭沒一搭講著年幼時的趣事，後來卻有人搶先注意到湖對面的那一對男女。

大王妃微笑說道：「瞧瞧這是在做什麼呢？」

大皇子舉目望去，臉色略變，旋即笑著解釋：「那小子一向以靈兒的師父自居，只怕又是在教訓人了。」

大王妃笑了笑，用眼角餘光看了一眼二皇子的臉色。

此時李弘成端著一杯酒，醺醺醺地湊到窗邊望去，正看著范閒與葉靈兒駐足湖畔說話的情景，不由得笑道：「這兩個都是野蠻人，別看這時辰好好說話，指不定待會兒就要打起來。」

柔嘉郡主也滿臉興趣地湊過來看，羨慕說道：「我也想向閒哥哥學功夫，可他偏不依，真是不公平。」

此時花廳內所有人都在看著湖對面的那對年輕男女，偏生只有二皇子和林婉兒湊在一處就著點心輕聲說話，似乎根本不在意那邊發生了什麼事情。

大王妃回頭看著這一幕，不禁生出些怪異感覺來，暗想難道這二位心裡就沒什麼想法？

大皇子看著湖對面搖搖頭，低聲說道：「葉家的丫頭嫁了人，還是這麼喜歡到處胡鬧，老二，你在府裡得多管管……這范閒也真是的。」

他有些不喜，卻也不想多說什麼。

二皇子此時正蹲在椅子上緩緩嚼著桂花糕，含糊不清說道：「有什麼好管的？在王府裡憋了一年，這丫頭想打人想瘋了，范閒在這兒正好當當沙袋，免得我在府上吃虧。」

他身旁的林婉兒點點頭，說道：「兩個大人，偏生就生了小孩子脾氣，哪次見面最後不是要大打出手？別管他們，由他們打去，一會兒就打回來了。」

大皇子夫妻聽著這話，面面相覷，暗想這是什麼說法？

話音落處，眾人再回頭望去，只見湖那邊果然再次發生鬥毆事件，葉靈兒握著拳頭，追趕得范閒狼狽而逃。

大皇子不由得笑了起來，心想天子之家，其實也可以有平常人家那種鬧騰和樂趣，多了范閒和葉靈兒這兩個另類人物，未嘗不是一件好事。

打鬧之事，看一陣子便無趣了，眾人又回到談話之中。

二皇子接過林婉兒遞過來的手帕胡亂擦了一下手，忽然極感興趣問道：「公主，我一直好奇，貴國那位陛下……究竟是個怎樣的人呢？」

心思細膩的人不只范閒一個，大王妃明顯也很受用二皇子的這個稱謂，微笑著說了幾句。

當范閒狼狽逃回花廳外時，大王妃正在講北齊皇帝的軼聞趣事，話語傳出門外，讓他怔了起來。

第三十五章　生命不能承受之……香

「陛下喜歡看人種花草，喜歡看風景。」

「喔？那豈不是和叔王的愛好很像？」

「他很懶的，只是看看罷了，哪裡有人敢讓他親自動手？」

「聽說……那位海棠姑娘喜歡親近田園？」

一陣冷場。

「陛下啊……是個很有意思的人哩。」

「陛下……其實經常做很多有趣的事情……只是自幼他就被母后提著耳朵學習治國之道，我們這些人也很少能看見他。」

花廳內，大王妃帶著淡淡笑意的話語不時響起，范閒站在門外安靜聽著，知道這女子說的並不虛假。北齊皇室在十幾年前也曾經出現過一次動亂，不知牽扯進多少王公貴族，包括如今躲在言府上的那位沈小姐的親生父親沈重，當年也是因為這件事情而出人頭地。

北齊衛太后只有當今北齊皇帝這一個兒子，幾位公主都是由北齊先帝其餘的妃子所生。嫁到南慶來的這位大公主，雖然頗受北齊衛太后與皇帝二人尊重，但畢竟不是親生，中間總有著些許隔膜，而且經歷了當年抱子求生的悲慘經歷後，衛太后對於別的宗室子女當然會警惕有加。

南慶的這些人，對於北齊皇帝都有幾分好奇，此時詢問不止，只是大王妃卻說不出什麼細節，空泛地說著有意思和有趣。

葉靈兒看見他在門外偷聽，好奇地看了他一眼。

范閒笑了笑，推門而入。

正皺著眉頭犯難的大王妃看見他二人進來了，舒了一口氣，說道：「你們還是別問我了，我對咱們家那位陛下真是猜摸不透，平日裡在宮中也沒見上一回，小時候太后把他看管得極嚴，大了又忙於國事……倒是范閒，他在北齊與陛下可是同遊數次，陛下一向極為喜愛他，如果你們要問什麼有趣的事情，不如問他。」

此時范閒與葉靈兒歸了座位，葉靈兒湊到林婉兒那裡，面帶激動，壓低聲音述說著別後的思念，不怎麼理會其餘人的談話。范閒與二皇子相視無奈一笑，反而沒有注意到有人提到了自己的名字。

眾人聽到大王妃這句話，才想起來席間除了她之外，唯一見過那位北齊皇帝的只有范閒，而且世人皆知，那位皇帝對於范閒的詩詞才學極為看重。

李弘成打了個嗝，望著范閒說道：「安之啊，北齊皇帝究竟是個什麼樣的人呢？」

范閒愣了愣，醒過神來，說道：「一國之君，哪裡是我這位外臣好議論的。」

此話一出，廳內眾人才覺得有些尷尬，在大王妃的面前，妄自討論北齊皇帝的是非八卦，確實不是什麼很妥當的事情。只是人類的好奇心總是難以抑止，包括二皇子在內，都催促著范閒多說兩句。

范閒撓了撓頭，問道：「你們怎麼對北齊皇帝這般感興趣？」

花廳內的男子們忽然間沉默下來，面露尷尬，只有那三個姑娘家的竊竊私語像螞蟻啃樹葉一般的沙沙響著。

大王妃笑著搖了搖頭，微提裙襬，臉帶恬淡之色出了花廳，說是要去看看午宴的安排如何。

以大王妃的身分，何至於需要親自去操心這些雜事，毫無疑問是想給這些慶國的宗室貴族們一個方便開口的場合。

果不其然，等大王妃走遠了，大皇子便搖著頭開了口：「由不得不上心，那位北齊小皇帝一向神祕得很，不論是監察院還是軍方裡的情報都沒有什麼細緻的描述，他的性情、愛好、喜怒竟像是謎一般。」

「那又如何？身為帝者，自然要在子民們的面前保持著神祕。」范閒笑著應道。

大皇子認真說道：「可他是異國的君王，他在我們面前越神祕就越可怕。」

范閒皺著眉頭說道：「不過是個少年郎，怎麼扯到可怕頭上？」當初在北齊上京城中初見北齊皇帝時，他以為對方是與自己年齡相仿的少年，等回國之後認真清查情報才發現，這位皇帝比自己竟還要小兩歲。

在江南的時節，每每想到北齊皇帝的深謀遠慮、不動聲色、魄力十足地動用內庫存銀摻和到南慶的內政之中，范閒也暗自心悸，只是此事涉及他最大的隱私，斷然不敢在花廳裡說出來。

二皇子放下手中的果子，嘆息說道：「可怕這種事情和年齡沒有什麼關係。」他看了范閒一眼，意思是說他初入京都時，也不過是個十六歲少年，卻是可怕極了。旋即他微笑說道：「北齊錦衣衛沈重的事情你們應該清楚，最後讓衛華當上了指揮使……沈重死得淒涼，偏生那小皇帝巧手一揮，將整個事情圓了回來，既讓上杉虎困於上京不能出，又順利地接手了后黨一方的實力……衛華如今連太后的意思都不怎麼聽了，苦荷國師也保持著沉默……這麼小小年紀的一位君王，是從哪裡來的如此深的城府？是如何能夠說服那麼多人站在他這一邊？」

二皇子加重語氣說道：「北齊帝后之爭，如果演變成激烈的局勢，那便是我大慶之福……我們本以為皇帝親政初始，總是不及北齊太后經營日久，最後以年輕人暴烈的性情，只怕會鬧得北齊宮廷大亂。誰知道這位小皇帝竟是不聲不響地就將權力收回手中，這種手段，實在……可怕。」

范閒沉默了起來。沈重被殺一事，他對於其中內幕清楚無比，甚至這件事情本來就是他透過海棠朵朵的嘴提議北齊皇帝做的。

此時花廳內的氣氛略有些緊張，三位姑娘家知道男人們在談國家大事，很知趣地住嘴不言。

李弘成眼中此時也不再有多餘的酒意，皺眉說道：「北齊皇帝乃是一國之主，他不好女色，又沒有什麼不良嗜好，頭腦清醒自持……這種人是最可怕的。日後我大慶若想揮軍北上，首要考慮的不是北齊的實力如何，而是北齊之主的心性如何，北齊皇帝若自身不亂，我們這邊也沒有什麼好的辦法。」

此言一出，大皇子、二皇子紛紛點頭。

范閒心頭微驚，看著這一幕，被三位皇族子弟的認真神情所震撼，半晌說不出話來。

此時他才想清楚，對於自己而言，北齊只是個夥伴，而對於慶國年輕一代的權貴來說，北齊卻是註定要被大慶朝掃平吞併的對象。

南慶好武，上一輩的人們已經打下了一大片江山，如今這天下留給新一代人物的，便是那個大而不僵的北齊了。這是一種深植於血液中的開疆狂熱，不論是大皇子還是李弘成，都不能擺脫這種狂熱；即便是二皇子這種溫儒角色，對於攻打北齊，依然是念念不忘。

南慶勢盛，三十年間一直保持著進攻的勢頭，對於南慶人來說，這已經是不需要考慮的問題，需要考慮的只是什麼時候去攻打北齊……所以北齊皇帝究竟是個什麼樣的人，對於廳內這三位皇室子弟而言，是很重要的事情。

看二皇子深思著的表情就清楚，能夠一統天下，是所有南慶人的終極目標，甚至可以暫時將他對於那張龍椅的焦慮壓制下去。

「都說北齊皇帝不喜女色，可偏生上次他專門將司理理換回北齊……安之，你是上次使臣，在上京城裡可發現什麼細節？」大皇子認真問道。

范閒半晌後緩緩說道：「不近女色是真的，偌大的皇宮裡只有幾名側妃，而且為了防止外戚勢力再生，那位小皇帝硬生生扛著上京城裡大家族的壓力，挑選的妃子都是平民出身，很奇妙的是，太后似乎也並不反對這種安排。」

二皇子皺眉說道：「即便是為了防止外戚勢大，可這種安排對於安撫臣子來說不是什麼好主意，此舉不妥。」

范閒點點頭，假裝憂慮說道：「正如先前王妃所說，那位皇帝實在是有些看不透，明明近在眼前，卻總覺著他的身上有種很巧妙的偽裝。」

李弘成笑了起來。「得了吧，那位皇帝對你算是很實誠了，先前你說自己是外臣，我看北齊人可不把你當成外臣，不然狙殺之後，怎麼會發國書來京都抗議？」

大皇子惱火搖頭道：「北齊人欺我太甚，居然硬生生玩了這麼一齣。」

范閒苦笑道：「大殿下，這事和我可沒關係。」

說到狙殺的事情，二皇子偏生也不怎麼尷尬，一副心底無私天地寬的模樣，取笑范閒說道：「事情當然和你沒關係，不說你是南慶人，這北齊只是想挑撥而已；就算那小皇帝再喜歡你，把你拉去北齊，難道他還能把自己的妹妹嫁給你不成？」

葉靈兒此時插了一句嘴：「我看倒真說不定……范閒生了一副好皮囊，那北齊小皇帝又是他的狂熱愛好者。」

此言一出，認真的討論便成了玩笑話。

范閒翹脣一笑，在一旁平靜地看著這些男女說話，他們說些當年宮中的趣聞，范閒也不清楚，漸漸地竟生出了一種被排斥在外的錯覺。說來也是，在他入京都之前，花廳內的這些男女們都是自幼互相看著長大的，慶國皇族的年輕一代之間，感情向來不錯，他……本來就是個外人。

然而范閒並沒有過多地沉浸在這種情緒中，因為先前關於北齊皇帝的討論，他陷入了沉思，隱隱覺得自己似乎要捉到某種很玄妙的東西。

他在腦海裡將自己在上京城中與北齊皇帝見面時的情形詳細過了一遍，又仔細地回顧一番一年半的時間內，自己與對方的默契合作，再輔以北齊皇帝的審美意趣與生活小細節，漸漸的，腦中有抹亮光快要衝出來。

只是一直衝不出來。

淡淡幽香之中，范閒一直在發愣，以至於身旁的人都安靜下來看著他，他還沒有發覺。

范閒驟然發現自己失態，尷尬一笑，下意識說道：「好香。」

好香！

一股淡淡的幽香瀰漫在花廳中，彷彿有某種魔力讓他再次失神，這股香味其實極其清淡幽雅，但對於他來說，卻是那樣的濃郁，那樣的驚心動魄！

一回頭，看見大王妃早已去而復返，身上已經換了件衣裳。范閒勉強笑著問道：「哪裡來的香味？」

大王妃微微一愣，旋即笑了起來。「沒想到你不只冰雪聰明，心思、鼻子都一般細膩，這香囊在我身上戴了一年了，王爺也從來沒有嗅到過，今兒剛一戴上，你就聞了出來。」

眾人好奇地看著范閒，葉靈兒更是抽了抽鼻子，也沒有聞到什麼特殊的香氣，只是花廳裡燃著的薰香被湖上寒風一掠，極其淡然。

「不是薰香嗎？」葉靈兒好奇問道。

大王妃笑道：「當然不是薰香。」她從腰間取出一個極其精緻小巧的香囊，說道：「從上京城帶來的。」

范閒有極其強烈的衝動，想把那個香囊拿在手上細細聞一聞，但是香囊乃是女子貼身之物，怎樣也不可能提出這個要求。

聽了大王妃的話，他臉色已經平靜下來，笑著問道：「他們沒去過北齊，當然嗅不出這淡淡香味，我是去過的，難怪能嗅到。」

大王妃笑著搖頭說道：「我打賭你肯定也沒嗅過……上京城的皇宮你去過，有沒有上後山？」

范閑點了點頭。

大王妃說道：「這香囊裡夾著的是金桂花，金桂花就在山上，整個天下應該就那一株了……這金桂花香味極淡，若不用心，是怎樣也嗅不出來的。」

范閑笑道：「我上山只在溪畔亭間停留少許，倒沒瞧見這株難得一見的金桂花。」

「長在山巔哩。」大王妃笑著說道：「是國師當年親手從北地移植過來的孤種，加上香味並不怎麼重，所以一直沒有人去收攏它的花蕊當香囊……所以我敢說，小范大人你就算在宮中待過，也沒有嗅過它的氣味。」

范閑詫異問道：「那公主妳這香囊……」

眾人有些納悶，范閑為什麼對這個香囊念念不忘，時刻追問。范閑也怕露出馬腳，笑著解釋：「這香味我喜歡，想給婉兒拾整一個。」

林婉兒微微一笑，心知肚明夫君肯定想的不是這般。但旁人不清楚，大皇子不贊同說道：「大男人，怎麼盡把心思放在這些女兒家事情上。」

大王妃瞪了他一眼，說道：「能上得馬，能繡得花，才是真真好男兒。」

大皇子馬上閉了嘴。

大王妃轉向范閑笑道：「你想給晨郡主拾整一個只怕不易……不對，這天下旁的人可能不容易，你卻有機會……你自己修書向陛下求去。」

此陛下，自然是北齊那位皇帝。

范閑溫和笑道：「難道公主身上這只也是貴國陛下賜的？」

「是啊。」大王妃眼中流露出少許思鄉之情，淡淡說道：「以往在上京城中，就只有陛下佩戴金桂花的香囊，他說喜歡這種淡極清心的味道。我離京之前的那個夜裡，陛下將他貼身的香囊賜了我，讓我在南方也能記住故土的味道。」

花廳內的氣氛被大王妃淡淡幾句話變得有些感傷。

范閒的眼光在那個香囊上一瞥即過，笑了笑，沒有再說什麼。

在和親王府裡用膳之後閒敘，時間已至暮時，其間在大皇子的安排下，范閒與二皇子在書房裡又進行一次深談，只是抱月樓上兩人已經談得足夠深入。如今的二皇子身後有葉家和一位大宗師支持，斷然不肯後退半步。而范閒雖然心知自己的情勢也如二皇子所言，看似權重如山，實則危如累卵，然則人在天下，身不由己，他是想抽身而退，也沒有那個可能。

至少慶國皇帝不會允許。

二皇子最後深深地看了他一眼，緩緩說道：「安之啊，有件事情我必須提醒你……毫無疑問，你是這兩年裡慶國最大的麻煩製造者……而當年的事情你也清楚，父皇為什麼讓你一直在澹州生活長大，而不是最乾脆地將所有麻煩都清掃乾淨？」

范閒微微低頭，心想二皇子確實是個極善說服人的厲害角色，如果不考慮五竹對於皇帝的威脅，慶國皇帝暗中保護自己成長，只能說明一條，君王雖無情，但對自己的子息總有三分垂憐之意。

「父皇不會允許我們兄弟之間做出太過激烈的事情。」二皇子看著他靜靜說道：「可是對於你來說，如果事態不能激化，你就只能坐看流水東去，局勢一日不如一日，這便是你的問題所在。」

范閒微微一笑，心想局勢馬上就要激化了，自己要保住目前的所有，必然需要其他的人付出難以承受的代價。

「生死不論。」范閑看著二皇子，很認真地說道。

生死不論有兩層涵義，一種是一定要分出生死，一種是只論鬥爭，不涉彼此生死。

二皇子舉起手來，與范閑輕輕拍了一掌。

下午的時候，監察院忽然有消息過來，說是西胡那邊有異動，軍情已經送入了樞密院，宮中傳范閑晉見。大皇子身為禁軍統領，迫不得已也要離開，二皇子與李弘成卻依然可以留在王府中。

范閑讓妻子與葉靈兒多說會兒話，自己一人出了王府，坐上自家的馬車，也沒有等大皇子，便吩咐馬車沿著京都雪後的街道緩緩行走起來。

西胡的事情並不如何急迫，兩地消息來回至少需要一個月，這時候急著入宮沒有必要。范閑需要時間消化一下今天所遇到的事情。

黑色的馬車在京都街道上轉了幾圈，駛上了相對寂寥一些的街道，坐在車夫位置上的藤子京警惕地注視四周，馬車前後左右有些不起眼的偽裝密探保護著范閑的安全。

范閑閉著雙眼，靠在椅背上，他的面色有些蒼白，脣角有些乾澀。

那淡淡的金桂花香……原來，那夜的香味是金桂花香。他有些惘然地想著那個夜晚、那座廟、那片田地、那條沒有來得及繫好的腰帶。可是明明是司理理……就是司理理……只是，醒過來之前的那道香，那雙揉在自己太陽穴上的手？

他薄薄的嘴脣顫抖了兩下，低聲快速罵了幾句髒話，下意識一掌拍在身邊的車板上。

轟的一聲巨響，范閒盛怒之下重重一掌，體內充沛至極的霸道真氣洶湧而出，掌風所觸，無堅不摧，只是一瞬間，安靜的街道上有木頭碎裂聲音大作。

那輛黑色的馬車就像是紙糊的一樣，被這一掌拍垮了一半，車輪碎，馬車翻，馬兒受驚，刨蹄不止，藤子京大驚失色，勉強站在原地。

灰塵漸散漸平，一身黑色官服的范閒失神地站在滿地木頭與石礫之間。

在他的身邊，虎衛高達長刀半出鞘，眼中精芒亂射，想要尋找到刺客的蹤影。七、八名六處劍手分布四周，握緊了腰畔的鐵釺，左手的弩箭對準了周邊。

范閒低頭思考許久，想到母親留在箱子中那封信裡的兩個字，不由得脣角微牽，露出一個自嘲至極的笑容，難過嘆息道：「報應啊……」

第三十六章　我知道妳去年夏天幹了什麼

高達確認了四周沒有出現敵人，有些納悶地將長刀送還鞘內，刀面與鞘口的摩擦發出一聲乾澀的啞響。

旁邊穿著黑色蓮衣的六處劍手與不遠處偽裝成路人的密探們，幾乎在同時間內回報，並無異樣。范閒的下屬們用一種怪異的目光注視著他，不知道剛才那一剎那裡，馬車上究竟發生什麼事情。

藤子京將他面前的木頭、車輪清理出來，小心翼翼地準備去扶他。

范閒搖搖頭，擺了擺手，示意自己沒有什麼問題。然後他才發現自己下意識的惱怒，替這條安靜的長街帶來了如此多的垃圾，也替自己的下屬們帶去了如此多的困擾。

高達背著那柄長刀走到他身邊，小聲問道：「大人，發生什麼事了？」

「沒事。」范閒苦笑一聲，抬步往前走去。

監察院的辦事效率極高，沒有過多長時間，又是一輛全新的黑色馬車從街角駛了過來，停到眾人的面前。藤子京揉了揉被嚇得發軟的雙腿，便準備接過韁繩，范閒斥道：

「嚇成這樣了，回去休息。」

藤子京笑著應了聲，把韁繩交給沐風兒。

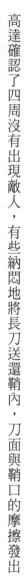

不用吩咐，自然有人開始清理街上的事情，以免驚擾到京都的百姓。馬車又駛動了起來，范閒坐在馬車上若有所思，始終沒有說一句話。

沐風兒駕著馬車在安靜的街道上走著，越走心裡越急，忍不住回頭隔著棉簾說道：「大人，宮裡催得緊。」

有旨意讓范閒入宮議事，范閒卻坐著馬車逛街。先前去和親王府傳旨的便是沐風兒，他知道范閒就算再如何驕妄，宮裡那位皇帝只怕也捨不得責備他，可自己怎麼辦？於是他鼓起勇氣，開始催了起來。

范閒此時心裡哪裡會在乎什麼西胡、什麼皇宮，滿腦子的官司，破口大罵道：「我在想事情，別來煩我！」

馬車四周的人們面面相覷，心裡都覺得十分怪異，不明白范閒為什麼今天心情如此糟糕。

在天下的官員眼中，監察院提司范閒是一個外表溫柔、手段陰狠毒辣的傢伙；但在監察院內部人員眼中，范閒卻是個馭下極其寬和、出手極其大方、性情極其大度的上司。別說破口大罵，平日裡的公事中，范閒便是連句重話都不會對自己的心腹們說，所以眾人心頭奇怪，不知道是什麼事情引動得范閒如此失態，卻也沒有人敢去詢問。

馬車沒有直入皇宮，而是在范閒的堅持下來到了監察院。

他登登登三步跨下車來，看也沒有看一眼這座方正黑灰的建築，便往裡面走去，路上偶有出外辦事的監察院官員，看見他今天臉上煞氣十足的神情，都唬了一跳，趕緊避讓到一邊行禮。

將將要入監察院，范閒卻忽然停住腳步。

他停得太急，跟在他身後的高達與沐風兒差點沒有反應過來，險些撞到一起。

范閒沒有看他們……只是扭動著自己的脖子，把頭轉到後方，拚命地去看……似乎是想看自己的身後有什麼異樣。

一個人想扭頭看自己的臀部，這實在是一個很高難度的動作，即便以范閒這種九品高手的靈活性，也十分困難。

他的脖子有些瘦，身體很自然地反應起來，開始在原地繞起圈子，就像是被黑色官服遮著的臀羞於接觸自己的目光，拚命地逃逸。

他扭頭看臀，原地繞圈。

一圈一圈又一圈。

范閒這個舉動實在是太荒唐、太滑稽了。這裡是監察院的大門口，他是監察院高高在上的提司，此時卻像隻貓一眼……不停轉圈妄圖看到自己的尾巴。

一旁的高達和沐風兒看著這一幕，張大了嘴巴，眼角抽搐了起來，十分無語，無語之餘，想笑卻又不敢笑，不清楚范閒這玩的是哪一齣。

而監察院大門裡外的那些官員們看著這一幕也在發呆，紛紛化身為無數泥塑的雕像，目瞪口呆地看著范閒轉圈。

然而一片安靜，監察院官員們強悍的神經，讓他們保持了沉默，他們不知道忽然變身為瘋子的提司大人，這是不是在考驗自己。

高達很困難地把雙脣合攏，看著范閒，心想大人莫不是和林家大少爺在一起待久了，也變得有些痴傻了吧？

范閒忽然停止了自己的胡旋舞，站在原地。

雖然他只轉了幾圈，但對於旁邊那些看見這一幕的人們來說，幾圈的時間已經讓他們感到了度日如年。

范閒站在原地發了會兒呆，忽然伸出手指指著自己的身後，對高達問道：「我走路的姿勢有沒有變過？」

「沒有。」高達有些糊塗地搖了搖頭。

范閒心下稍安，嘆了口氣，撓了撓腦袋，然後說道：「我也覺得一切正常。」

高達和沐風兒都聽不懂，范閒忽然打了個冷顫，有些噁心地皺了皺眉頭，把出汗的雙手往襟前胡亂擦兩下，往院裡走過去。

等這一行三人的身影消失在監察院的大廳中，那些化身為泥塑的監察院官員們才重新活了過來，心內都覺得無比荒唐，彼此之間互視數眼，瞧出了對方眼中的笑意，然後一陣議論聲轟的一下子響了起來。

范閒不知道自己的失態之舉，給這無聊冬日裡的監察院下屬們帶去了無數談資。他也沒有心思去理會這些問題，直接進入密室，也沒有和一頭霧水的言冰雲打招呼，直接讓他將這一年半裡的北方情報卷宗取過來。

二處的動作極快，一盞茶工夫不到，小山般的北方情報卷宗便已經堆放到密室的桌上。

范閒揮揮手，很沒有禮貌地請言冰雲離開。言冰雲皺了皺眉頭，看出范閒的心神不寧，出去之後小聲地問了高達和沐風兒幾句，卻也沒有得到任何線索。

一封封卷宗被打開，又被合上，范閒皺著眉頭陷入沉思。這些卷宗大部分都涉及上京皇宮裡的故事與新聞，在以前的日子裡，范閒已經看過絕大部分內容，尤其是牽扯到北齊皇帝的部分，更是他關注的重中之重。

然而以前是要從這些雜亂無章的情報中分析北齊皇帝的性格，顯得十分困難，如今的范閒，心中對於北齊皇帝已經有了自己的猜測與判斷，再依此尋找線索，做起來就要輕鬆多了。

所謂大膽假設，小心求證，有目標在前，總是容易些。不一時，范閒就已經透過自己的猜測，串起了積年陳卷裡的無數細節，漸漸貼近了那個荒唐的事實。

那個足以震驚天下，讓無數人人頭落地，讓范閒鬱鬱難安的事實。

這些卷宗裡寫得清楚，北齊皇帝自幼被衛太后抱著長大，就連貼身的嬤嬤也沒有換過，十幾年裡，始終是那兩個人。以一位帝王的身分，只有兩個嬤嬤，宮女的配置也極少，實在與北齊豪奢的作風大相逕庭。

北齊衛太后的解釋是，當年北魏便以浮誇覆國，所以要教導皇帝自幼習慣樸素簡單的生活。

而世人以為的北齊皇帝不好女色，那四名出身平常人家的側妃……此時在范閒的眼中看來，更是足以說明太多的東西。就如同在和親王府上，二皇子所說，一國之君，後宮乃是穩定平衡朝廷的絕妙武器，按理論，怎樣也不可能不封幾位朝中大臣的女兒為妃。

這是一種有些愚蠢的行為，但是……范閒今天才知道，這是北齊宮中那對母子……不，母女迫不得已的選擇。

如果北齊皇帝娶了大臣之女，卻始終不行房事，這個消息自然會傳到王公貴族之中，引起某些人的猜測。而且即便不行房事，總要相對而坐，相伴而臥，總會被那些大臣之女發現某些蹊蹺處。

也只有娶些平民之女，才可以完全控制住這一切。

以南慶監察院無孔不入的情報手段，直至今日，也不能對北齊皇帝有一個完全細緻的描述，更不要提對方身體上有何特徵，這一點就足以證明，北齊皇宮對於北齊皇帝的身體保護何其嚴格。

所有的這一切，在范閒心有所定的情況下，都指向了某個不可宣諸於世的大祕密。不娶大臣之女，洗澡都如此小心……除了證明北齊皇帝有某些難言之隱外，也間接地讓范閒稍微安慰了一些。

北齊皇帝不是同性戀，他……她是個女人。

范閒揉了揉有些發澀的雙眼，將頭抬起來，倚靠在椅子上，若有所思。他的右手邊還拿著司理理透過祕密管道送來的情報，只是沒有必要看了。既然北齊皇帝是這種情況，司理理一定心知肚明，那這些源源不斷送來的上京情報，可想而知，一定充滿了水分。

范閒的右手微微握緊一下，馬上又鬆開了。他的腦中靈光一閃，忽然想到海棠朵朵當年在北齊上京城裡說過的那句話——

「我們幾個姊妹都認為此事可行……」

幾個姊妹？范閒的脣角露出一絲苦笑，幾個姊妹……北齊皇帝、海棠朵朵、司理理，這種姊妹的組合未免也太強大了些，只是卻把自己玩弄於股掌之間，實在令人無比惱火。

那天晚上和自己在一起的人，真的是北齊皇帝嗎？那股淡淡的金桂花香……如果真是北齊皇帝，她為什麼要冒著這麼大的風險與自己春風一度？

范閒的眉頭皺了起來，又埋首卷宗之中，仔細地查驗著這一年半裡上京皇宮的情報。

他是一個很有自知之明的人，雖然清楚自己在這世間有個所謂的詩仙稱號，莊墨韓對自己都欣賞有加，生了一身好皮囊，寫得幾句酸詞，說得幾句俏皮話……可是他並不以為自己是一個行走的春藥香囊，可以吸引全天下的女人不顧死活地拜倒在自己黑色蓮衣之下。

尤其是北齊皇帝，從江南和北地的配合看來，那是一個極其厲害與深謀遠慮的角色，斷不可能因為貪圖范閒的美色，就玩出一招迷姦。

至於感情？范閒雖然相信一見鍾情，但不認為一個常年女扮男裝，生活在警張與危險之中的皇帝，會如此放縱自己的心神。

那便只有一個解釋。

清理完最近一年半的情報，范閒有些滿意地再次抬起頭來，在這一年半裡，北齊皇帝依舊依日上朝，沒有君王不早朝的現象，也沒有出外遊玩，更沒有去行宮避暑、狩獵。

總之，北齊皇帝一直沒有脫離人們的視線超過兩天以上，上京皇宮太醫院裡的藥物供應也屬正常，以范閒對於藥物的敏銳感覺來看，絲毫沒有安胎藥的跡象。當然，如果對方是暗中著手，也沒辦法。

不過基於眼下的情況判斷，北齊皇帝不可能懷孕。

這個判斷讓范閒的心情放鬆許多，他下意識站起來，伸了個懶腰。他最害怕的就是和北齊皇帝春風一度後，讓對方懷上孩子。

他不是沒有做好當父親的心理準備，只是沒有做好當一個皇帝的父親的準備，尤其是不願意在這種被動迷姦的狀況下，成為對方借種的對象。

借種借種，既然沒有種子生根發芽，那就無所謂了。范閒心裡的陰鬱早已消散殆盡，男人往往都是這種，和女人發生性關係真的不算什麼，哪怕是這種被動的情況下，依然可以自我安慰成享受。

忽然想到葉輕眉。

「因果循環，報應不爽啊！」

范閒無奈笑著，有些阿Q地想著，自己不如母親多矣，但至少在某個方面和母親終於打成了平手——大家都睡過一個皇帝。

他下意識不去想，自己的遭遇比起母親的手段來說要悽慘許多，重重地拍了拍自己坐得有些麻了的屁股，有些後怕、有些無可奈何地離開監察院的密室。

坐在駛往皇宮的馬車上，范閒拿著內庫特製的鉛筆，仔細思考一會兒，然後在白紙上寫上一行字。

「我知道妳們去年夏天幹了什麼。」

然後他封好信，交給沐風兒，讓他拿到城西那座祕密小院裡去交給王啟年。

范閒的心腹們早已經習慣了他會利用監察院的祕密管道寫情書給北方的姑娘，所以沐風兒並不覺得怪異。

范閒看著他離開的身影，忍不住搖搖頭，王啟年自然知道自己這封信是寫給誰的。只是這不是一封情書，也不是寫給海棠朵朵一個人的，而是寫給三位姑娘家的。

他被對方陰了一道，如今反應過來，自然要憑此謀取些好處，至少是精神上的好處，首先便是去封信，寫行字，恫嚇一番對方。

以北齊皇帝的智慧，當然能明白他說的是什麼意思。

范閒用兩根手指玩弄著細細的鉛筆頭，然後將它放入蓮衣的上口袋中，搖了搖頭，忽然想到一件事情。北齊皇帝在大公主去慶國前，親手贈予那個金桂花的香囊……難道以她的聰慧縝密心思，不會猜到這股天下獨一無二的香味，會讓自己猜到什麼？

他的眉頭皺了起來，暗想，莫非那個春風一度的女皇帝，內心深處對自己也有些許牽掛，不忍一世瞞著，所以尋了個法子來提醒自己？

他覺得自己似乎想太多了些，嘆了口氣，不再去想，心中暗道：「早該猜到，對《石頭記》如此痴迷的人……怎麼也不可能是個男人啊。」

御書房裡早已坐滿了人，范閒滿臉尷尬地站在最下方，他一入御書房，便被慶國皇帝劈頭劈臉一頓痛罵，自然也沒有坐下去的殊榮了。

房內那些文武大臣們或許有的人會幸災樂禍，但都清楚，皇帝罵得愈狠，說明越寵范閒，所以都不敢將快樂的情緒流露在臉上。

范閒知道自己該罵，事涉軍國大事，自己卻拖延了這麼久才入宮，讓宮裡找了自己好幾道，如此不識輕重、罔顧國事，也難怪皇帝會如此生氣。

只不過在范閒看來，今兒自己要查的事情，雖是家事，實則也是國事，只是此事萬萬不能與人言，只有悶在心裡，挨罵而一聲不吭。

一聲不吭，卻是忘了請罪，所以皇帝的神色沒有什麼好轉，冷哼兩聲便將他擱在冷處。

皇帝今日召范閒進宮，本想著是尋找一個機會，讓他接觸慶國應對突發事件時的高層決策場所，存著個教誨提訓的意思，不料范閒來得如此之晚，自然讓皇帝有些不豫。

議事早已開始，初步定為讓葉重領軍西進三百里，彈壓一下西胡方面蠢蠢欲動的神經，同時讓戍北大都督燕小乙提前歸北，以抵擋北齊一代雄將上杉虎的氣焰。

還有些具體的後勤問題，范閒一個字也沒有聽進去，只是知道皇帝終於應了許給自己的承諾，將燕小乙趕走了，而葉重……

范閒下意識抬頭望去，只見右手方第二個位置坐著一位武將，這名武將身材並不高大，反而有些肥壯，雙眼下垂著似乎沒有什麼精神，只是偶爾看了范閒一眼，目光深遠。

這便是葉靈兒的父親，前任京都守備師師長，如今的定州大都督葉重。

范閒望著他溫和一笑，耳中忽然聽到姚公公已經在宣讀旨意，聽到了慶曆七年如何云云，他的心中一驚，這才想起已經過了新年，那件在小廟裡發生的香豔故事……時間應該是在前年的夏天，而不是去年。

御書房緊急會議結束之後，皇帝把范閒留了下來，不再怒罵一番，只是用目光盯著他。范閒知道今兒個是自己出了錯，也不好再扮硬頸，苦笑著請了罪。

皇帝皺眉說道：「先前不是在和親王府裡嗎？後來去了哪裡？」

范閒笑著應道：「院裡忽然出了樁急事，所以趕過去處理一下。」

皇帝不豫說道：「有什麼事情能急過邊患？」

范閒面色不變應道：「是北方傳過來的消息，上杉虎領旨南下，已至距燕京三百里地……然而他沒有領親兵。」

皇帝面色稍霽，說道：「原來如此，北齊小皇帝敢用上杉虎，已屬難得……只是區區三百親兵都不敢撥，看來心胸也不過如此。」

范閒暗道：這世上做過皇帝的人多了，但像你這樣自信到變態的同行還真沒幾個。

皇帝緊接著又問了幾句和親王府聚會的閒話，言談神態間，似乎對於大皇子的舉措十分滿意。

范閒心頭微凜，知道二皇子說得對，皇帝老子雖然挑著自己的兒子們打架，卻依然不想自己的兒子們遭受不可接受的折損。

又略說了幾句，范閒心神不寧的模樣被皇帝瞧了出來，便將他趕出去。

范閒抹了抹額頭的冷汗，一閃出太極宮的邊廊，卻愕然站在原地，看著面前那位身材魁梧的將領，暗自警惕了起來。

第三十七章　太監也可以改變天下

那將領身上並未穿著甲衣，他的身後也沒有負著那把長弓，但饒是如此，范閒依然微微低下頭，瞇起了雙眼，才足以抵抗住對方身上所傳遞出來的濃濃箭意。

箭是用來殺人的，箭意卻不是殺意，只是一種似乎要將人的外衣全部撕碎，露出內裡怯懦蒼白肌膚的氣勢。

以范閒強大的心神控制和實力，依然被這氣勢壓了一頭，自然說明這名將領的修為實實在在比他要高出一個層次。

戍北大都督燕小乙，九品上的絕對強者，世上最有可能挑戰大宗師的那個人。

「大都督好。」

范閒堆起笑容，和緩地對燕小乙行了一禮。

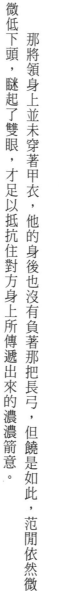

燕小乙就站在長廊之下，雙眼裡幽深的目光就像是泉水一樣沖洗著范閒的臉龐，他聽到范閒的話後並沒有什麼反應，聲音微嘶說道：「本將不日便要歸北，一想到花燈高懸日，宮中武議時，不能與小范大人切磋一番，實在很是失望。」

所謂武議，便是由朝廷舉辦的拳擊比賽。這便是范閒的認識，而且他也清楚，在這樣一個以戰功、以武力為榮的國度，燕小乙如果真的發了瘋，一點兒不顧皇帝的臉面，在殿上當面挑戰自己……

燕小乙會發瘋嗎？范閒當然清楚永陶長公主這一系的人都有些瘋勁，尤其是對方獨脈的兒子燕慎獨被自己指使的那位可愛的十三郎捅死後。

自己能打贏燕小乙嗎？范閒捫心自問，又不可能在殿上灑毒霧，更不能用弩箭，正面的武道交鋒，自己距離九品上的巔峰強者還是有一段距離。雖然燕小乙在殿上並不可能用他身負盛名的長弓，可是自己不會愚蠢到認為，燕小乙一身超凡技藝全部都是在那柄弓上。

所以如果一旦武議成為事實，就算洪四庠最後能保住自己的性命，可是自己身受重傷是一定的。

今日軍情會議，皇帝讓燕小乙提前北歸，這是應了范閒的要求，畢竟他連傷都不想受。可是看此時的情況，燕小乙的失望與憤怒根本掩不住。

范閒忍不住笑了起來，對著這位軍中的實力派人物溫和笑道：「大都督，我以為你誤會了什麼。」

燕小乙沉默片刻後說道：「我只是想領教一下小范大人的小手段。」

范閒也沉默片刻，然後拱手說道：「當此太平盛世，還是少些打打殺殺較好。」

長廊之下，只有范閒與燕小乙相對而立，一股危險的味道油然而生，但范閒清楚，在皇宮之中，燕小乙是無論如何也不會出手的，所以並不怎麼擔心，用那雙清亮的眸子平靜地注視對方。

「咳咳。」

傳來幾聲咳嗽的聲音，不是洪四庠，而是一個個頭有些矮、但氣勢凝若東山的人物，驟然出現在二人身邊。

葉重。

范閒微微一笑，心想這位來得正是時候，自己可不想與燕小乙再進行目光上的衝突。「燕都督，小范大人，此乃宮禁重地，不要大聲喧譁。」

葉重執掌京都守備師的時候，范閒還沒有生，燕小乙還在山中打獵，他的資歷、地位放在這裡，說起話來的分量自然也重了許多。

燕小乙微微一怔，回首行禮。

范閒笑著問道：「葉叔，許久不見，在定州可好？」

有了葉重打岔，燕小乙便住嘴不言。葉重也瞧出了燕小乙與范閒之間的問題，他皺著眉頭，心想燕小乙獨子之死一直是個懸案，為什麼燕小乙就認定是范閒做的？

「下官還有公務在身，這便告辭了。」范閒趁此機會，趕緊脫身。

葉重點了點頭。

燕小乙卻是緩緩說道：「小范大人一定要保重身體。」

范閒心頭微凜，知道對方這句話是什麼意思，心底一股豪情上沖，拱手向天，哈哈笑道：「有上蒼保佑，不需燕大都督操心。」

燕小乙的笑容忽然間變得有些冰冷刺骨，他盯著范閒的眼睛，一字一句說道：「這天，並不能遮住我的眼，范閒，你會死在我手上的。」

此時眾人身在皇宮，葉重還在身邊，燕小乙居然狂妄到說出這樣威脅的話語。葉重忍不住皺了眉頭，但沒有說話。

范閒看著這幕，忍不住搖了搖頭。葉重是二皇子的岳父，如今早已是那邊的人了，只是燕小乙居然在自己面前毫不在意什麼，在這皇宮裡說要殺死皇帝的私生子，果真是囂張瘋狂到了極點。

他輕拂衣袖，仰臉自信說道：「燕小乙，我敢打賭，你會先死在我的手上，而且會死得無比窩囊。」

說完這話，他向葉重一拱手，再也不看燕小乙一眼，施施然地朝著宮門口的方向走去。

燕小乙瞇著眼睛看著他漸漸遠去的背影，冷漠至極。

葉重也同樣看著范閒的背影，心裡想著，這位年輕人究竟是從哪裡來的自信？已經布置了幾年的安排，千萬不要因為范閒而產生一些自己都意想不到的變化。

他心裡這般想著，回頭望著燕小乙卻是嘆了口氣，拍了拍他的肩膀，說道：「節哀順變，只是在宮裡當心隔牆有耳，他……畢竟不是一般人，他是陛下的兒子。」

燕小乙臉色不變，冷漠說道：「我也有兒子。」

走到宮門處，范閒的臉色早已恢復了平靜。燕小乙與自己早就是個你死我活之局，只是需要一個合適的地點、時機來實踐，上一次他安排的局被洪四庠破了，下一次自己會不會陷入燕小乙的局中？

還有那位王十三郎，殺了燕慎獨之後，便忽然消失無蹤，也不知道去了哪裡。

范閒心裡一面盤算著，一面出了宮城，然後並不意外地看到了大皇子，這位皇族之中唯一的軍方悍將。

「你和燕小乙說了什麼？」大皇子在他身邊壓低聲音問道。

「他兒子死了亂咬人。」范閒笑著應道：「說要殺我。」

大皇子眉頭一皺，微怒說道：「好囂張的口氣，他也不看看這是在哪裡。」

范閒思考少許後，對大皇子認真說道：「燕小乙反志已定，我不認為陛下會看不出來，但你要小心一些。」

大皇子微微一怔，心想這反字……從何而來？

范閒上了馬車，往府裡行去，只是這一路上還在想這個問題。皇帝不會瞧不出來燕小乙洶湧的戰意與殺意，那為什麼還要放虎歸山，而不是將他枯囚京中？很有趣的疑問。

他在心裡自嘲笑著，不知道多久以後，當燕小乙來殺自己，或者自己殺燕小乙時，這個天下肯定已經變得十分有趣了，而皇帝打的那桌麻將，想必也會處於胡牌的前夜。

正月十五，慶國京都無雪無風，入夜後全城彩燈高懸，乾燥了的街道上行人如織，男男女女們藉由美麗燈光的映照，尋找著令自己心動的容顏，躲避著令自己心厭的騷擾。小姐們帶著丫鬟，面帶紅暈地四處遊玩，識禮的年輕男子們保持著不遠不近的距離，靜靜看著她們。

這一夜，春意提前到來，街上不知脫落了多少鞋，那些手不知道摸了多少柔嫩的肌膚。尾隨與偵聽，眼波流動與試探，就這樣在夜裡快樂進行著，被荷爾蒙操控著的人們，集體陷入了沒有媒人的相親活動之中。

而對於慶國朝廷而言，民間的歡樂並不能影響到它的肅殺。皇宮的角樓也掛起了大大的宮燈，宮內也準備了一些謎語之類的小玩意供太后、皇后及那些貴人們賞玩，即便連監察院那座方正黑灰森嚴的建築，也在范閒的授意下掛起了紅紅的燈籠。

可是依然肅殺。

因為軍方的調動早在十五之前就開始進行了，戍北大都督引親兵歸北，要去滄州燕京一線抵擋北齊那位天下名將鋒利的目光。葉重也歸了定州，朝廷再次向西增兵，由剩餘五路中央軍中抽調精銳，補充至定州一帶，灌注成一支足有十萬人的無敵之師。

待春日初至時，這十萬雄兵便會再往西面進逼二百里，名為彈壓；若西胡與那些萬里長征南下的北蠻有些異動，這些慶國無敵的兵士們便會覓機突襲，生生地撕下胡人的大片血肉來。

兵者乃大事，雖然只是調動，尚未開戰，可是六部為了處置後勤事宜，早已忙碌了起來。好在慶國以兵發家，一應事務早已成為定程，各部間的配合顯得有條不紊，效率十分高。

在對外的時候，慶國總是這樣的團結，在此時此刻，沒有人還記得皇子間的傾軋、范閒的可怕。

范閒也忙碌了好幾天，因為監察院要負責為軍方提供情報，還要負責審核各司送上去的器械與兵器，各種事宜一下子都堆過來。

好在有言冰雲幫手，所以十五的夜晚，范閒才有可能入宮，看了一眼傳說中的武議。殿上的決鬥果然精采，慶國的高手確實不少……只是少了燕小乙與范閒的生死拚鬥，眾大臣似乎都提不起什麼興趣。

但也沒有人傻到主動向范閒邀戰，因為他們不是燕小乙，他們不想找死。

正月二十二，朝中、宮中因為邊境異動而緊張起來的神經已經漸漸習慣、漸漸放鬆下來，日子該怎麼過就得怎麼過，該吃飯的時候還是得吃飯，該穿衣的時候還是得穿衣，總不能讓宮中的貴人們在大年節的時候，沒有幾件新衣裳。

所以宮中繡局派出了隊伍，去某家商號接手遠自西洋運過來的繡布，因為皇后並不喜歡去年江南貢上來的繡色，所以提前便請旨另訂了一批。

像這種不從內庫、宮中線上走的額外差使，往往是主事太監大撈油水的好機會，單單是回扣和孝敬，只怕都要抵上繡布價格的三成，出一趟宮，輕輕鬆鬆便能收幾千兩銀票進袖中。

往年因為二皇子受寵的緣故，這個差使都是由淑貴妃宮中的戴公公辦理。但今年二皇子明顯聖眷不若往年，而戴公公更是因為貪賄和懸空廟刺殺兩案牽連，被褫奪了大部分的權力，所以宮中的大太監們都開始眼紅起來、活動起來，想接替往年戴公公的位置。

不過只是打聽了一下消息，包括姚公公、侯公公在內的大太監們都停止了活動，因為他們聽說，今年是由東宮太監首領洪竹負責。

洪竹姓洪，深得皇后信任，加上皇帝似乎也極喜歡這個靈活的小太監，所以在宮中的地位一日高過一日，便是姚公公這種人，也不願意在洪竹漸放光彩的路上橫插一腳，所以選擇了退讓。

這日晨間，大內侍衛站在一家大商鋪的外面守衛，卻不停打著呵欠，因為他們相信，沒有人會來找什麼麻煩，鋪子裡沒有什麼王公貴族，只有一個太監而已……每每想到自己這些壯武之士，不能隨定州大軍西征，卻要保護區區一個閹人，這些侍衛們的心情都不怎麼好，警惕自然也放鬆了很多。

二樓一個安靜的房間中，洪竹正仔細地端詳著繡布的線數與色暈，雖然是撈回扣的好機會，可是替皇后辦事，總要上些心。而至於這間東夷商鋪的東家、掌櫃，則早已被他趕出去。

洪竹的指尖有些顫抖，明顯心中不安，因為他不知道范閒究竟什麼時候，又怎麼能瞞過侍衛的眼睛、耳朵，與自己會面。

便在他百般難受的時節，房間裡的光線忽然折射一下，光影產生了某種很細微的變化。

「誰？」洪竹警惕地轉身，卻沒有將這聲質問喊出口來。

穿著一身尋常百姓服飾的范閒，揉了揉自己易容後黏得生痛的眉角，對洪竹比了個手勢，然後從懷裡取出一塊玉玦遞過去。

這塊玉玦，正是前些日子他想了許多辦法，才從河洛幫手中搞到的那塊玉玦。

洪竹有些納悶地接過玉玦，看了一眼，覺得這玉玦看著十分陌生，但似乎是宮中的用物，而且這種制式與雲紋總給他一種熟悉的感覺。

「這是東宮的東西。」范閒輕聲說道。

洪竹抿了抿嘴唇，說道：「我要怎麼做？」

范閒說了一個日期，皺眉說道：「太子每次去廣信宮，應該是這個日子，你在宮中消息多，看看是不是準確的。」

洪竹回憶了一下，又算了一下，然後點點頭。

范閒放下心來。這個日期是這些天裡王啟年天天蹲守那個宗親府得出的結論，對方負責往宮中送藥，日期基本上是穩定的。

范閒盯著洪竹的眼睛，說道：「繡布入宮後，按常例，東宮會分發至各處宮中，你應該清楚，皇后如果讓宮女送繡布至廣信宮是什麼時辰。」

「一般是第二天的下午。」洪竹有些緊張，不知道這件事情和繡布有什麼關係。

「很好，你負責採辦，那就把這批繡布入宮的時間拖一拖。」范閒說道：「把時間算好，要保證東宮賜繡布入廣信宮時，恰好太子也在廣信宮中。」

洪竹摳了摳臉上那顆發癢的小痘子，疑惑問道：「這有什麼用處？」

范閒沒有回答。洪竹若有所思地看著手中的玉玦，忽然詫異說道：「這……好像是娘娘以前用過的。」

「不錯。」范閒認真說道：「是你手下那些小太監偷偷賣出宮的。」

「這些小兔崽子好大的膽！」洪竹渾然忘了此時的情形，下意識回到東宮太監首領的角色，惡狠狠說著。他是大太監，有的是撈錢的地方，自然用不著使這些雞鳴狗盜的手段。

然後他忽然醒過來，心知范閒絕對不會是讓自己整頓東宮秩序這般簡單，他看著范閒似笑非笑的臉，顫著聲音問道：「這塊玉玦……怎麼處理？」

「放到送繡布入廣信宮的那個宮女屋中。」范閒想了片刻後，嘆息說道：「接著要做的事情很簡單，你讓皇后娘娘想起這塊玉玦，然後會發生什麼？」

洪竹是個聰明人，馬上明白了過來，但是還是沒有將整件事情與廣信宮聯繫起來。

只是范閒沒有更多的時間解釋，他聽著樓下傳來的腳步聲，湊到洪竹耳邊叮囑幾句，讓他什麼都不用管，只需要把這三件事情做到位便成，什麼多餘的動作也不要有，千萬要注意自己安全，不要被牽扯進去了。

門外傳來叩門之聲，范閒一閃身，從這個房間消失。

商鋪的東家恭恭敬敬地進門，詢問洪竹還有什麼吩咐。

洪竹看著空無一人的身邊，忽然間有些失神，片刻後想到范閒的囑咐，皺著眉頭，擠著尖細的嗓子說道：「這布……似乎與當初娘娘指名要的不一樣啊。」

那東家一愣，心裡直叫苦，說道：「公公這話說的……咱一個小生意人，哪裡敢蒙騙宮裡的貴人。」

說話間，便是幾張銀票硬塞進洪竹的衣袖裡。

洪竹眼光瞥了瞥，有些滿意數目，只是依然不能鬆口，皺著眉說道：「這花色裡的黃是不是有問題？看著有些偏差……尤其是這幾匹緞子的用線，怎麼就覺得不夠厚實。」

「哪裡能夠？」東家在心裡罵了句娘，苦著臉說道：「這是正宗西洋布，三層混紡三十六針，再沒有更好的了。」

洪竹呵呵一笑說道：「是嗎？不過不急，你再回去好好查查，過些日子我再來取。」

東家急了，說道：「公公，這是宮裡皇后娘娘急著要的，晚了日子，不只小的，只怕連您也……」

這話洪竹聽著就不高興了，把眼一瞪，陰沉說道：「你給我聽清楚了，這布宮裡什麼時候要，就等看我什麼時候高興……娘娘是什麼身分，哪裡會記得這些小事！」

說完這話，洪竹拂袖下樓而去，臉色大是不善。

那東家跟在後面，只道自己得罪了這位大太監，心裡連連叫苦，暗想不知道拖上這幾日，自己要往這太監身上塞多少銀票。他哪裡知道，洪竹的臉色不善，是因為……心中害怕，而且興奮。

洪竹知道自己與范閒在做什麼事情，更清楚自己區區一個小太監，也有可能改變慶國歷史的本來面目。

他的心不是太監，而是個讀書人，讀書人最想做的就是治國平天下，而時至今日，洪竹終於感覺到，身為一個太監，其實也是可以改變這個天下。

慶餘年 第二部 六

作　　者／貓膩
執 行 長／陳君平
榮譽發行人／黃鎮隆
協　　理／洪琇菁
總 編 輯／呂尚燁
執行編輯／陳昭燕
美術監製／沙雲佩
美術編輯／陳又荻
國際版權／黃令歡、高子甯
校　　對／朱瑩倫
內文排版／謝青秀

國家圖書館出版品預行編目資料

慶餘年．第二部（六）/ 貓膩作 . -- 初版 .
-- 臺北市 : 尖端 , 2020.08-
　冊；　公分
ISBN 978-957-10-9041-2（第 6 冊 : 平裝）

857.7　　109003448

出版／城邦文化事業股份有限公司　尖端出版
　　台北市 104 中山區民生東路二段 141 號 10 樓
　　電話：（02）2500-7600　傳真：（02）2500-2683
　　讀者服務信箱：7novels@mail2.spp.com.tw
發行／英屬蓋曼群島商家庭傳媒股份有限公司城邦分公司　尖端出版
　　台北市 104 中山區民生東路二段 141 號 10 樓
　　電話：（02）2500-7600　傳真：（02）2500-1979
　　劃撥專線：（03）312-4212
　　戶名：英屬蓋曼群島商家庭傳媒（股）公司城邦分公司
　　劃撥帳號：50003021
　　※ 劃撥金額未滿 500 元，請加付掛號郵資 50 元
法律顧問／王子文律師　元禾法律事務所　台北市羅斯福路三段 37 號 15 樓

台灣地區總經銷／中彰投以北（含宜花東）　楨彥有限公司
　　電話：（02）8919-3369　　傳真：（02）8914-5524
　　雲嘉以南　威信圖書有限公司
　　（嘉義公司）電話：（05）233-3852　　傳真：（05）233-3863
　　（高雄公司）電話：（07）373-0079　　傳真：（07）373-0087
馬新地區總經銷／城邦（馬新）出版集團 Cite（M）Sdn Bhd
　　電話：603-9057-8822　　傳真：603-9057-6622
　　E-mail：cite@cite.com.my
香港地區總經銷／城邦（香港）出版集團 Cite（H.K.）Publishing Group Limited
　　電話：852-2508-6231　　傳真：852-2578-9337
　　E-mail：hkcite@biznetvigator.com

版　次／ 2020 年 8 月 1 版 1 刷　Printed in Taiwan
　　2023 年11月 1 版 4 刷